JARI
JÄRVELÄ

ROT FÜR RACHE

JARI
JÄRVELÄ

ROT FÜR RACHE

THRILLER

Aus dem Finnischen
von Gabriele Schrey-Vasara

carl's books

Die Originalausgabe erschien 2015 unter dem Titel
Tyttö ja rotta bei Tammi, Helsinki.

FSC www.fsc.org
MIX
Papier aus verantwortungsvollen Quellen
FSC® C083411

Verlagsgruppe Random House FSC® N001967

1. Auflage

Umschlaggestaltung: semper smile, München
Satz: Uhl + Massopust, Aalen
Druck und Bindung: CPI books GmbH, Leck
Printed in Germany
ISBN 978-3-570-58564-1

www.carlsbooks.de

Imagine a city where graffiti wasn't illegal …
and stop leaning against the wall – it's wet.

Banksy

I

Die Eisratten

Minus 24 Stunden

In dem rumpelnden S-Bahn-Waggon war ich mit meinen vier besten Freunden unterwegs. Meinen einzigen Freunden. Innerhalb von vierundzwanzig Stunden würden zwei von uns tot sein und die Dritte mit einem kaputten Bein auf dem Asphalt liegen.

Diese Dritte würde ich sein.

Wir waren bereit zuzuschlagen, hatten uns in dem nach Knoblauch stinkenden Waggon verteilt. Zwei Stationen noch, signalisierte uns *Verboten,* wie sich mein Kumpel nannte, unauffällig, indem er sich an der Schläfe kratzte.

Die Nacht begann dem Tag zu weichen.

Verboten hielt einen Regenmantel in den Armen und lehnte gegen die Stirnwand des Waggons, damit wir ihn jederzeit sehen konnten. Er hatte versprochen, uns im entscheidenden Moment ein Zeichen zu geben. Er las in einem Buch, blickte manchmal auf, wenn der Waggon ruckelte, checkte die Strecke, feuchtete dann den Finger an und blätterte um.

Ein aufmerksamer Beobachter hätte an ihm gleich zwei seltsame Dinge bemerkt: Warum schleppte diese rotwangige Vogelscheuche an einem Sommermorgen einen Regenmantel mit sich herum, obwohl für diesen Tag mit neunundneunzigprozentiger Sicherheit ein wolkenloser Himmel und der Beginn einer Hitzewelle vorhergesagt gewesen waren? Und zweitens: Wie konnte dieser Mann ein Buch lesen, das er verkehrt herum hielt?

Und noch etwas: Wieso trugen fünf Fahrgäste ein Shemagh, ein Palästinensertuch, um den Hals?

Verboten hätte ohnehin nicht lesen können, denn er hatte seine Brille zu Hause vergessen. Er war nervös. Der Streckenabschnitt war neu für uns, und es ist was anderes, im Hellen zu operieren als in der Nacht. Das hier war unser erster Einsatz bei Tag. Unbedingt notwendig, hatte Verboten erklärt: Wir bräuchten Material, das bei Licht entstanden sein müsste. Deshalb waren wir Kinder der Nacht jetzt bei Tagesanbruch unterwegs.

Der Regenmantel war sein Deckmäntelchen. Unter dem raschelnden Stoff verbarg sich ein spitzköpfiger Steinmetzhammer.

Beim Einsteigen hatte Verboten einen schwarzen Aufkleber auf die Linse der Überwachungskamera gedrückt – mit einem flinken Daumendruck, schneller als Klitschkos rechte Gerade.

Schwarze runde Aufkleber hatte jeder von uns in der Tasche. Sie waren in unserem Job so unentbehrlich wie für einen Kaufmann die Kugelschreiber in der Brusttasche.

Ich betrachtete die unschuldigen Menschen auf den Bänken, die nicht ahnten, was gleich passieren würde.

Das Paar, das mir gegenübersaß, stritt sich so heftig, dass die Sitzbank zitterte. Die Frau – sehr schmales Gesicht – hatte soeben angekündigt, sie werde sich das schulterlange Haar raspelkurz scheren, und jetzt protestierte der Mann vehement und verlangte stattdessen, sie solle sich die Haare bis zum Steißbein wachsen lassen. Die beiden glotzten einander unterkühlt an wie Flundern im Winterschlaf. Dann wieder deuteten sie mit der Hand die entsprechende Haarlänge an, als ginge es darum, ein Metermaß neu zu kalibrieren.

Neben mir hockte ein ungefähr sechzigjähriger Typ mit hohlen Wangen, dessen Beine so kurz waren, dass seine Füße ein paar Zentimeter über dem Boden baumelten. Auf dem Kopf hatte er ein moosgrünes Käppi ohne Krempe, dafür aber mit einer schwarz-weißen Feder. Bestimmt hatte Robin Hood bei seinen Abenteuern im Sherwood Forest auch so eins getragen. Statt geschnitzter Pfeile aus Eibenholz schoss der Hohlwangige Kugeln auf den Boden, die er aus seiner Nase gepult hatte.

Was würde wohl in seinem Nachruf stehen, wenn der Zug jetzt entgleiste?

ER WAR EIN MANN, DER IN DEN LETZTEN MINUTEN SEINES LEBENS MIT POPELN UM SICH SCHOSS.

Der Zug bremste und hielt an der nächsten Station. Niemand stieg aus, aber eine Mutter mit Kinderwagen kam rein.

Beschissene Wahl, dieser Waggon. Aber davon ist das Leben voll. Für solche falschen Entscheidungen könnte man sich ohrfeigen – und bei den allerschlechtesten begreift man nicht mal, dass man sie getroffen hat.

Verboten machte der Mutter Platz, trat einen Schritt beiseite und hielt sich an der Haltestange fest.

Unmittelbar bevor die Schiebetüren zugingen, sprang noch eine Polizistin in den Waggon. Gähnend ließ sie sich auf die Bank neben mir fallen. Ich presste die Knöchel fester um die Stofftasche zwischen meinen Füßen.

Prüfend sah ich Verboten an, der sich auf sein kopfstehendes Taschenbuch konzentrierte.

Der Zug beschleunigte, Hochhauswände sausten draußen an uns vorbei. Wenn ich die Augen leicht zusammenkniff, verwandelten sich die Straßenlaternen in ein endloses Perlenband.

Workuta saß zwei Reihen von mir entfernt. Hinter ihm mimte Aljoscha den müden Pendler. Beide sahen Verboten hinter dem Rücken der Polizistin kopfschüttelnd an.

Verboten tat so, als hätte er es nicht gesehen. Er blätterte um und streckte dabei kurz den Zeigefinger. Nach der nächsten Station.

Der Zug war halb leer, die Frühschichtler standen noch zu Hause vor dem Spiegel, putzten sich die Zähne oder drückten Pickel aus.

Die Polizistin gähnte und musterte säuerlich den Streckenplan über ihr, als wäre es ihr Steuerbescheid. An ihrem Gürtel hing eine Pistole. Das Lederholster war am Rand verschlissen, als hätte diese Bullenschnalle echt fleißig geübt, die Waffe zu ziehen.

Der Zug hielt an der nächsten Station. Ich ballte die Fäuste so fest, dass die Knöchel weiß wurden – näher an ein Gebet kam ich nicht ran –, und hoffte, die Polizistin würde aussteigen.

Doch sie band sich bloß die blonden Haare zu einem Pferdeschwanz und blieb.

Ein zweiter Bulle sprang rein, ein Mann. Er steuerte auf seine Kollegin zu und setzte sich neben sie.

Ich schnitt eine Grimasse in Verbotens Richtung. Inzwischen hatte er das Buch zugeklappt und studierte andächtig den hinteren Einbandtext, als stünden dort ein paar lang verschollene Zeilen des Vaterunsers. Den Regenmantel hatte er sich unter den Arm geklemmt.

Ich schwitzte wie in der Sahara, obwohl durch die einen Spaltbreit geöffneten Fenster kühle, nach Koks riechende Tunnelluft in den Wagen strömte. Das Kunstlederpolster unter meinem Hintern fühlte sich klitschnass an.

Als die S-Bahn aus dem Bahnhof fuhr, entdeckte ich im Beton der Lärmschutzwand erst ein tiefes Loch, dann schimmerte in diesem Loch ein gelber Fleck, als hätte irgendjemand es geschafft, mit einer Hacke einen Goldklumpen aus der Wand zu hauen.

Sowie die S-Bahn sich wieder in Bewegung gesetzt hatte, war Workuta aufgestanden und im Durchgang auf Verboten zugetreten. Sie zischelten leise miteinander – bis Verboten urplötzlich die Notbremse zog. Obwohl ich auf den Halt gefasst gewesen war, kam er doch so überraschend, dass ich auf das streitende Pärchen geschleudert wurde. Der Mann hatte gerade die Haare seiner Freundin gepackt und riss ihr, als er von seinem Platz rutschte, ein ganzes Büschel aus. Damit war der Streit um die Haarlänge wohl entschieden. Das Mädchen schrie vor Schmerz laut auf.

Die beiden Bullen waren ebenfalls vom Sitz gekippt. *Er* hatte sich den Kopf an der Haltestange angeschlagen, hockte jetzt auf allen vieren auf dem Boden und hielt sich die Schläfe.

Als ich auf den Gang stolperte, hatte Verboten schon die Waggontür aufgestemmt. Ich war die Letzte, selbst Gänsesäger war vor mir rausgeschlüpft. Im nächsten Moment schlug Verboten mit seinem Hammer zehn Zentimeter lange Stahlkeile so unter die Tür, dass zwischen den beiden Hälften ein faustbreiter Spalt offen blieb. Solange die Keile sie fixierten, würde die Tür weder auf- noch zugehen. Verboten eilte bereits weiter und trieb Keile in die anderen Türen, damit man auch die nicht von innen aufschieben konnte.

Und Gänsesäger filmte.

»Shemagh«, sagte er, und ich schob das Tuch höher und wickelte es mir so um den Kopf, dass von meinem Gesicht nur noch ein millimeterbreiter horizontaler Spalt in Augenhöhe zu sehen war. Dann streifte ich Latexhandschuhe über.

Solange auch nur eine Tür einen Spaltbreit offen stand, konnte der Zug nicht weiterfahren, das verhinderte das Sicherheitssystem.

Die S-Bahn hatte vier Waggons. Ich war für die Seiten zuständig, Aljoscha und Workuta besprayten den Rest. Verboten hatte die Aufgabe zu verhindern, dass Leute ausstiegen, und Gänsesäger sollte die ganze Aktion filmen.

Ich begann mit dem Wagen, in dem ich gerade noch gesessen hatte: ein stahlblaues Zickzack, weiße Schneeflecken, und in die Mitte kam mit schwarzer Farbe:

ICE RATS

Ich bemalte die Fenster, verdeckte die Gesichter der Gaffer mit eiskalt schimmernder Farbe. Irgendjemand knipste mit dem Handy.

Ich zog mein Tuch höher und sprayte das Fenster zu.

Die Polizistin hämmerte von innen gegen die Scheibe. »Aufhören!« Von mir aus konnte sie befehlen, was sie wollte.

»Zwei Minuten«, verkündete Verboten.

Die Sicherheitsleute würden innerhalb von fünf Minuten aufkreuzen. Wir würden es in vier Minuten schaffen müssen.

Ich schleuderte die leere Dose neben das Gleis. Die Zeit war zu knapp, um nachzusehen, wie die anderen vorankamen. Ich nahm mir eine neue Dose Blau, die andere Hand versprühte weiße Farbe, ich malte mit beiden Händen gleichzeitig.

Die Bahn verwandelte sich nach und nach in einen großen Eisblock.

Irgendwer packte mich bei der Schulter, als ich gerade beim letzten Fenster war. Die Polizistin hatte ihren Arm durch die schmale Öffnung zwischen den Türen gezwängt, ihre Finger krallten sich in meine Schulter wie ein Schraubstock.

»Du bist verhaftet«, sagte sie.

Ich drückte auf den Sprühknopf, das Gesicht der Frau färbte sich blau, und sie ließ los. Ihre Hand tastete nach der Pistole am Gürtel.

»Eine Minute«, rief Verboten.

Ich nahm eine neue Dose zur Hand.

Mit einem Feuerlöscher wäre es schneller gegangen, aber das Resultat wäre unsauber gewesen. Und es war schwierig, mit Farbe gefüllte Feuerlöscher im Zug zu transportieren, ohne dass sie Sicherheitsleuten oder Polizisten auffielen.

»Die Wachmänner!«, rief Workuta. »Ich seh sie!« Er sprang vom letzten Waggon.

Sie näherten sich längs der Gleise vom Bahnhof her. Sie hatten einen Hund dabei, der an der Leine zerrte und die Zähne fletschte wie Höllenhund Zerberus.

Ich hab Angst vor Hunden. Als Kind bin ich mal von einem gebissen worden, und der Besitzer hatte nur eine Sorge: ob es den perfekten Zähnen seiner getrimmten Bestie geschadet hatte, in schwarze Haut zu beißen.

»Go, go, go, go!«, brüllte Verboten. Gänsesäger ging als Letzter, filmte erst die näher kommenden Sicherheitsmänner. Zum Schluss machte er noch eine lange Panorama-Aufnahme des bemalten Zugs. Das hier war keine normale, rotbeige S-Bahn mehr, der Zug sah jetzt aus wie ein Eiszapfen, der sich in die Berliner Stadtlandschaft verirrt hatte und im blassen Morgenlicht funkelte wie die Schneefelder Lapplands.

Ich lief am Führerstand vorbei. Aljoscha hatte die Fenster des Lokführers zugesprayt und mit schwarzer Farbe ein Rattengesicht mit spitzer Schnauze aufgemalt.

»Eisratte«, juchzte er. »Forrrever!«

Der Schäferhund kläffte wie verrückt, die Sicherheitsleute brüllten und befahlen uns, stehen zu bleiben.

Wir stürmten über die Gleise zur Brücke, links sah ich Halbzombies in korrekten Hemden, die mit Bechern in den Händen aus dem Eckcafé kamen. Verschlafen, langsam, mit schlaffen Wangen, von Alltagssorgen niedergedrückt, ohne den Puls und das Zischen des Lebens zu kennen.

Verboten schloss zu mir auf.

»Nicht so weit in der Mitte, da läuft der Strom«, keuchte er.

Verboten setzte sich an die Spitze, er hatte unsere Fluchtroute geplant. Er war ausgebildeter Elektriker und zeigte uns, wohin wir treten sollten. Auf der Mitte der Brücke wirkte er wie eine Figur aus einem alten Videospiel, in dem man von einem Stein zum anderen hüpfend einen Fluss überqueren muss, während ein uniformierter Gorilla mit Felsblöcken nach einem wirft.

Die Sicherheitsleute waren am Ende der Brücke stehen geblieben. Aus Angst vor einem Stromschlag trauten sie sich nicht weiter.

Wir überquerten auf den Gleisen den Fluss, kletterten die schmale Leiter am Stahlträger nach unten, schlängelten uns durch das verwinkelte Lagergelände und stiegen dann in eine vorbeifahrende Straßenbahn. Die Shemaghs hatten wir inzwischen abgenommen und in unsere Taschen gestopft.

»Du bist ganz rot«, sagte Aljoscha zu mir. »Hattest du Angst?«

»Du bist höllisch blass«, gab ich zurück. »Hattest du Angst?«

»Ich bin immer blass«, murmelte er.

Wir stiegen an der Endhaltestelle aus und liefen noch etwa zehn Minuten weiter bis zu einem Haus, dem ein Teil der Stirnwand fehlte. In der Brandmauer klaffte ein großes Loch, als würde die Wand schreien. Durch das Loch konnte man eine Kloschüssel und ein Wasserrohr erkennen, das vom Klo ausging und in fünf Metern Höhe aufhörte.

Mit dem Abbruch des Wohnhauses war bereits vor einiger Zeit begonnen worden. Die Abrissbirne war schon durch die Luft gependelt, und noch während die Bagger weiterschrotteten, hatten zwei mit Aktenköfferchen bewehrte Männer überraschend ein Abrissverbot gebracht. Die einstweilige Verfügung, die irgendeiner von Verbotens Bekannten erwirkt hatte – ein Jurist mit Anarchistenvergangenheit –, stützte sich auf die Behauptung, im Keller des Hauses seien seltene frühmittelalterliche Artefakte aus dem zehnten Jahrhundert gefunden worden, einer Zeit, als die Stadt nach heutigem Kenntnisstand noch gar nicht existiert hatte, und nun müssten archäologische Grabungen durchgeführt werden. Der Abriss war vorläufig unterbrochen worden, zwei Drittel des Hauses sollten bis zum Abschluss der Gerichtsverhandlung stehen bleiben.

An den künftigen Bebauungsplan erinnerte derzeit nur das leere Grundstück hinter dem Haus, auf dem großflächig für ein modernes Bürogebäude mit Glasfassade geworben wurde.

Auf der anderen Seite unseres Hauses ragte ein alter, hoher Speicher auf, an dem die meisten der winzigen Fensterscheiben eingeschlagen waren. Die Risse in den Backsteinwänden waren voller Schwalbennester. Vom Brutgeschäft der Vögel einmal abgesehen, tat sich in dem Speicher praktisch nichts.

Unser Haus war für unbewohnbar erklärt worden.

Das Projekt lag jetzt bereits seit acht Monaten auf Eis, und in dieser Zeit waren die letzten dort gemeldeten Hausbewohner ausgezogen, weil das Wasser abgestellt worden war. Der Strom funktionierte nur zeitweise.

Unser Reich war der Dachboden oder vielmehr das, was davon übrig war. Weiter unten kampierten in ein paar leeren Wohnungen Junkies und Leute ohne gültige Papiere. Im ersten Stock reihten sich leere Geschäftsräume aneinander. An die hochfliegenden Träume erinnerten nur noch die Messingschilder am Eingang. Im Massagesalon »Kleiner Himmel« hatte sich das Polster der Massageliege in eine Mäusesiedlung verwandelt. Aus der Matratze klang pausenlos schrilles Fiepen.

Die oberen Etagen hatten unter dem unterbrochenen Abriss am stärksten gelitten.

Das Schloss an der Haustür war kaputt. Im Treppenhaus hatte man ein orangefarbenes Plastiknetz zwischen Eisenstangen gespannt, das den Zugang verhindern sollte. Die Treppe nach oben war mit quer genagelten Planken versperrt. Daran war ein Schild befestigt, auf dem in drei Sprachen stand:

VERBOTEN! EINSTURZGEFAHR!

Von diesem Schild hatte Verboten seinen Namen.

Minus 19 Stunden

Ich lag auf der durchgelegenen Matratze, Gänsesäger hockte mit Aljoscha vor den Computern. Es waren zwei. Verboten hatte die Röhrenmonitore und die Rechner aus dem Müllcontainer eines Bürozentrums gezogen, als die Firmen ihre Ausstattung erneuert hatten. Zwei Pappkartons hatten Motherboards, Grafikkarten, Festplatten, USB-Sticks und haufenweise Ersatzteile für geschickte Tüftler enthalten.

Als Computertisch diente eine auf Backsteinstapeln liegende Tür, deren Griff zwischen den Monitoren aufragte. Um die Klinke hatten Gänsesäger und Aljoscha die auf dem Tisch herumliegenden Kabel gewickelt. Auf eine der Holzkassetten war eine weinende Löwin aufgemalt worden, die von Pfeilen durchbohrt wurde.

Das Löwenbild war schon da gewesen, als wir nach Berlin kamen. Gänsesäger und Aljoscha hatten ihre Arbeitsecke entsprechend »Löwentöter« getauft. Ich hatte verwundert gefragt, was zum Teufel dieser Name mit uns zu tun hätte, und Aljoscha hatte erklärt, in der Welt herrsche nicht Demokratie, sondern Plutokratie: Die Macht liege in den Händen des reichsten Bevölkerungsteils. Die Erde sei ein an Macht- und Geldgier erkranktes Raubtier, auf das Gänsesäger und er von ihrem Tisch aus Videos abzuschießen gedächten wie heilsame Pfeile.

Ich kraulte die Barthaare der Löwin und beobachtete eine Weile den tickenden Zähler. 57 000 Klicks.

Gänsesäger hatte das Video noch in der Straßenbahn bearbeitet und dann auf YouTube hochgeladen, sobald wir den Dachboden erreichten.

Unsere Viererclique war vor anderthalb Monaten nach Berlin gekommen. Ich, Gänsesäger, Aljoscha und Workuta.

Davor hatten wir wochenlang in der ukrainischen Geisterstadt Prypjat gewohnt, ganz in der Nähe des explodierten Kernkraftwerks von Tschernobyl. Die Stadt war für unbewohnbar erklärt worden, auch dort war der Zutritt *VERBOTEN!* Es hatte sich dort allerdings gut leben lassen.

Ich hatte dort ein Piece zur Erinnerung an Rust gemalt, Gänsesäger hatte verlassene Räume fotografiert. Aljoscha und Workuta waren ihrer eigenen Wege gegangen. Sie waren schon früher mehrmals in Prypjat gewesen. Wir hatten Stockmorcheln gegessen, die Aljoscha und Workuta gesammelt, Hasen, die sie erlegt hatten, und Hechte, die ihnen ins Netz gegangen waren. Ein paarmal hatte Workuta uns Rattensteaks serviert, aber bei denen hatte ich dann doch abgewinkt und lieber meinen knurrenden Magen ertragen. Nachts hatte ich manchmal das Gefühl gehabt, auch ohne Geigerzähler zu rattern.

Einmal hatte ich Gänsesäger in irgendeine verlassene Wohnung in Prypjat begleitet und in einer Zeitung geblättert, die vor fast dreißig Jahren auf dem Tisch zurückgelassen worden war. Auf einem vergilbten Foto warf sich ein Torwart zur Seite, um den Ball abzuwehren. Hatte es ein Tor gegeben oder nicht? Ich wusste es nicht, Kyrillisch konnte ich nicht lesen.

Die Tage waren länger geworden, und als ich das Piece, das über volle drei Wände ging, endlich fertig hatte, war ich von Zeit zu Zeit auf das Dach des Hochhauses geklettert, hatte auf dem heißen Beton gelegen und den Schwalben zugeschaut. Durch das Dach zogen sich Risse, und die höchsten Birken, die dort wuchsen, maßen zehn Meter. Der Schutzmantel aus Stahlbeton, der um den zerstörten Reaktor gelegt worden war, leuchtete am Stadtrand wie ein Wal, der sich aus dem Wasser hob.

Dann verkündete Workuta eines Tages, wir müssten abreisen. Demnächst werde ein Trupp Soldaten eintreffen und die Stadt durchkämmen. Die Information sei zuverlässig, und wenn wir gefunden würden, erwartete uns entweder Gefängnis oder eine Kugel. Den größten Teil unserer Sachen mussten wir zurücklassen und so eilig abhauen, wie die vorigen Bewohner vor der Strahlung geflohen waren.

Gänsesäger schlug Berlin vor. Er hatte dort einen alten Bekannten – Verboten –, der angeblich immer »neue interessante Projekte« in der Mache hatte.

Wir hatten praktisch keine Wahl. Workuta tigerte in einem fort im Kreis herum, Aljoscha hatte auf dem Dach, wo ich mich früher gesonnt hatte, Posten bezogen und spähte zum Horizont.

Der Zug spuckte uns um kurz vor Mitternacht am Berliner Hauptbahnhof aus. Die komplizierte Reise von Prypjat nach Berlin hatte vier Tage gedauert, zuletzt hatten wir in Warschau umsteigen müssen. Von dort aus hatte Gänsesäger Kontakt zu Verboten aufgenommen. Auf dem letzten Teil der Strecke hatte ein Rad an unserem Waggon blockiert, und wir waren funkensprühend durch die östlichen Berliner Vororte gesaust.

Gänsesäger hatte einen Zettel mit der Adresse bei sich. Wir brauchten fast die halbe Nacht, um das in Trümmern liegende Wohnhaus zu finden, in dem Verboten kampierte. Maßstäbe gehörten nicht zu Gänsesägers Stärken. Er hatte anhand des Stadtplans geschätzt, wir wären zweihundert Meter vom Ziel entfernt. Meine Beine hatten sich da schon angefühlt wie bei einem Marathon. Nachdem wir mehr als zwei Stunden marschiert waren, präsentierte Aljoscha uns unter einer Straßenlaterne die Blasen an seinen Füßen, während Nachtfalter um den Lichtkegel flatterten.

An der Häuserecke hingen Typen im Pillenrausch ab, die größte Schwierigkeiten hatten, sich auf den Beinen zu halten. Trotzdem forderten sie Geld von uns. Einer schwenkte eine dreckige Nadel und drohte, uns alle mit AIDS anzustecken, wenn wir nicht mit unserem Zaster rausrückten.

Wir schafften es, uns an ihnen vorbei ins Treppenhaus zu quetschen. Der Typ mit der Nadel lief uns schwankend hinterher. Er rief, wir seien in sein Haus eingedrungen – wenn wir nicht sofort verschwänden, werde er uns totschlagen. Das sei sein gutes Recht, er verteidige nur sein Zuhause.

Wir hatten also gerade einen unserer Nachbarn kennengelernt.

Verboten erwartete uns auf dem Treppenabsatz im ersten Stock, das Gejohle der Junkies im Erdgeschoss war bis hierher zu hören. Unser neuer Vermieter sah furchtbar aus. Seine linke Gesichtshälfte war schlimm verbrannt, die Haut war voller Runzeln und schimmerte, als wäre er vor Scham errötet. Über dem linken Auge hing das Lid herunter, sodass er aussah, als döste er dauernd vor sich hin.

Allerdings war er nicht errötet, und er döste nicht. Er atmete schwer, wie Darth Vader aus *Star Wars*.

Er führte uns durch verwinkelte Flure und Treppenaufgänge. Bei der letzten Treppe winkte er die anderen durch, befahl ihnen, die Tür zu öffnen und vorsichtig nach rechts zu kriechen. Mich hielt er an. Mich kenne er nicht, sagte er, und er lasse niemanden in seine Wohnung, den er nicht kenne.

Er bat mich, ihm was über mich zu erzählen. Gänsesäger hatte mir im Voraus geraten, meinen Musikgeschmack und meine Lieblingsfarben zu verschweigen und direkt zur Sache zu kommen. Ich räusperte mich und erzählte ihm, ich hätte zwei Menschen getötet.

Dann blickte ich mich um. Ich stand auf der bröckelnden Treppe, Eisenstangen ragten aus dem Beton. Stellenweise bröckelte die Bausubstanz, sodass nur eine halbe Stufe übrig war, darunter ein tiefes schwarzes Loch. Vor die Treppe waren Bretter genagelt, daran hing ein rot-gelbes Band mit der Aufschrift:

VERBOTEN! EINSTURZGEFAHR!

Verboten saß hinter dem Band und baumelte mit den Beinen über dem Loch, das die abgestürzte Stufe gerissen hatte.

In Kotka hatte ich in Karhuvuori gewohnt, einer Siedlung, in der fast jeder Zweite arbeitslos war. Zuerst bei meiner Mutter, dann zusammen mit Rust. Rust und ich hatten in einem gelblichen Mehrparteienhaus gewohnt, in dem die Wände so dürftig isoliert gewesen waren, dass man von der einen Seite das Gezänk des Nachbarpärchens hörte und von der anderen die Fingerübungen eines jungen Gitarristen, der noch auf der Suche nach seiner Virtuosität war. Beides früh um vier. Mich hatte das selten gestört. Um diese Uhrzeit war ich entweder beim Sprayen gewesen oder hatte die Post ausgetragen.

Im Vergleich zu Verbotens Zuhause erschien mir unser Haus in Karhuvuori in der Rückschau wie ein Palast. Immerhin hatten dort noch alle Außenwände gestanden. Bei diesem Haus fehlte die Stirnwand komplett, und die Abrissbirne hatte bereits Stücke aus den Böden gerissen, sodass man, sobald man eine x-beliebige Tür öffnete, nie wusste, ob man eine Diele betreten oder zehn Meter in die Tiefe fallen würde. Auch ein Teil der Treppe und der Innenwände war zerschlagen.

Neben mir klaffte ein offener Aufzugschacht, die Fahrstuhlkabine war nirgends zu sehen. Nur abgerissene Enden von Stahlseilen schaukelten sacht im Luftzug, der durch den Schacht fuhr.

»Erzähl mir von deiner Familie«, unterbrach Verboten die Stille. »Hast du die auch umgebracht?«

»Meine Mutter wohnt immer noch in Kotka. Sie liest leichtgläubigen Idioten am Telefon die Zukunft aus den Karten. Oder sie füllt Leitungswasser in Flaschen ab, mischt Wasserfarbe und Oregano darunter und preist das Zeug als Heilwasser gegen den Krebs an. Sie glaubt sogar selbst daran. Von meinem Vater hab ich nichts mehr gehört, seit er aus Finnland geflohen ist, weil sie ihn dort zu oft als Neger beschimpft haben. Er war ein Feigling.«

»Du bist doch auch geflohen«, entgegnete Verboten. Ich spürte sein Starren sogar durch das hängende Augenlid hindurch.

»Stimmt«, murmelte ich.

»Also bist du auch ein Feigling«, sagte Verboten.

»Scheiße, Mann, warum hast du mich auf dem Kieker?«, fauchte ich. »Ich hab's nicht nötig, in diese Scheißabsteige zu kommen und mir dein Gelaber anzuhören. Ich bin hier, weil Gänsesäger mich darum gebeten hat. Dem vertraue ich, dich kenn ich überhaupt nicht. Ich hab seit vier Tagen nicht mehr richtig gegessen, ich musste in versifften Zügen sitzen, wo einem die Beine einschlafen und der Rücken wehtut, und das Abteil stinkt nach Knoblauch und Fußschweiß, und wenn man umsteigt, landet man immer wieder in demselben Mief aus Knoblauch, Fußschweiß und Pisse, das ist bestimmt irgendein Putzmittel für Züge. Und weißt du was? Im Vergleich zu deiner Bruchbude waren diese Züge noch Sechs-Sterne-Hotels.«

Verbotens Mundwinkel zuckten, doch sein Gesicht war von den Brandnarben so entstellt, dass ich unmöglich hätte sagen können, was das Zucken bedeutete.

Er stand auf. Erst jetzt merkte ich, dass er ein altes Schwert in der Hand hielt. Er hob es hoch und legte mir die Klinge erst auf die eine, dann auf die andere Schulter.

»Metro, hiermit schlag ich dich zur Ritterin der Eisrattenburg. Du darfst niemandem verraten, wo sich diese Burg befindet, und du musst sie bis in den Tod vor Eindringlingen und feindlichen Angriffen schützen.«

»Das hier ist ein Wohnhaus«, sagte ich. »Eine beschissene, einstürzende Bruchbude.«

Verboten antwortete nicht. Stattdessen ging er die löchrige Treppe hoch und blieb oben an einer Tür stehen, vor die das gleiche rot-gelbe Absperrband gespannt war wie vor die Treppe.

VERBOTEN! EINSTURZGEFAHR! VERBOTEN!

»Dein Name steht an der Tür«, sagte ich. »Kriegst du viel Post? Ist Einsturzgefahr dein Vorname? Wer hatte die Idee, dich so zu nennen, deine Mutter oder dein Vater? Einsturzgefahr Verboten.«

Ich hätte die Klappe halten sollen, aber Verboten hatte es geschafft, mich wütend zu machen. Er antwortete auch diesmal nicht.

Vor der Tür war ein Riegel befestigt, den Verboten jetzt auffummelte.

»Geh sofort nach rechts, wenn du reinkommst«, sagte er. »*Falls* du reinkommst.«

Er schubste die Tür ein Stück weit auf. Ich zögerte einen Moment, dann setzte ich ihm mit langen Schritten nach. Jenseits der Schwelle war kein Fußboden mehr, beinahe wäre ich ins Leere gestürzt.

Minus 16 Stunden

Ich nagte an einem belegten Brötchen. Das Salatblatt sah aus, als wäre es zuvor unter die Räder geraten. Auf dem Teller lagen ähnliche schwarze Punkte wie auf dem Salatblatt – einer krabbelte weg, als ich ihn mit der Fingerspitze anstupste.

An die Fensterscheibe neben mir hatte jemand fettige Handabdrücke gepatscht. Durch sie hindurch betrachtet, sah die sonnengeflutete Straße aus, als läge sie in dichtem Nebel.

Ich saß in einem Imbiss einige Blocks von der Eishöhle entfernt und frühstückte. Es war schon Mittag. Keiner von den anderen hatte mich begleiten wollen. Ich kaufte noch drei Kaffees zum Mitnehmen.

Nachdem ich an einem Lagerhaus vorbei zurückgewandert war, blieb ich noch für einen Moment an der Hausecke stehen. Die Sonne brannte auf den Putz, ich genoss die Wärme wie eine Eidechse. Von der Wand krabbelte eine unternehmungslustige kleine Ameise auf meinen Arm, ihre Füße kitzelten mich.

»Wo gibt's denn hier Kaffee?«

Ich kniff die Augen zusammen. Neben mir war ein weißer Lieferwagen aufgetaucht. Das Fenster war runtergelassen, und ein Ellbogen in grünem Jackenstoff schob sich heraus. Ich versuchte, in den Wagen zu sehen, doch die Sonne blendete mich.

Ich winkte mit der Papiertüte der Imbissstube in die Richtung, aus der ich gekommen war.

»Wie viel?«, fragte der Ellbogen.

»Boah, keine Ahnung, ein paar Euro …«

»Wie viel für eine Runde?«

»Hä?«

»Du kriegst fünfzig. Wenn du uns beide ranlässt.«

»Verpiss dich!«

»Reg dich ab, Schätzchen. Du solltest froh sein, dass dich überhaupt einer will.«

»Auf Nimmerwiedersehen«, sagte ich und kletterte über das orangefarbene Plastiknetz zur Haustür.

»Aber die Kondome musst du selber zahlen«, rief der Typ mir hinterher.

Ich wartete im Treppenhaus, bis der Wagen verschwunden war. Es war bereits das dritte Mal, dass ich den Lieferwagen vor unserem Haus gesehen hatte.

Sorgen hatten uns daneben auch die Drogentypen aus dem Erdgeschoss gemacht, deren wirres Gebrüll manchmal bis zum Dachboden heraufdrang. Auf den Fluren musste man aufpassen, dass einem keiner von diesen Spinnern in den Nacken sprang. Die Junkies waren allerdings vor rund einer Woche verschwunden – und mit ihnen unsere Fahrräder, die uns bei unseren Aktionen echt nützlich gewesen waren. Wir hatten die Räder in der hintersten leeren Wohnung im zweiten Stock aufbewahrt, was wir für ein gutes Versteck gehalten hatten. Aber was immer sich zu Geld machen ließ, fanden diese Drogensüchtigen nun mal schneller als jeder Spürhund.

In die Nähe des Dachbodens hatten sie sich nicht mehr getraut, seit Verboten einen Junkie, der sich bei einer seiner Expeditionen zu weit hinaufgewagt hatte, die Treppe runtergestoßen und gedroht hatte, den Stoff der ganzen Clique gegen Rattengift auszutauschen, sobald sie nur stoned genug wären.

In der Eishöhle hatte Workuta sich zu den beiden anderen am Löwentötertisch gesellt. Gänsesäger und Aljoscha waren immer noch damit beschäftigt, das S-Bahn-Video in unterschiedlich langen Versionen im Netz zu verlinken und zu streuen. Sie hatten ihre IP-Adresse so manipuliert, dass jemand, der sie zu ihnen zurückverfolgte, zu dem Schluss gelangen würde, der Streifen über den bemalten Zug wäre im Bergdorf Orgosolo auf Sardinien hochgeladen worden.

Gänsesäger trug sein Lieblingsoberteil, ein schwarzes SECUNDAS-Shirt. Es war den Hemden des Sicherheitsdiensts Securitas nachempfunden, auf denen drei rote Punkte über dem Firmennamen schwebten. Der SECUNDAS-Schriftzug selbst war in derselben Schrifttype gedruckt. Die beiden äußeren Punkte hatten sich in kleine Pacmans verwandelt, die sich über den mittleren Klecks hermachten.

Ich stellte den dreien ihren Kaffee hin. Nur Aljoscha bedankte sich und lächelte. Workuta und Gänsesäger blickten nicht mal auf.

»Der weiße Lieferwagen war wieder da«, sagte ich.

»Und was wollten sie?«, fragte Workuta, ohne den Kopf zu heben.

»Meine Muschi.«

Ich ließ mich auf die Matratze fallen und lauschte dem Klappern der Tastatur, das stellenweise so klang wie das Schnellfeuer aus einem Maschinengewehr. Aljoscha trat an die Tür und hob den Daumen. Sein blasses Gesicht leuchtete im Gegenlicht wie Phosphor. Er behauptete, er hätte als Kind in Prypjat zu viel Strahlung abbekommen, so ähnlich wie Obelix, der in den Kessel mit Zaubertrank gefallen war. Er wurde nie braun, selbst wenn er den ganzen Tag in der Sonne lag. Allerdings verbrannte seine Haut auch nicht.

Sein Vater war Feuerwehrmann gewesen und beim Reaktorunglück 1986 ums Leben gekommen. Der Vater hatte versucht, den Brand zu löschen, Aljoscha war damals drei gewesen. Er erinnerte sich noch daran, wie er in dem berühmten Riesenrad gesessen hatte – in dem Vergnügungspark, der heute gern auf Fotos die Zerstörungskraft des Kernkraftwerks symbolisierte. Die städtischen Behörden hatten den Park unmittelbar nach dem Unglück eröffnet, damit die Kinder beschäftigt waren und die Familien nicht in Panik gerieten. Die Lage sei unter Kontrolle, sagten sie und verteilten Zuckerwatte. Die Fahrt mit dem Riesenrad war gratis, entsprechend lang die Warteschlange. Aljoscha behauptete, er erinnere sich immer noch daran, wie er seiner Mutter aus schwindelerregender Höhe zugewinkt hatte. Er hatte die Flammen des Reaktors am Horizont gesehen, und seine Mutter hatte ihm erzählt, das sei ein Feuerwerk.

Ich hörte, wie Workuta drüben bei den Computern durch die Zähne pfiff und sich leise mit Aljoscha und Gänsesäger unterhielt. Sie waren verschworen wie Familienmitglieder, und während unserer Wochen in Prypjat hatte ich mich oft ausgeschlossen gefühlt, obwohl Gänsesäger mich einmal als ihr viertes Kleeblatt bezeichnet hatte, als er merkte, dass ich ihnen zuhörte. In Wahrheit war ich ihr Adoptivkind, das sie nur aus Mitleid aufgenommen hatten, weil es von zu Hause hatte Reißaus nehmen müssen.

Ich hatte Workuta einmal gefragt, warum er so schaukelnd ging. Er hatte eine Weile gezögert, bevor er sich zu einer Antwort durchgerungen hatte. Er sprach nicht gerne über sich. Er hatte eine estnische Mutter und einen russischen Vater, wie ich hörte. Ursprünglich hatte er in einer kleinen Siedlung gewohnt, weitab von allen Verkehrsanbindungen. Von einem Freund angestachelt, war er irgendwann in einen riesigen Rangierbahnhof in der Nähe von Sankt Petersburg eingedrungen und auf einen Waggon geklettert, ehe ihn jemand hätte warnen können. Irgendeine Oma mit Kopftuch hatte an der Bahnstrecke gestanden und wie wild gewinkt, doch Workuta hatte sie für eine verrückte Bettlerin gehalten und war weiter über das Zugdach gelaufen, eine Spraydose in der Hand, den Rest im Rucksack. »Ich hätte auf die Oma hören sollen«, sagte Workuta. Durch die Oberleitung liefen fünfundzwanzigtausend Volt, Workuta war vom Zugdach aus drei Meter durch die Luft geflogen und dann mit dem Rücken auf den Schienen gelandet.

Er hatte fünf Tage lang bewusstlos im Krankenhaus gelegen. Als er schließlich aufwachte, war sein Arm mit Handschellen an das Stahlrohrbett gefesselt, und sein Bein hatte in einer Zugvorrichtung gelegen und zur Decke gezeigt. Man hatte ihm einen riesigen Schadenersatz aufgebrummt, nicht für das Bemalen des Güterzugs, sondern weil durch den Stromschlag, den er abbekommen hatte, in halb Petersburg das Licht ausgefallen war. Nachts war der Wachposten vor seinem Zimmer abgezogen worden, man war davon ausgegangen, dass ein gebrochenes Bein und die Handschellen genügen würden. Aljoscha hatte im Nachbarbett gelegen. Die beiden hatten sich auf Anhieb gut verstanden, und Aljoscha hatte schließlich aus der Werkzeugkiste des Hausmeisters zwei Etagen tiefer ein Eisensägeblatt geklaut. Workuta hatte die Bettstange zersägt und war mit gebrochenem Bein aus der Stadt geflohen. Damals hatte es ihn zum ersten Mal nach Prypjat verschlagen. Er hatte zwei Monate dort verbracht. Aljoscha war für sie beide im Fluss angeln gegangen. Irgendwann war er in seine Heimatstadt zurückgekehrt, um zu sterben.

Nur dass er nicht gestorben war. Sein Tumor hatte sich als gutartig erwiesen.

Workutas Bein war indes schief zusammengewachsen. Deshalb hinkte er beim Gehen. Wenn er lief, fiel es weniger auf. Als Workuta mal an einem heißen Tag in Prypjat das Hemd ausgezogen hatte, war ich heftig zusammengezuckt. Er hatte drei Rückgrate: Eins war das echte, das zweite war die breite Narbe, die das Gleis auf seinem Rücken hinterlassen hatte, und das dritte hatte ihm der Stromschlag eingebrannt.

Ich saß auf der Matratze und nähte die aufgerissene Naht meiner Jeans wieder zu. Das fand ich besser als Gänsesägers Methode, die Hose mithilfe von Heftklammern zu flicken. Maschendrahtzäune und verlassene Häuser sind Gift für jedes Kleidungsstück.

Gänsesäger und ich teilten uns auf dem Dachboden ein Zimmer, sofern man eine alte Waschküche als Zimmer bezeichnen kann. An die Blütezeit des Hauses erinnerten nur mehr die großen, leeren Betonbecken und ein Abfluss im Fußboden.

Nachts gurgelte der Abfluss, obwohl im Haus nirgends mehr Wasser lief.

Die Fenster der Waschküche waren schmal und saßen weit oben an der Wand, ließen nur ein kleines Stück vom Himmel sehen. Manchmal war der schmale Streifen blau, manchmal perlgrau. Einmal war ein Blitz durch mein Stück Himmel gezuckt, und die Betonbecken hatten im Donner dumpf gebebt.

Ich stach mir in den Finger, als über mir mit einem Mal ein lautes Pochen ertönte. Ein schiefschnabeliger Spatz morste an die Fensterscheibe: HE, ALTE, KÖRNER! Er schien wohl davon auszugehen, dass ich auf der Stelle dreieinhalb Meter hoch klettern und ihn füttern müsste.

Bis Verboten auf den Dachboden zurückkehrte, waren meine Finger völlig zerstochen und der Lichtkeil der Sonne auf die Seitenwand gewandert: Es war Nachmittag geworden.

Verboten kam und ging ohne jede Erklärung. Wir zahlten ihm Miete, indem wir an den Graffitiaktionen teilnahmen, die er plante.

Außer uns gab es in Berlin noch etwa zehn weitere Teams, die malten, was und wo sie wollten. Wir hatten die Macht zu entscheiden, wie die Stadt aussehen sollte.

Respekt war in der Graffitiszene der Stadt allerdings kaum zu gewinnen. Dabei wollten wir einen möglichst großen Anteil. Das heißt, Verboten war darauf aus, und ich hatte nichts dagegen.

Das größte und prominenteste Team hieß 1UP, One United Power. Sie hatten bereits massenhaft Videos ins Netz gestellt und Reisen durch ganz Europa unternommen, von Lissabon bis Wien, sogar auf andere Kontinente. Zu ihren Spezialitäten gehörte es, in U-Bahn-Tunnel einzudringen und unterirdisch stehende Züge zu bemalen.

Wir waren im Rückstand, weil wir später angefangen hatten, aber Verboten fand, dass wir die attraktivste Story zu erzählen hatten. Während 1UP an tausend Orten drei langweilige Buchstaben hinterließ, hatten wir Schnee und Eis und Ratten. Außerdem lief bei uns jede Aktion anders. Wenn du mal ein Video von 1UP gesehen hast, dann hast du sie alle gesehen. Eine Gruppe von Typen steigt durch eine Luke in einen U-Bahn-Tunnel und besprayt im Dunkeln einen Zug, der gerade nicht im Einsatz ist. Manchmal klettern sie auch über einen Maschendrahtzaun, und irgendwer reißt sich die Hose auf. Nach dem zehnten Video hat man das Gefühl, einer Oma zuzuschauen, die im Schaukelstuhl sitzt und vor sich hin dämmert.

Wie gesagt, Verboten plante unsere Aktionen. Während 1UP geparkte Züge bemalte, brachten wir sie per Notbremse aus voller Fahrt zum Stehen, verkeilten die Türen und malten so lange, bis wir vor Sicherheitsleuten oder Polizisten fliehen mussten. Während 1UP im Dunkeln malte, taten wir es bei Tag.

Das Wichtigste war nicht, den Zug zu bemalen und das Video anschließend ins Netz zu stellen. Das Wichtigste war, wie kaltschnäuzig man dabei war. Jeder x-Beliebige, oder, na ja, vielleicht nicht ganz jeder, konnte einen Zug im Depot oder auf dem Rangierbahnhof bemalen, wie ich es früher auch getan hatte. Den Blicken entzogen.

Wir aber wollten zeigen, dass wir die Besten waren. Nicht schön und reich. Sondern hässlich, dreckig und frech. Wir führten einen Krieg um die Herrschaft über die Stadt und ihren öffentlichen Raum. Und diese Story stellten wir ins Netz.

Die höchste Stelle an einer Wand wird Heaven Spot genannt, Himmelspunkt. Man kann sie nur erreichen, indem man sich mit dem Kopf nach unten über die Dachkante hängt, während ein Kumpel einen an den Beinen festhält. Die Heaven Spots sind in der Stadt am weitesten zu sehen.

Verboten wollte die Bedeutung des Begriffs Heaven Spot erweitern. Ein Heaven Spot war für ihn jedes gottverdammt sichtbare Graffiti. Früher ein Zug, der durch die Stadt fuhr und bei Zehntausenden Reklame für das Team machte, das ihn bemalt hatte. Heutzutage das Video von einer dreisten Aktion, das sich von der Masse abhob und im Netz Abermillionen Zuschauer erreichte.

Verboten hatte geschworen, in ein paar Monaten würden wir nicht nur in Berlin, sondern in ganz Europa und auf der ganzen Welt die Heaven Spots besetzen.

Die Eisratten würden als Elitetruppe der Graffitiszene bekannt.

Die Eisratten waren wir. Wir kamen aus dem Norden und malten in kalten Farben. Verboten war die einzige Ausnahme. Woher er stammte, wusste ich nicht, er behauptete, er sei inzwischen so oft umgezogen, dass er nirgends mehr zu Hause sei. Den Titel Eisratte trage er allerdings gern – schließlich habe er den Namen auch erfunden.

Auch ich war eine Eisratte geworden. Eine Ratte. Obwohl in Kotka einzig und allein die Wachleute, die uns gejagt hatten, Ratten hießen. Hier nannten *wir* uns Ratten, obwohl wir Street Art machten. Hier stand die Welt irgendwie kopf.

Ich war verdutzt. Schon wieder war der Spatz über mir aufgetaucht und trommelte mit dem Schnabel gegen die Scheibe, es kam mir vor, als wollte er mir Verstand in die Birne hämmern. Du denkst jetzt nicht an Kotka, Metro.

Ich bin jung, frei, und keiner kann mir was. Alle können mir den Buckel runterrutschen. Alle außer meinen Freunden.

Rust hatte ich beinahe vergessen.

Ich hatte beschlossen, Rust zu vergessen.

Mitten in der Nacht wachte ich noch manchmal auf und

sah, wie Rust fiel und zappelte und zappelte und wie ein kleiner Vogel versuchte zu fliegen und dann auf den Asphalt knallte – sich die Knochen zertrümmerte –, während die Sicherheitsleute ihm von oben nachsahen. Respekt, sagten sie.

Ich musste lange an die Betonwand der Waschküche starren, ehe die Sicherheitsleute wieder verschwanden und unter ihren Gesichtern und Uniformen endlich wieder die gesprayte Schlittschuh laufende Eisratte auf der Wand zum Vorschein kam.

Minus 12 Stunden

»Ich muss mal raus, eine neue Brieftaube besorgen, die alte ist zu langsam geworden.« Ich hielt Verboten das Taubenskelett unter die Nase, das ich im hinteren Teil des Dachbodens gefunden hatte.

»Bleib nicht zu lang weg. Denk dran, dass du heute Abend einen Einsatz hast«, sagte Verboten, ohne zu mir oder dem Skelett aufzublicken. Er schnitt gerade konzentriert eine Schablone aus Papier.

»Daran hast du mich schon dreihundertmal erinnert.«

»Höchstens dreimal.«

Ich schob die Sperrholzplatte vor dem Loch in der Zwischenwand beiseite und zwängte mich daran vorbei. Auf einem Balken, der gerade so breit war wie mein Schuh, balancierte ich die knapp zehn Meter zur Stahltür.

Der Stützbalken war das einzige Überbleibsel des Fußbodens in diesem Teil unseres Domizils. Darunter klaffte ein Schacht in die darunter liegenden, von der Abrissbirne zerstörten Etagen. Von den Fußböden waren nur noch Keile übrig, die aus den ehemaligen Zimmern ragten wie Stoßzähne. Wenn mein Fuß abrutschte, würde ich eine Menge Glück brauchen, um die gesamten zwanzig Meter abzustürzen: Wahrscheinlicher wäre es, unterwegs von Eisenstangen, zerbrochenen Planken oder Rohren aufgespießt zu werden, die aus den einstigen Wänden, Fußböden und Zwischendecken ragten.

Auch ein Teil des Dachs war eingestürzt, und bei Regen wurde der Balken glitschig wie der Fels am Meer, von dem ich als Kind in Kotka durch die dünne Eisdecke gefallen war.

Schwimmen konnte ich damals noch nicht. Ich hatte verzweifelt Wasser getreten und versucht, an dem glatten Felsen Halt zu finden. Meine Mutter war mir zu Hilfe geeilt und dabei selbst ins Wasser geplumpst. Da hatten wir dann beide in der Brühe gestrampelt, bis ein Gassigeher uns herausgezogen hatte.

Workuta hatte über meine Vorsicht verächtlich geschnaubt. Er war im Suff viermal auf dem Balken hin- und hergehinkt.

Ich dagegen hatte die Strecke in der ersten Woche immer nur sitzend zurückgelegt, hatte den Balken fest umklammert und war in Zehnzentimeterschüben vorgerutscht.

»Eine bessere Sicherheitsvorkehrung als das stärkste Vorhängeschloss«, hatte Verboten über den Stahlbalken gesagt. »Er jagt jedem Angst ein, der herkommt, und so soll es ja auch sein. Die Junkies von unten schaffen es im Leben nicht hier rüber.«

Ich schaffte es zu der Stahltür am anderen Ende des Balkens, die sich zum Glück nach außen öffnete, und erreichte das Treppenhaus. Ich lief die Treppen runter, ich war spät dran.

Auf dem Treppenabsatz im ersten Stock fegte eine alte Frau den Boden. Sie trug einen Pelzmantel und hatte ihr Haar unter einem geblümten Kopftuch versteckt. In den ersten Wochen hatte ich sie für eine Putzfrau gehalten, später hatte sich herausgestellt, dass sie seit mehr als vierzig Jahren in dem Haus wohnte. Die Einzige der früheren Bewohner, die geblieben war. Man hatte versucht, sie rauszulocken, hatte ihr, wie Verboten gehört hatte, mehrere andere Wohnungen angeboten. Doch die Frau hatte abgelehnt, sie hatte lediglich geschnaubt und die Tür zugeschlagen, ganz gleich, wie groß die mit Aktentaschen bewehrte Delegation gewesen war.

Verboten nannte die alte Frau Bison, weil sie so einen dicken Kopf hatte und sommers wie winters Pelz trug. Im selben Maß, wie ihre Falten tiefer wurden, zerfiel das Haus um sie herum. Sie versuchte, den Verfall aufzuhalten, indem sie das Haus blitzblank hielt. Wahrscheinlich hatte sie den Fußboden in ihrer Wohnung schon kaputt gewienert und sich anschließend darauf verlegt, den Treppenflur zu schrubben.

»Bleib nicht zu lang draußen«, sagte Bison zu mir, als ich an ihr vorbeiging. Das sagte sie immer, egal, ob ich kam oder ging.

Bison hatte etwas Schauerliches an sich. Ich hatte manchmal heimlich ihre Putzrunde beobachtet, die systematisch durch den Hausflur im ersten Stock führte, vor und wieder zurück. Manchmal versprühte sie Lavendelduft. In die anderen Etagen ging sie nicht, dort waren die Flure voller Schmutz, Staub und rochen nach Pisse. Von Zeit zu Zeit blieb Bison stehen, seufzte, zog den Pelz enger, biss sich auf die Unterlippe und machte weiter.

Unten sprang ich in die Straßenbahn und fuhr in Richtung Fluss. An einer Straßenecke stand eine junge Frau in einem abgetragenen Morgenmantel, sie sprach mit sich selbst und warf den Kopf hin und her, die Passanten schlugen um sie einen weiten Bogen. Zwischen den Lagerhallen glitt ein flacher Flusskahn vorbei, an Deck saßen knipsende Touristen, die mehrsprachige Beschreibung der Sehenswürdigkeiten echote vom Fenster eines Handyladens wider wie vom Turm zu Babel. Ich stieg aus und schlängelte mich zwischen den Autos auf dem Parkplatz hindurch.

Rechts vor mir beschrieb der Bahndamm einen Bogen. Links erstreckte sich eine lange Reihe von Cafés, Bierstuben, Kebabbuden, kleinen Asiarestaurants, vor jedem Lokal ein Haufen Plastiktische und -stühle, die Stühle waren im Lauf der Monate durcheinandergeraten und hatten sich sogar vermehrt. Es war ihnen ergangen wie den Kaninchen in meiner Kindheit.

Mutter und Vater hatten immer von einem Biohof geträumt, der ähnlich sein sollte wie *Unsere kleine Farm*, Mutters Lieblingsserie, als sie noch ein Kind gewesen war. In

Wirklichkeit war unser Holzhaus löchrig und zugig und kauerte windschief am Waldrand. Mutter hatte sich schon vor unserem Umzug kistenweise unterschiedlichste Samen besorgt, mit denen sie einen wunderschönen Garten rund um das Haus anlegen wollte. Vaters Aufgabe war es, das schiefe Haus zu richten. Ich war für die Kaninchen verantwortlich. Weibchen und Männchen mussten in getrennten Käfigen gehalten werden, und man durfte sie nur abwechselnd zum Fressen auf den Rasen lassen. Erst die Weibchen, dann die Männchen. Es dauerte entsetzlich lange, die Kaninchen knabberten träge am Löwenzahn, und ich hatte es eilig, das Innenleben eines Weckers zu erforschen, den Mutter an die Wand geworfen hatte, oder ein Floß zu bauen, mit dem ich auf die nächste Insel fahren konnte. Am dritten Tag hatte ich sie gleichzeitig auf die Wiese gelassen und sie anschließend blindlings in ihre Käfige gesperrt. In beide gleich viele. In den nächsten Monaten hab ich dann anschaulicher als in der Schule gelernt, was Überbevölkerung heißt.

Aus jeder Tür drang ein neuer Geruch: Zitrusfrüchte, dunkler Kaffee, Crêpes, Kreuzkümmel, gebratenes Hühnchen.

Erst als mein Magen knurrte, dämmerte mir, wie hungrig ich war. Nach unserer S-Bahn-Aktion hatte ich außer dem kleinen Brötchen nichts gegessen.

Der rotbackige Händler hatte seine Wurstbude ein Stück abseits aufgestellt, an dem asphaltierten Weg, der zum Bahnhof Friedrichshain führte. Die dicksten Würste waren so massig wie sein Arm, dem es nicht gerade an Fleisch mangelte. Die lange Fleischwurst bildete eine Spirale, wie eine Krone, der Mann schnitt davon Stücke für die Kunden ab. Eine Frau in einer lila Jacke stopfte sich ihr Stück in ein silbernes Handtäschchen, dessen Nähte krachten.

Ich blieb neben der Bude stehen, schnupperte mich satt und sah zu den Bahnsteigen hinüber. Ein Nahverkehrszug war gerade aus Richtung Alexanderplatz angekommen, und die

Menschen strömten die Treppe zur Überführung hoch. Die Schnellsten hatten bald darauf die Treppe am anderen Ende der Fußgängerbrücke erreicht und eilten an der Wurstbude vorbei. Ein zitternder Mann trug das verbogene Rad eines Fahrrads vor sich her, streichelte immer wieder die herabhängenden Speichen, als hielte er ein totes Kind im Arm.

Mein Vater kam als einer der Letzten. Er ließ die Schultern noch tiefer hängen als sonst. Bei der Bude rümpfte er die Nase angesichts des überall verstreuten Butterbrotpapiers und sonstigen Mülls. Diesmal hob er den Abfall nicht auf, wie er es sonst oft tat.

Ich hatte meinen Vater nicht als Sauberkeitsfanatiker in Erinnerung gehabt. In unserem schiefen Holzhaus waren die Sachen nie in den Regalen verstaut gewesen, sondern hatten immer kreuz und quer auf dem Fußboden gelegen. Mitunter hatte Vater sogar die Kaninchen ins Haus gelassen, obwohl dann bald überall Kötel lagen. Zum Zimmermann taugte er so wenig wie Mutter zur Gärtnerin. Mutter hat nie auch nur einen Quadratzentimeter von dem hohen Gras rund um das Haus gemäht und kein einziges Saatkorn ausgesät. Nach Vaters Ansicht war Chaos die richtige Weltordnung, nach Mutters Auffassung war es Präzision. Auch darüber stritten sich meine Eltern vor der Trennung. Einmal fiel durch das löchrige Dach der erste Schnee in die Wohnstube. Ich weiß noch, wie sie den Schneehaufen betrachteten und sich dann einen halben Tag lang darüber zankten, wessen Aufgabe es sei, ihn wegzuschaufeln. Unterdessen kletterte ich rauf aufs Dach und nagelte kurzerhand eine Sperrholzplatte auf das Loch.

Unsere kleine Farm. Von wegen. Als Neusiedler wären Mutter und Vater als Erste gestorben, und der Wilde Westen wäre eine Weile etwas friedlicher gewesen.

Ich drückte mich enger an die Wurstbude, damit Vater mich nicht entdeckte.

Ich hätte gar nicht so vorsichtig sein müssen. Er hatte mich nicht erkannt, obwohl ich mich gerade erst eine Woche zuvor in einem plötzlichen Anfall von Entschlossenheit im Café an seinen Nachbartisch gesetzt und ihm die Chance gegeben hatte, ganz allein zu der Erkenntnis zu gelangen, dass seine Tochter endlich hier war. Nicht in Finnland, wo du mich im Stich gelassen hast, du Arschloch. An meinem ersten Schultag. Das Warten auf der Schultreppe hatte sich verdammt in die Länge gezogen, du hattest versprochen, mich abzuholen. Vor gut vierzehn Jahren. Da stand ich und krümmte die frierenden Zehen, während alle anderen Kinder längst mit ihren Eltern auf und davon waren.

So wahnsinnig überzeugend klangen auch die Ansichtskarten nicht, auf denen du später beteuertest, wie unbedingt du mich wiedersehen wolltest.

Ich hatte die Ankunft meines Vaters schon mehrmals beobachtet – immer der gleiche Zug, die gleiche Zeit – und auf eine kleine Geste gewartet, mit der sich irgendeine Kindheitserinnerung regen würde. Früher hatte mein Vater oft gelacht, erst schwang sein Kopf zurück, und dann stieg aus der Tiefe seines Bauchs ein lautes, dunkles Lachen auf. Mutter hatte damals behauptet, Vaters schallendes Lachen wärme unsere zugige Behausung besser als die Heizung, sie habe es sogar am Quecksilberthermometer überprüft.

Der jetzige Vater lachte nicht und lächelte auch nicht. Er wirkte kleiner als früher, und seine Schritte waren anders. Als ich noch klein war, schien mein Vater mit jedem Beinschwung die halbe Strecke zum Himmel zurückzulegen, seine Schritte waren überhaupt nie zu hören gewesen, er war geschmeidig wie ein Leopard gelaufen. Wir hatten manchmal ein Spiel gespielt, bei dem ich mich an einem Ende des Hauses hinhockte, mir die Augen zuhielt und das Ohr auf die Bodendielen presste, und wenn ich meinen Vater kommen hörte, musste ich »Hepp!« rufen und in die Richtung zeigen, aus der sich der Leopard näherte.

Ich verlor immer. Vater tippte mich an, noch ehe ich das erste Knacken hörte. Er wusste die knarzenden Dielen zu vermeiden.

Der jetzige Vater trottete vor sich hin, und das Geräusch seiner Springerstiefel auf dem Asphalt war meterweit zu hören.

Lächle, murmelte ich seinem Rücken zu. Lächle wenigstens ein einziges Mal.

Er machte bei seinem Stammcafé halt, holte sich einen Kaffee und setzte sich an einen Ecktisch, von dem er meistens schweigend und ernst die Passanten beobachtete.

In dieses Café hatte ich mich vor einer Woche gewagt, an den Nachbartisch. Mein Vater hatte dreimal den Kopf gedreht und mich gemustert und dann durch mich hindurchgeblickt, ohne das kleinste Zeichen des Wiedererkennens.

Ich wartete, während Vater seinen Kaffee in kleinen Schlucken schlürfte wie ein Spatz, der Wasser aus einer Pfütze trinkt. Dann stand er auf und ging, ohne sich von irgendwem zu verabschieden.

Ich folgte seinen schweren Schritten bis zur nächsten Straßenecke, wo ich mich an einen Laternenpfahl lehnte. Ich wusste, wohin mein Vater ging. Er wohnte weniger als einen halben Kilometer entfernt in einem kupfergrünen Mehrparteienhaus im zweiten Stock. Ein paarmal hatte ich mich auf den Lüftungsbalkon im gegenüberliegenden Haus geschlichen, eine Etage tiefer, und das fenstergroße Leben in dem kupferglänzenden Gebäude beobachtet.

Hauptsächlich schien mein Vater vor dem Fernseher zu sitzen. Außer ihm war in der Wohnung nie jemand zu sehen. In einer Schüssel am Fenster schwamm ein Goldfisch, den er manchmal fütterte.

Ich erdrosselte den Laternenpfahl zwischen meinen Händen und blickte meinem Vater nach.

Das fehlende Lachen und das Getrampel hätte ich noch ertragen. Was mich mehr als alles andere daran hinderte, Kontakt aufzunehmen, war Vaters Ausrüstung. Er hatte Pfefferspray, einen Schlagstock und Handschellen am Gürtel wie ein Kopfgeldjäger den Skalp seiner Opfer.

Mein Vater war Vertreter desjenigen Berufsstands geworden, den ich auf der Welt am meisten hasste und fürchtete. Desselben Berufsstands, dessen Angehörige Rust getötet hatten. An den ich nicht mehr denken wollte, der aber dafür sorgte, dass ich mir die Wangen blutig biss, sooft mir einer wie mein Vater überraschend auf dem Bürgersteig entgegenkam.

Mein Vater war mein schlimmster Feind geworden: ein Sicherheitsmann.

Minus 8 Stunden

Auf dem Rückweg legte ich eine Pause ein. Ich setzte mich an einen Gully, warf Steinchen durch die Stäbe und horchte darauf, wie lang es dauerte, bis sie ins Wasser plumpsten. Vater hatte mir als Kind die Geschichte eines unterirdischen Reichs erzählt, mit Königsschlössern und Ungeheuern, und Gullys waren Tore zu dem Reich gewesen.

Vater hatte mir viele Märchen erzählt. Nichts als Märchen hatte er mir aufgetischt, verdammt noch mal.

Die Haustür war bloß angelehnt. Das hätte mich warnen müssen.

Als ich das halbdunkle Treppenhaus betrat, stieß ich mit dem Fuß gegen eine Bierdose, die durch die Eingangshalle rollte.

Spätestens das hätte mich in allerhöchste Alarmbereitschaft versetzen müssen, denn niemand hier ließ irgendwelche Dosen zurück. Die Junkies waren weg, und Bison verstreute keinen Müll.

Ich hatte erst fünf Schritte gemacht, als mich jemand von hinten in den Schwitzkasten nahm. Im selben Moment trat eine zweite Gestalt aus dem Schatten und baute sich vor mir auf.

»Deine Cityvilla ist ja ziemlich schäbig«, sagte der Typ.

Ich wehrte mich vergeblich, der Griff war zu fest. Der Mann vor mir trug trotz des Halbdunkels eine Sonnenbrille.

»Was macht ein einsames Mädel denn in so einem großen Haus?«, fragte der Mann. »Wäre es da nicht höflich, Gäste einzuladen?«

Ich versuchte zu antworten, doch er drückte mir dermaßen die Kehle zu, dass ich nur ein Keuchen herausbrachte.

»Verlassene Häuser sind keine sichere Zuflucht für einsame Mädels«, fuhr der Mann fort. Ich hatte ihn schon an der Stimme und an der grünen Jacke erkannt, derselbe Typ hatte mir früher am Tag aus dem weißen Lieferwagen seinen Stuss nachgerufen.

»Wir könnten bei dir einziehen. Wenigstens für ein paar Stunden«, sagte der Mann. Ich spürte, wie Zähne an meinem Ohrläppchen nagten und der Reißverschluss an meiner Jeans aufgezogen wurde.

Der mit der grünen Jacke öffnete die erstbeste Tür.

»Deine Matratze ist ja ziemlich abgewetzt«, sagte er. »Du hast wohl öfter Besuch?«

Sein Kumpel zerrte mich rückwärts in die Junkiebude.

»Pinkelst du etwa hier in die Ecke?«, fragte der Mann. »Pfui Teufel! Hast du noch nie was von Klos gehört? Wir haben uns schon gedacht, dass du auch noch nie von Kondomen gehört hast. Also haben wir welche mitgebracht.«

Mehr konnte er nicht sagen, weil eine Eisenstange gegen seinen Rücken donnerte. Mit flammend rotem Gesicht war Verboten in der Tür aufgetaucht.

Ich spürte, wie der Würgegriff sich lockerte. Verboten schwang erneut die Eisenstange. Jemand keuchte, dann fiel ich zu Boden. Ich sah erst eine Gestalt durch die Tür verschwinden, dann die zweite, dann setzte Verboten ihnen nach. Aus der Eingangshalle waren noch ein dumpfer Schlag und ein Aufschrei zu hören.

»Sorry, wir wussten nicht, dass sie deine Nutte ist«, rief der Mann mit der grünen Jacke. »Wie viel nimmst du für sie?«

Es war eine Weile still. Irgendwann kam Verboten zurück und half mir auf die Beine.

»Bist du okay?«, fragte er.

»Ich glaub schon«, ächzte ich. Der Hals tat mir weh. Ich zog den Reißverschluss wieder zu.

Ich lag auf meiner Matratze in der Eishöhle. Verboten hatte noch eine Weile bei mir gesessen, ich hatte ein Dankeschön gemurmelt.

Am anderen Ende des Dachbodens diskutierten Aljoscha und Workuta, in welchem Jahr sie in Orgosolo gesprayt hatten. Der Ortsname erinnerte mich an die Orks aus dem *Herrn der Ringe*.

Ich drehte mich um und betrachtete die Wand unserer Waschküche, die anders war als die Wände sämtlicher mir sonst bekannten Nassräume. In all den Wochen hatte ich mich immer noch nicht an ihr sattgesehen.

Ein vier Meter breites und zweieinhalb Meter hohes Piece bedeckte die Wand: eine Ratte auf Schlittschuhen, die in einer Winterlandschaft über einen zugefrorenen Teich glitt. Die Eisfläche bestand aus lauter Geldscheinen, die die Ratte mit den Kufen zerschnitt. Die Hälften schwebten zwischen Schneeflocken durch die Luft.

Die Ratte hielt eine Spraydose in der Pfote und sprühte im Vorbeigleiten ICE RAT BANKSY auf eine Schneewehe.

Heilige Scheiße. Banksy, der berühmteste aller Street Artists. Banksy kannten heutzutage sogar der Papst und Prinz Charles … oder vielmehr: Sie kannten Banksys Werke. Banksy selbst hatte nie sein Gesicht gezeigt und seinen wahren Namen bis heute verheimlicht. Die Filmstars in Hollywood zahlten Hunderttausende, um sich jedwedes Banksy-Werk ins Wohnzimmer zu hängen.

Im Eis klaffte ein Loch, auf dem ein Zylinder schwamm. Daneben ragte aus dem schwarzen Wasser die Hand eines Bankiers mit einer goldenen Armbanduhr.

Das Werk war aus zwei Gründen einzigartig. Erstens trug es Banksys Signatur. Er hatte nur wenige seiner großen Arbeiten signiert. Diese hier stammte Verboten zufolge aus einem Winter, den Banksy in Berlin verbracht hatte. Damals hatte es so heftig geschneit, dass der Verkehr quasi zum Erliegen gekommen war, und Busfahrer hatten sich Schneeballschlachten geliefert, anstatt zu fahren. Unter den Linden waren die Leute auf Opas alten Holzskiern unterwegs gewesen, und vor dem Reichstagsgebäude hatte ein Schneemann gestanden, der dem damaligen Bundeskanzler Gerhard Schröder ähnlich sah. Ein Entschärfertrupp hatte den Schneemann irgendwann vernichtet, weil angeblich zu befürchten stand, dass in seinem dicken Bauch Sprengstoff versteckt war.

Der zweite Umstand, der die Waschküchenmalerei einzigartig machte, war ihre Unversehrtheit. Niemand hatte darübergekleckst. Offenbar hatte Banksy ein paar Wochen lang hier auf dem Dachboden gehaust – und er war es auch gewesen, der ihn Eishöhle getauft hatte, weil der Dachboden so zugig war. Mehrmals war Schnee durch die Fensterritzen gedrungen, und einmal war Verboten sogar davon wach geworden, dass sein Kopf am Fußboden festgefroren war. Er musste freigepinkelt werden, weil es hier oben natürlich kein warmes Wasser gab. Im Nachhinein war Verboten stolz darauf, dass gerade Banksy ihm Erste Hilfe geleistet und seinen Kopf vom Boden gepinkelt hatte. Der strenge Winter und das kalte Quartier hatten Banksy dazu inspiriert, sich am Ende seines Aufenthalts als Ratte auf Schlittschuhen zu porträtieren, die auf den schnöden Mammon scheißt.

Auf Geld scheißen. Das taten wir ebenfalls.

Manchmal war das allerdings nicht möglich.

»Metro, es wird Zeit.« Verboten war an der Tür zur Waschküche aufgetaucht. »Die Arbeit ruft.«

Verboten hatte Aljoscha und mich für den Part im Klettergürtel ausgewählt, weil wir die Leichtesten waren. Aljoscha sah aus, als litte er unter chronischer Rachitis. Gänsesäger wog ungefähr genauso viel wie ich, war aber so ungeschickt, dass ich ihn nicht an meiner Stelle über die Dächer klettern lassen wollte. Er war zwar ritterlich, aber auch permanent unfallgefährdet.

»Zeit, die Miete zu bezahlen«, sagte Verboten. Das sagte er immer, wenn wir unter seiner Führung zu einem Graffiti-Guerilla-Anschlag aufbrachen.

»Was denn für eine Miete?«, hatte ich beim ersten Mal noch verwundert gefragt.

»Die Miete dafür, dass das Haus nicht weiter abgerissen wird«, hatte Verboten erwidert, in einem Tonfall, der jede Nachfrage so effektiv abwehrte wie ein hundert Kilo schwerer Verteidiger den gegnerischen Angriff beim Eishockey.

Gänsesäger erklärte mir später, dass Verboten Schmiergeld zahlen müsse, damit das Haus stehen blieb. Er musste anderen gefällig sein, damit man uns gefällig war.

Was wir in dieser Nacht vorhatten, war genau so ein Auftrag: Wir sollten quasi auf Rechnung der Konkurrenz eine Autoreklame übermalen. Im Gegenzug bekam unser Haus ein wenig mehr Lebenszeit, und wir durften unsere Wohnung noch ein bisschen behalten. Große, durchaus respektable Firmen heuerten von Zeit zu Zeit Street Artists an, um die Machwerke ihrer Konkurrenten zu tunen. In manchen Fällen bedeutete das nur, auf die Margarinewerbung am Straßenrand Schwänze über die lächelnden Gesichter der Familienmitglieder zu malen, die sich am Frühstückstisch Brote schmierten. Der heutige Auftrag würde jedoch komplizierter sein.

»Schaffst du das?«, fragte Verboten. Er hatte gesehen, dass meine Hände zitterten.

»Wieso nicht?«, knurrte ich und steckte die Hände in die Taschen.

Wir nahmen die Straßenbahn, stiegen am Spreeufer aus, doch statt in den Fluss zu springen, nahmen wir die Rolltreppe zur U-Bahn. In der Bahn stank es, als hätte jemand Autoreifen verbrannt. Wir stiegen einmal um und eine Haltestelle vor dem Potsdamer Platz wieder aus. Verboten ging Aljoscha und mir mit langen Schritten voraus. An der Straßenecke zeigte er auf einen Büroturm, der auf einer Seite von einem mindestens zwanzig Meter langen Werbebanner bedeckt war; für die Landschaft hinter dem Hatchback hatte irgendwer per Photoshop Gebirge, Wüste, Meer, Stadt und Dschungel zusammengewürfelt.

»So was hab ich noch nie gemacht«, sagte ich.

»So was hat bisher noch keiner von uns gemacht«, erwiderte Verboten. »Überhaupt kaum jemand in der ganzen Stadt. In Brasilien wird so was oft gemacht.«

»Spielen die in Brasilien nicht Fußball?«

»Wer es nicht in eine Fußballmannschaft schafft, macht so was. Pixadores. Und die haben nicht mal einen Klettergürtel. Total easy. Die stehen sogar auf Zugdächern – bei vollem Tempo. Und das ist noch viel schwieriger.«

Mit dem Blick maß ich das senkrechte Viereck ab, das wie eine Bergwand vor mir aufragte. Seit dem vorigen Herbst hatte ich Höhenangst entwickelt. In Kotka hatte mich ein Sicherheitsmann im dichten nächtlichen Nebel vom Dach des Kulissenlagers des Theaters gestoßen. Ich hatte Schwein gehabt: Statt zwanzig Meter in die Tiefe zu stürzen, war ich nach drei Metern auf einem Schuppendach gelandet und mit dem Leben davongekommen. Allerdings existierte die ein Jahr jüngere Metro, die damals auf der Suche nach Heaven Spots flink wie ein Schornsteinfeger über die Dächer geflitzt war, seitdem nur noch in meiner Erinnerung.

Aljoscha kaute auf der Lippe, und hinter seiner Albinohaut war kaum zu erkennen, dass er erblasst war. Obwohl es draußen bereits dunkel wurde, leuchtete die Wand mit der Autoreklame im Scheinwerferlicht so hell wie am Tag.

»Filmst du das?«, fragte ich Verboten. »Kriegen wir mehr Klicks, wenn wir da runterkrachen?«

Verboten antwortete nicht, wandte mir bloß die verbrannte Gesichtshälfte zu. Sein Blick blieb unter seinem Hängelid verborgen. Ganz offensichtlich hatte er keine Lust auf ein Gespräch.

Dann knuffte er mir mit der Faust gegen den Arm, das war sein Abschiedsgruß.

Aljoscha und ich hatten weiße Overalls an und zwei Farbeimer und eine Tasche dabei, aus der Farbroller ragten. Im Foyer des Büroturms erklärten wir, dass in den Sanitätsräumen im dreizehnten Stock Wände beschmiert worden seien, die wir frisch streichen sollten.

»Nulltoleranz«, sagte Aljoscha zu dem Pförtner, der an seinem Tisch saß und die Entfernung zwischen seinem Zeigefinger und der schlafenden Fliege an der Decke maß. »Jede Schmiererei sofort tilgen. Die Politik des Hausverwalters. Eine gute Politik. Verdammte Vandalen.«

Der Pförtner deutete auf den Aufzug. Im Spiegel betrachteten wir unsere Overalls, die mit Flecken in allen Farben des Regenbogens gesprenkelt waren. Auf dem Rücken stand der Name eines erfundenen Malerbetriebs, PERFECT PAINT COMPANY, darunter das Logo, Farbroller und Pinsel über Kreuz. Dasselbe Logo schmückte auch die Tasche, in der unter unseren Farbrollern und farbverschmierten Plastikschalen zwei mit Spraydosen gefüllte kleine Rucksäcke lagen.

Tatsächlich war es oft am einfachsten, wenn man alles ganz offen sichtbar anging. So weckte man am wenigsten Verdacht. Wenn nötig, legten wir eine Visitenkarte vor, auf der die Telefonnummer unseres Malergeschäfts stand. Den Firmennamen wechselten wir immer mal wieder. Wenn er wollte, sollte der Pförtner oder irgendein Angestellter doch anrufen. Unter der angegebenen Nummer würde sich Verboten melden, in einem fiktiven Auftragsbuch blättern und erklären, die Anstreicher seien genau dort, wo man sie hinbestellt habe. Ob es Probleme gebe? Ob die Maler sich unangemessen verhielten? Der

Malerbetrieb PERFECT PAINT COMPANY lege großen Wert auf die soziale Kompetenz seiner Mitarbeiter.

Verboten konnte mit seinem Gerede einen Toten wieder auferstehen lassen, wenn er wollte. Er war der Öffentlichkeitstauglichste von uns allen, vorausgesetzt man sah sein Gesicht nicht.

Ich drückte den Knopf zum obersten Stock, Aljoscha starrte auf das Display über der Tür, auf dem eine Etage nach der anderen angezeigt wurde. Von der Zwölf sprangen wir direkt zur Vierzehn. Aljoscha machte die größten Augen, die mir je untergekommen waren. Bestimmt war Bambi aus dem Disney-Trickfilm sein Vater gewesen.

Wir ließen die Farbkübel und Roller und sonstigen Utensilien in einer Putzkammer zurück und machten uns auf die Suche nach der Feuerleiter, über die wir noch eine Etage höher kamen. Dort befand sich ein schmaler Balkon.

Der Wind fegte mir die Haare ins Gesicht. Vor uns konnten wir die Baumwipfel des Tiergartens sehen, ein Stück weiter segelte ein Heißluftballon mit Bierreklame über den Himmel. Wir schienen höher oben zu sein als er.

»In Prypjat brauchten wir keine Miete zu zahlen«, stellte Aljoscha fest.

»Sehnst du dich wirklich in das radioaktive Kaff zurück?«

»In dem Kaff bin ich zu Hause.«

Ich spähte über den Rand des Balkons auf die blinkende Autoschlange unter uns. Scheinwerfer und Straßenlaternen zerteilten die Dunkelheit.

»Scheiße, hier sollen wir runter?«, fragte ich.

»Falsche Seite«, sagte Aljoscha.

Vom Rand des Balkons führte eine schmale Leiter nach oben. Die Sprossen waren von Moos bedeckt, seit dem Bau dieses Gebäudes schien sie niemand mehr benutzt zu haben. Ich fror, obwohl mir der Schweiß über den Rücken lief.

»Ladies first«, sagte ich, als Aljoscha sich über die Brüstung beugte, und schob ihn kurzerhand beiseite. Wenn ich hinter ihm zurückbliebe, würde ich mich nicht mehr trauen loszuklettern. So konnte ich mir wenigstens einreden, er würde mich auffangen.

Die Leiter neigte sich ganz leicht nach außen. Ich hatte das Gefühl, mit dem Rücken nach unten zu klettern und von der Schwerkraft des Jupiters angezogen zu werden. Die ist zweieinhalbmal so stark wie die der Erde. Die Tasche glitt mir halb von der Schulter und baumelte nun unter mir. Meine Finger rutschten an den bemoosten Sprossen ab. Ich umklammerte sie wie einen Rettungsring. Wenn ich eine Sprosse losließe, um nach der nächsten zu greifen, würde ich abstürzen.

»Frier nicht fest«, sagte Aljoscha.

Ich biss mir auf die Zunge, und der Geschmack rostigen Metalls sorgte dafür, dass meine Finger wieder funktionierten. Ich streckte mich nach der nächsten Sprosse. Endlich überwand ich das Gesims und rollte aufs Dach.

Erst suchten wir das Dach nach Überwachungskameras ab. Es gab keine. In einer Ecke lag ein halb leerer, drachenförmiger Luftballon, dessen Schnur an einer großen Schraubenmutter hängen geblieben und aus dem fast alles Helium entwichen war. Der ausgehungerte kleine Cousin des Heißluftballons mit der Bierwerbung. Der runzlige Drache versuchte müde aufzufliegen. Seine Schuppen waren von zahlreichen Regenschauern grau gefleckt.

»So sehen alte Street Artists aus«, sagte Aljoscha.

An der Dachkante bezogen wir Posten und inspizierten das Reklamebanner unter uns. Das Auto war groß wie ein Dinosaurier und der Erdboden so weit von uns entfernt wie der Mond.

»Scheiße, nee, ich geh da nicht runter.«

»Als Kind hab ich mal einen Piratenfilm gesehen, in dem einer vom Mast fiel«, sagte Aljoscha. »Er hat einfach sein Messer in das Großsegel gestoßen und ist dann seelenruhig runtergerutscht wie in einem Aufzug. Die Klinge hat das Segel durchschnitten.«

»Und das willst du jetzt auch so machen?«

»Das funktioniert so nicht – nicht mal bei einem Segel. Das war genauso ein Hollywoodbeschiss wie diese Szenen, in denen ein Mensch vier Meter nach hinten fliegt, wenn er von einer Kugel getroffen wird. Man fliegt überhaupt nicht. Man sackt zusammen wie eine Stoffpuppe. Bei uns im Sowjetfernsehen lief mal eine Doku, in der aufgedeckt wurde, mit welchen Mitteln Amerika die ganze Welt bescheißt.«

Wir prüften die Festigkeit der Lüftungsrohre, die vom Dach aufragten. Nichts als dünnes Blech, sie würden nicht mal Aljoscha mit seinen Vogelknochen standhalten. Auf dem Dach stand außerdem eine Fahnenstange, an der die Schnur fehlte. Nach dem Rostgrad zu urteilen war das Ding nie benutzt worden. Die Stange war mit Bolzen an einem Podest befestigt, um das Aljoscha das Ende seines Seils wickelte.

Ich wählte eine schiefe Antenne als Anker. Um ihre Festigkeit zu testen, trat ich mit dem Fuß dagegen. Die Antenne sprühte blaue Funken.

»Gute Chance, unterwegs gebraten zu werden«, sagte Aljoscha, der mein Treiben beobachtete.

»Mann, das Wichtigste ist die Scheißmiete. Ob du beim Absturz Verbrennungen dritten Grades erleidest, spielt doch keine Rolle.«

Wir holten die Rucksäcke aus der Tasche. Dann verstaute ich die leere Stofftasche in meinem Rucksack, öffnete den Overall und knotete die Ärmel um die Taille. Unter dem Overall hatte ich bereits den Klettergürtel angelegt. Ich machte einen Knoten in das Seil, um den Karabinerhaken daran zu befestigen. Den Rucksack trug ich vor dem Bauch, damit ich besser an die Dosen rankam.

»Lass sie nicht fallen, sonst bringst du noch einen Passanten um«, sagte Aljoscha.

Das Schwierigste war der erste Schritt ins Leere. Ich hatte mich noch nie abgeseilt. Verboten hatte in der Eishöhle einen Schnellkurs für uns veranstaltet. Auf unsere Rückfragen hatte er geantwortet, man lerne am besten durch Ausprobieren.

Ich lehnte mich zurück, Jupiters Schwerkraft reichte nicht, ich hatte vielmehr das Gefühl, dass die Sonne mich anzog, mein Gewicht erhöhte sich durch einen einzigen Blick um das Dreißigfache.

Aljoscha glitt bereits fünf Meter unter mir die Wand hinab.

»Wir haben keine Zeit«, rief er. »Dalli, dalli!«

Vorsichtig schob ich mich nach unten. Ich rechnete jeden Moment damit, dass der Karabiner nachgeben würde. Ich nahm die erste Dose in die andere Hand und sprühte einen großen Buchstaben nach dem anderen.

Vom Dach des benachbarten Glaspalasts flog ein Schwarm Tauben auf und zog neben mir einen Bogen wie ein Angriffsgeschwader. Ein Luftzug strich mir über das Gesicht, und die roten Augen der Tauben starrten mich an, ihre Flügelmaschinengewehre machten ratatatatata, stürz ab, Metro, stürz ab.

Mein Seil lief weiter durch als beabsichtigt, und ich plumpste auf einen Schlag zwei Meter tiefer.

»Schneller«, rief Aljoscha unter mir. »Dass man auf Frauen immer warten muss.«

Die Düse der Spraydose war verstopft, ich musste eine neue nehmen. Von unten stieg leises Sirenengeheul auf. Im selben Moment stieß ich an einen Knoten im Seil. Meine Hinabfahrt stoppte abrupt, und die Dose fiel mir aus der Hand.

Ein Geräusch war nicht zu hören, aber auf dem Asphalt unter uns bildete sich ein roter Fleck, als wäre dort ein Selbstmörder gelandet.

»Scheiße, ich hab doch gesagt, nicht fallen lassen!«, schimpfte Aljoscha.

Die Tauben flatterten vor dem aufgehenden Mond.

Ich lehnte mich an ein schmales Fensterbrett, schaffte es, mit dem Karabiner über den Knoten drüberzufahren, und machte weiter. Ich hätte das Seil besser überprüfen sollen. Meine Finger waren schweißnass. Das Heulen kam näher, drei Blocks weiter war bereits ein Streifenwagen zu sehen, der in unsere Richtung fuhr. Die Scheinwerfer glühten und starrten noch stechender zu uns herüber als die Tauben.

Hinter einem Fenster fotografierte mich ein Schlipsträger, der an seinem Schreibtisch hockte. Ich hatte mir das Shemagh so um den Kopf gewickelt, dass nur ein schmaler Spalt für die Augen frei geblieben war.

Noch drei Buchstaben.

Aljoscha war mit seinem Part fertig. Er schlug einen Purzelbaum und hing jetzt kopfunter in seinem Klettergurt wie eine Fledermaus. Er genoss das Fassadenklettern sichtlich. Seine schmächtige, blasse Erscheinung täuschte, er war der Kühnste von uns allen. Er hatte weder Höhenangst noch Klaustrophobie, fürchtete sich weder vor Hunden noch vor radioaktiver Strahlung, Wasser oder irgendetwas anderem. Er hatte seine Sprühdosen in den Rucksack gestopft und blickte hinab auf die Straße, in Richtung des Sirenengeheuls. Ich sprayte die letzten Buchstaben und ließ mich zu ihm runter.

Jetzt waren es schon zwei Streifen. Sie hingen hinter einem quer über die Straße zurücksetzenden Laster fest. Einer der Cops streckte den Kopf aus dem Fenster und gestikulierte aufgeregt in Richtung des Brummifahrers.

»Das Seil ist zu kurz«, ächzte Aljoscha.

Ich warf einen Blick nach unten. Auch von meinem Seil war nur noch ein halber Meter übrig. Als Verboten uns die Seilrollen in die Hand drückte, hatte er geschworen, die Länge würde reichen. Ihr verankert das Seil oben und kommt dann einfach runter.

»Wir müssen springen«, sagte Aljoscha.

»Das sind mindestens vier Meter«, kreischte ich.

Der Laster hatte inzwischen in eine Toreinfahrt zurückgesetzt. Der vordere Streifenwagen fuhr an ihm vorbei. Sie waren noch knapp einen Block von uns entfernt.

Aljoscha klickte seinen Karabinerhaken auf, hing kurz mit den Händen an den beiden Enden seines Seils, um die Distanz zum Boden zu verringern, und ließ sich fallen. Er landete auf meiner Spraydose – oder vielmehr auf dem Farbfleck, den sie auf dem Pflaster hinterlassen hatte. Als Aljoscha aufstand, sah er aus, als würde er blutüberströmt über den Bürgersteig wanken. Eine Frau mit Kinderwagen schrie gellend auf.

So viel zum unauffälligen Vorgehen.

Die Türen des ersten Streifenwagens standen bereits offen, und ein Uniformierter schlängelte sich zwischen den Autos hindurch auf uns zu.

Ich ließ den Karabiner aufschnappen und flog durch die Luft. Als ich unten aufkam, verknackste ich mir den linken Knöchel – unter meinem Gewicht fühlte es sich an, als würde ein rot glühender Nagel durch den Fuß getrieben. Ich humpelte und winselte jedes Mal auf, wenn ich den Knöchel belasten musste.

Aljoscha zog mich hoch. Er schwankte, ich wog immerhin mehr als er. Ein allem Anschein nach blutüberströmter Mann zerrte eine heulende Frau um die Straßenecke. Die Leute machten uns freiwillig Platz. Wir liefen zur U-Bahn-Unterführung, durchquerten sie und stiegen auf der anderen Straßenseite wieder an die Oberfläche.

Der erste Polizist war verschwunden, die drei anderen standen immer noch vor dem Gebäude. Über ihnen schaukelten unsere Seile. Und die Autowerbung zierten vier vertikal zu lesende Buchstabenreihen. Zwei davon hatte ich fabriziert. Ich konnte sechs Worte lesen:

DAS AUTO FÜR
KINDERMÖRDER
VÖLKERMÖRDER
WAFFENHÄNDLER

Verboten hatte gesagt, in der Autofabrik würden auch Komponenten hergestellt, die an die syrische Regierung, an IS-Terroristen und an mehrere afrikanische Diktatoren verkauft würden, die ihre Untertanen gnadenlos unterdrückten. Seinen Worten zufolge leisteten wir mit unserer Aktion der Demokratie einen Dienst, wir waren die Mahner in der Wüste des skrupellosen Business.

Als meine Ferse gegen eine Stufe schlug, entfuhr mir ein Schrei, allerdings nicht zu Ehren der Demokratie.

Aljoscha schob mich in ein Lebensmittelgeschäft. Im Vorbeigehen bat er um Entschuldigung, lief dann schnurstracks hinter die Fleischtheke und schleppte mich hinter sich her durch den Lagerraum. Ein Verkäufer mit Walrossschnurrbart lief uns schimpfend nach und rief in einer Tour, hier habt ihr nichts zu suchen, du bist doch derselbe verfluchte Kerl, der immer im Abfall wühlt. Er hielt uns offenbar für Junkies und traute sich nicht, uns zu nahe zu kommen, brüllte aber wie eine Sirene.

Aljoscha zwang mich, von der Laderampe zu springen, und diesmal wurde der Nagel nicht mehr nur durch den Knöchel getrieben, sondern durch das ganze Bein – einen ganzen Meter tief. Wir stolperten über den Innenhof, kletterten über den Zaun in den Nachbarhof, und dort befand sich in der Ecke ein Sandkasten, und im Sand lag ein kleiner roter Plastikeimer. Durch die mit Gerümpel zugestellte Toreinfahrt liefen wir zurück auf die Straße. Aljoscha half mir in den ersten Bus, der vorfuhr. Unterwegs kamen uns zwei Streifen mit heulenden Sirenen entgegen. Mein Knöchel schwoll zusehends an.

Minus 5 Stunden

Die Sprechstundenhilfe rümpfte die Nase. Angeblich hätte ich ihr meinen Pass vorlegen müssen. Außerdem hätte ich eine EU-Krankenversicherungskarte gebraucht – oder verdammt viel Geld. Aljoscha wurde laut und pochte auf das ärztliche Berufsethos, und aus den Tiefen des Hauses rückten zwei Sicherheitsleute an. Wir verzogen uns.

Auf dem Weg durch die nächtlichen Straßen durfte ich mich bei Aljoscha aufstützen, während er mit Verboten telefonierte, der uns den Weg zu einer Praxis beschrieb, in der Migranten behandelt wurden. Dort musste ich warten, bis ich an die Reihe kam. Aljoscha zog los, um uns etwas zu trinken zu besorgen. Wir hatten beide staubtrockene Kehlen.

Ich saß vielleicht zehn Meter von der leuchtend grünen Tür zum Sprechzimmer. Dahinter wurde irgendwer behandelt, den ich nicht sah, dafür aber umso deutlicher hörte. Mit versagender Stimme jaulte er so laut, dass ich schon annahm, er würde gehäutet.

Ein Kind mit einem dicken Handtuch um den Kopf wurde an mir vorbeigeführt. Unter dem Stoff sickerte Blut hervor. Das Kind starrte dumpf vor sich hin, sein Gesicht war sahneweiß, nur um die Augen zogen sich rote Ringe. Seine Mutter sang mit leiser Stimme ein Wiegenlied, in dem mehrfach von Ölüm die Rede war, vom Tod. So viel Türkisch verstand ich. Das Wort »Tod« kannte ich in dreißig Sprachen.

Eine Krankenschwester klopfte an die Tür zum Behandlungsraum und schob sie einen Spaltbreit auf. Die qualvollen Schreie drangen jetzt noch lauter als zuvor in den Flur.

Der Junge und die Frau wurden nicht vorgelassen. Sie machten kehrt und setzten sich mir gegenüber.

Die Mutter zog dem Kind das Hemd aus, damit es nicht noch blutiger wurde. Ihre Hände zitterten.

Alles um mich herum schien den Schmerz in meinem Fuß widerzuspiegeln. Hinter der Tür ging das Schreien weiter, das bleiche Kind starrte mich ernst an, Blut tropfte unter seinem Handtuchturban hervor über die herabhängenden Schultern und auf Brust und Bauch, der genauso weiß war wie das Gesicht. Blaue Adern schimmerten durch die Haut. Die Blutrinnsale verliefen kreuz und quer wie Kiefernwurzeln, und darunter lagen die Adern. Der Mutter standen Tränen in den Augen, beharrlich sang sie ihr Wiegenlied.

Aljoscha kam mit Kaffee in Pappbechern zurück. Er hatte ein ganzes Stück laufen müssen, um etwas Trinkbares zu bekommen. Unterwegs war der Kaffee kalt geworden.

Drinnen hatte sich das Geschrei zu einem Stöhnen abgeschwächt.

Schweigend saßen wir einander gegenüber – zwei Pärchen. Ich erschauderte jedes Mal, wenn erneut ein Schrei an mein Ohr drang. Die Mutter gegenüber war es leid geworden zu singen, in ihrem linken Auge tanzte ein einsamer Tic im Takt der Klagerufe.

Als ich endlich an die Reihe kam, hatte ich mir vorgenommen, nicht zu schreien, ganz gleich, was mir jetzt bevorstünde und wie sehr es wehtun würde. Der Arzt war ein kleiner, furchtsam aussehender Mann, der von den Schmerzensschreien des vorigen Patienten noch erschütterter zu sein schien als wir draußen auf dem Flur. Er berührte meinen Knöchel so vorsichtig, als wäre er aus Kristall, wahrscheinlich hatte er Angst, auch ich würde gleich losschreien. Er äußerte den Verdacht, meine Gelenkbänder seien gezerrt, womöglich sogar gerissen, konnte aber auch einen Knochenbruch nicht restlos ausschließen. Die Röntgenabteilung sei erst in vier

Stunden wieder besetzt, da solle ich dann noch mal wiederkommen, mein Bein müsse geröntgt werden, ehe man irgendetwas tun könne. Für die Zwischenzeit schickte er mich mit zwei Schmerztabletten heim.

Aljoscha versprach, mich in unsere Eishöhle zu schaffen und wieder zurückzubringen. Der Weg überstieg meine Kräfte, noch auf dem Flur musste ich mich auf eine Sitzbank legen.

»Komm«, ermahnte mich Aljoscha.

»Ich kann nicht.«

»Ich hasse Krankenhäuser.«

»Das ist kein Krankenhaus. Es ist ein Flur. Verdammt noch mal, es gibt Millionen Flure auf der Welt.«

Wir sahen schweigend zu, wie ein Mann hereingebracht wurde, an dessen Arm ein Knochen durch Haut und Hemd ragte. Der Mann stammelte, er habe bloß den Fernseher umschalten wollen.

»Komm jetzt, ich flehe dich an«, hauchte Aljoscha mir ins Ohr.

Ich rollte den Maleroverall zusammen und legte ihn mir wie ein Kissen unter den Kopf, dann drehte ich das Gesicht zur Wand. Das hatte Vater auch immer getan, wenn er ein Mittagsschläfchen gemacht hatte. Anfangs hatte er seine Siesta noch im Bett gehalten, doch irgendwann hatte Mutter angemerkt, ein gesunder Mann fläze nicht am helllichten Tag im Bett, das Haus kippe um, wenn der Mann sich tagsüber langlege. Gut möglich, dass es umkippt, so schief wie es ist, hatte Vater erwidert, und dann hatten sie sich wieder mal gestritten. Ich erinnerte mich noch gut an das Geschrei, das meinen Ohren schlimmer zusetzte als das, was ich gerade aus dem Behandlungszimmer gehört hatte. Ich war damals sechs. Vater hatte auf dem Flohmarkt ein fleckiges Sofa gekauft und sich tagsüber draufgelegt statt aufs Bett. Mutter war demonstrativ vor dem Sofa hin- und hergepoltert, hatte mit unserem einzigen Topf geklappert und geschimpft, ein faules Haus sei dem Untergang geweiht. Dann fing sie an, unter dem Sofa Staub zu saugen und mit dem Ansatzrohr gegen die Sofabeine zu donnern. Vater kehrte dem ganzen Trubel im Wohnzimmer den Rücken und presste die Hände auf die Ohren.

So hab ich meinen Vater in Erinnerung – die Hand auf dem Ohr, den Rücken mir zugewandt, ein etwas zu kurzes Hemd, das einen Teil des Rückens und einige Wirbel entblößte. Ich berührte sie vorsichtig, sie waren wie Berge.

Das Letzte, was ich von meinem Vater gesehen und gespürt habe, waren die Rückenwirbel. Denn mit einem Mal war er verschwunden, und es vergingen vierzehn Jahre, ehe ich ihn wiedersah. In Wachmannuniform in Berlin.

Jetzt behandelte ich Aljoscha so, wie mein Vater meine Mutter behandelt hatte. Ich drehte seinem Gejammer den Rücken zu, weigerte mich mitzugehen. Ich hielt mir die Ohren zu, damit ich ihn nicht hören musste.

Doch Aljoscha zog mich erst am Shirt, dann bearbeitete er mich mit den Fäusten. Ich rührte mich nicht. Aljoscha ist ein schmächtiger Typ, seine Fäuste spürt man kaum.

Es war das letzte Mal, dass ich ihn lebend sah. Und ich sah ihn nicht mal. Ich spürte ihn bloß. Ich spürte das Hämmern seiner eckigen Fäuste.

Minus 1 Stunde

Endlich wurde mein Knöchel geröntgt. Es fiel mir schwer, das holprige Englisch des Arztes zu verstehen. Es war kein Knochenbruch, offenbar ein Bänderriss, der vielleicht, vielleicht auch nicht, operiert werden müsse. An die Stelle des kleinen nervösen Arztes war ein größerer getreten, er hatte einen schwammigen Händedruck und sah immer wieder meinen Schatten an der Wand an.

Der Arzt sprach in der dritten Person Singular, als würde er mit meinem Schatten reden statt mit mir.

»Sie muss in den nächsten Tagen pausieren. Sie muss den Fuß ruhigstellen und darf ihn nicht belasten. Es ist wichtig, dass die Schwellung abklingt und dass sich die Verletzung nicht verschlimmert. Versteht sie?«

Mein Schatten antwortete nicht.

Ich bekam Krücken, deren Zustand darauf schließen ließ, dass sie im Jahre neun einem Germanenkrieger im Teutoburger Wald als Schlagwaffen gedient hatten, um römische Legionäre niederzuknüppeln. Beide Krücken waren zerkratzt und verbeult, außerdem schaffte ich es nicht, ihre Länge zu regulieren. So blieb die eine zehn Zentimeter länger als die andere.

Für das Materiallager war eine Frau mit Bob zuständig, die ein offizielles Lächeln aufsetzte, sobald sie den Mund aufmachte. Sie weigerte sich, die Krücken auszutauschen, wenigstens eine, damit ich zwei gleich lange hätte.

»Die haben einwandfrei funktioniert, als ich sie ausgegeben habe. Hast du sie schon kaputt gemacht? Dann musst du sie ersetzen.«

Ihr Lächeln hätte einen Granitblock zu Kies zermahlen können.

Also humpelte ich hinaus auf die Straße. Obwohl ich kein Geld hatte, setzte ich mich in die S-Bahn, und an der zweiten Station stieg natürlich ein Kontrolleur zu. Normalerweise schaffte ich es, durch die nächste Tür zu entkommen, diesmal allerdings nicht.

Er fragte mich nach meinen Personalien. Ich nannte als festen Wohnsitz Prypjat in der Ukraine und gab die Adresse des Hochhauses im Zentrum der Geisterstadt an, in dem ich gewohnt hatte. Dass sich außer mir und meinen Freunden im letzten Jahr nur Ratten und Fledermäuse sowie gelegentlich Füchse dort aufgehalten hatten, behielt ich für mich. Der Kontrolleur zwang mich, an der nächsten Haltestelle auszusteigen, zwei Kilometer von der Eishöhle entfernt.

Langsam hinkte ich den Hügel hinauf. Die zwei Kilometer kamen mir vor wie zwanzig. Der Arzt hatte mir aufgetragen, das Bein so oft wie möglich hochzulegen, und jetzt verstand ich auch, warum. Bei jedem Schritt staute sich das Blut in dem verrenkten Knöchel, und der Schmerz pochte immer heftiger.

Als ich schließlich unsere Straße erreichte, musste ich erst eine Weile verschnaufen, bevor ich die Treppe in Angriff nehmen konnte. Ich lehnte mich an einen Zaunpfosten, am Laternenmast neben mir hatte jemand sein Fahrrad mit drei Schlössern gesichert und es mit Frischhaltefolie umwickelt. Das Rad sah aus wie die eingekapselte Beute einer Riesenspinne. Das würde so schnell nicht geklaut werden. So hätten wir unsere Räder auch sichern müssen, dann hätten die Junkies sie sich nicht unter den Nagel gerissen.

Ein hellblauer VW-Käfer sauste vorbei wie ein ausgebüxtes Stück Himmel.

Ich betrachtete die vorübereilenden Schuhe. Ich selbst trug immer Tennisschuhe mit Gummisohlen, die auf Blechdächern und an Mauern nicht abrutschten. Doch heute beneidete ich die Frauen, die auf Stöckelschuhen vorbeitrippelten und mühelos die Knöchel drehten, ohne aufs Pflaster zu sinken und sich heulend den Fuß zu halten.

Am liebsten wäre ich den ganzen Tag dort am Zaun hocken geblieben. Aber irgendwann würde ich die Treppe ja doch bewältigen müssen. Ich beschloss zu warten, bis der Laster, der die Einfahrt versperrte, abgefahren war.

Ich schlug die Augen nieder und nickte beinahe ein, obwohl nur ein paar Minuten vergingen. Der Motor dröhnte auf, und ich beobachtete unter halb geschlossenen Augenlidern, wie der Laster fast so langsam anfuhr, wie ich hinkte. Er wich den Höckern und Löchern auf der Straße so vorsichtig aus, als hätte er Kristallleuchter geladen. Ich wartete, bis er um die Ecke bog. Dann beschloss ich, mir noch so lange Ruhe zu gönnen, bis auch das letzte Abgaswölkchen verschwunden war.

Irgendwann hatte ich keine Ausreden mehr und machte mich an den Aufstieg.

Mein Fuß schmerzte bei jedem Schritt, und ich tastete nach den Schmerztabletten in meiner Tasche. Ich hatte sie noch nicht genommen und würde sie auch jetzt nicht nehmen. Solange ich Schmerzen hatte, wusste ich, dass ich lebte.

Auf dem Treppenabsatz im ersten Stock schwang Bison den Besen.

»Bleib nicht zu lange draußen«, begrüßte sie mich.

»Scheiße, es ist gerade erst sieben Uhr früh«, antwortete ich. Im Allgemeinen sprach ich nicht mit der Alten.

»Zu spät«, sagte sie und starrte mich lange an. »Du kommst zu spät.«

Dann griff sie nach meiner Hand und quetschte sie, ich schrie auf und riss mich los. Am Handgelenk hatten sich rote Vertiefungen gebildet, aus einer tropfte Blut.

»Verrücktes Weib«, fauchte ich sie an. »Ich bin nicht deine Tochter!«

»Du kommst zu spät«, knurrte sie zurück.

Ich hinkte an ihr vorbei, schob mich zwischen den Brettern und unter den Absperrbändern hindurch und kämpfte mich über die löchrige Treppe nach oben bis zur Brandschutztür vor unserem Dachboden. Dann angelte ich unter der Treppe nach dem Schlüssel. Er hing an einer drei Meter langen Schnur über der eingestürzten Etage.

Sowie ich die Brandschutztür aufzog, dämmerte mir, dass es schwierig werden würde, an Krücken auf die andere Seite zu gelangen.

Ich klemmte mir die Krücken unter die Arme, setzte mich rittlings auf den Balken und schob mich langsam vorwärts. Die Strecke erschien mir länger als je zuvor, und vom Schaukeln im Sitzen wurde mir schwindliger als beim aufrechten Gang. Schweiß brannte mir in den Augen. Beim Versuch, mir die Stirn abzuwischen, entglitt mir eine Krücke. Im allerletzten Moment bekam ich sie zu fassen und wäre dabei fast selber vom Balken gerutscht.

Mit wild schlagendem Herz und zitternden Händen näherte ich mich der Backsteinwand.

Die Sperrholzplatte, die wir zur Tarnung mit Mauerwerk bemalt hatten, war nicht an ihrem Platz.

Ich schob erst die Krücken hinein, dann kroch ich selbst durch die schmale Öffnung. Dabei stieß ich mit dem verletzten Knöchel gegen den Rand des Eingangs und gleich noch mal, als ich mich gerade aufrichtete.

»Wer hat diese Schwellen erfunden?«, brüllte ich. »Wer hat in diesem beschissenen Haus diese beschissenen Schwellen erfunden?«

Niemand antwortete mir. Doch in meinem Kopf rauschte es.

Ich schaffte ein paar Schritte, dann fiel mir erneut eine Krücke aus der Hand. Im nächsten Moment geriet mein gesunder Fuß ins Rutschen. Vor meinen Augen flackerte ein Kugelblitz, als ich hinfiel.

Ich lag da und fluchte und beschimpfte alles um mich herum, die Verkehrsschilder, die Verboten aus unerfindlichen Gründen auf den Dachboden geschleift hatte, die Wände, die Schwellen, Rust, weil er gestorben war. Nur seinetwegen war ich in diesem zerfallenden Haus gelandet. Ich beschuldigte die bröckelnden Backsteine, die Löcher in den Treppenstufen und Gänsesäger, der diese Bruchbude romantisch fand, weil er alte, baufällige und verlassene Häuser lieber mochte als atmende Menschen. Ich verfluchte jeden Fuß, der in den letzten hundert Jahren über diesen Dachboden gelaufen war, jede Taube, die je in die Regenrinne gekackt hatte, und jeden Schornsteinfeger, der jemals hier aufs Dach geklettert war.

Niemand antwortete. Es war immer noch ziemlich dunkel, nur durch die Öffnung, durch die ich gekommen war, schimmerte ein wenig Licht. Es fiel auf das Gefahrenschild – das senkrechte schwarze Ausrufezeichen starrte mich ausdruckslos an. Dem Unebene-Fahrbahn-Schild schwoll der Busen. Verboten erzählte immer, es warne vor einem Mädchengymnasium.

Ich war in etwas Feuchtem gelandet.

Vorsichtig tastete ich mich zum Lichtschalter vor, legte ihn jedoch vergeblich um. Erst jetzt fiel mir auf, dass das vertraute, beruhigende Summen fehlte die Computer liefen nicht.

Ich kniff die Augen zusammen. Ich war in einer Pfütze ausgerutscht. Daneben erkannte ich den dunklen Abdruck meines Tennisschuhs.

Bedächtig leckte ich mir über die feuchten Fingerspitzen. Sie schmeckten nach Rost.

In der Waschküche musste noch meine Stirnlampe liegen. Ich humpelte durch die Dämmerung auf meinen Schlafplatz zu, der Schmerz wogte zwischen Knöchel und Kopf wie die Brandung im Meer. Das Ufer war nirgends zu sehen, mein Knöchel führte mich von einem Wellenkamm zum nächsten.

Nachdem ich endlich die Tür zur Waschküche gefunden

hatte, tastete ich über die Matratze nach der Stirnlampe, fühlte aber nur Knubbel, dieselben, die ich im Liegen unter dem Rücken spürte. Auf einem Bein schaukelnd schleppte ich mich weiter zu Gänsesägers Matratze. Die Stirnlampe fand sich unter ein paar zu einem Kopfkissen gefalteten Zeitungen. Ich knipste die Lampe an, sie leuchtete nur schwach. Hatte dieser Mistkerl Gänsesäger sich schon wieder meine Stirnlampe geliehen! Damit hatte er gleich am ersten Tag unserer Reise angefangen. Er benutzte die Lampe, obwohl er nicht mal las. Wenn er allein war, ließ er immer ein Nachtlicht brennen.

Zuerst hatte er sich nur vor Wasser gefürchtet. Dann hatte ein Sicherheitsmann in Kotka versucht, ihn zu ertränken. Jetzt fürchtete er sich auch noch vor der Dunkelheit.

Zwei Karnickel mit multiplen Angststörungen, die nebeneinander in der Waschküche schliefen. Mit den Albträumen wechselten wir uns ab.

Ständig musste ich neue Batterien für die Lampe klauen. Neben Gänsesägers Matratze häuften sich die alten.

Ich ließ den Lichtkegel der Stirnlampe durch die Waschküche wandern. Auf dem Fußboden lagen Betonbrocken, und in der Luft hing irgendwas, was mich immer heftiger husten ließ. Im Lichtkegel schwebten goldene Flocken.

Ich humpelte weiter.

Gänsesäger lag nicht unter seiner Decke.

»Gänsesäger«, sagte ich.

Meine Stimme hatte nicht das gewohnte Echo.

Ich trat auf die Giebelwand zu und schob die Hand durch die Staubwolke. Da war nichts.

Banksys Werk war verschwunden. Nicht nur das Werk. Die ganze Wand, auf die Banksy sein Piece gemalt hatte, war weg.

Nullpunkt

Ich tastete mich aus der Waschküche zurück in den vorderen Teil des Dachbodens. Im Licht der Stirnlampe leuchteten die Verkehrsschilder an den Wänden wie rundköpfige Gespenster. Sie beobachteten mich auf meinem Weg zur hintersten Ecke unserer Eishöhle, wo ein paar der Reisetruhen früherer Bewohner standen, die voll waren mit mottenlöchrigen Opaklamotten.

Die größte und dunkelste Truhe war leer, bis auf eine Decke. Sie diente Verboten als Schlafplatz. Er liebte Dracula-Filme. In diesen Filmen schlief der Vampir tagsüber in einem Sarg, und Verboten meinte, Vampire hätten denselben Tag-Nacht-Rhythmus wie Street Artists.

Neben die Reisetruhe hatte Verboten einen fünfarmigen Kerzenleuchter aus Messing gestellt, den er in einer anderen Holzkiste gefunden hatte. Die Kerzen zündete er immer an, wenn er sich in sein Nachtlager zurückzog. Die niedrigen Mansardenfenster hatte er mit dunkler Pappe verklebt.

Unser ganzer Dachboden, unsere Eishöhle, war verdunkelt. Außenstehende durften schließlich nicht mitbekommen, dass der Dachboden des teils abgerissenen Hauses noch bewohnt wurde.

Ich klopfte mit der Krücke auf den Deckel und hob ihn hoch. Verboten lag nicht in seinem Sarg.

Mit der Stirnlampe leuchtete ich in die Ecken. Das Licht flackerte. Mein Fuß tat weh.

Ich ließ die Krücken fallen, kletterte in die Reisetruhe und rollte mich zusammen. Dann schlief ich ein.

Als ich aufwachte, war es so dunkel wie zuvor. Die Computer liefen immer noch nicht. Auf meine Rufe kam keine Antwort. Das war normal, Gänsesäger und Aljoscha trugen bei der Arbeit oft Kopfhörer.

Mein Bein war vom Liegen in der Truhe steif geworden, ich humpelte auf einer Krücke zum Lichtschalter. Kein Strom.

Die Batterie der Stirnlampe war fast leer, die Lampe leuchtete nur noch schwach auf wie ein erschöpftes Glühwürmchen.

In der Eishöhle hing ein merkwürdiger Geruch.

Ich tastete mich vor zur Außenwand und versuchte, einen der Pappdeckel zu entfernen, die die schmalen Fenster bedeckten. Verboten hatte sie mit mehreren Lagen Panzerband an die Wände geklebt. In Kriegszeiten, als alles verdunkelt werden musste, wäre er in seinem Element gewesen, er hätte eine ganze Stadt von der Lichtkarte verschwinden lassen können.

Schließlich schaffte ich es, die obere Ecke der Pappe von der Wand zu lösen. Mit der Krücke riss ich den Rest ab.

Licht strömte in den Dachboden. Die Sonne stand bereits hoch am Himmel, es war, als wäre ich aus einem dunklen Keller plötzlich ins Freie getaumelt. Ich kniff die Augen zusammen, Verboten hatte recht, das Tageslicht ist der schlimmste Feind der Street Artists, wir sind Höhlentrolle, die erst zum Vorschein kommen, wenn die Sonne untergeht, und die sich bei Sonnenaufgang in ihre Löcher verziehen, damit die Sonnenstrahlen sie nicht versengen.

Ich drehte mich um und schnappte erschrocken nach Luft.

Die metallenen Computertürme waren aufgestemmt, die Festplatten entfernt und der Rest in Stücke geschlagen worden.

Der Klecks auf dem Fußboden, auf dem ich ausgerutscht war, war jetzt deutlich zu erkennen. Er leuchtete wie ein roter Kringel, durch den meine Schleifspur einen langen Streifen zog. Wie ein auf den Boden geschmiedetes Verkehrsschild. Durch und durch dunkelrot.

In der Nähe des Eingangs in der Ecke entdeckte ich eine zweite, größere Pfütze. Sie schien zu leben. Vorsichtig trat ich näher. In der Pfütze wimmelte es von Bienen, die wie besessen Blut tranken. Sie feierten ein Festmahl.

Der Fußboden war übersät mit blutigen Abdrücken. Einige davon stammten von meinen eigenen Schuhen und den Krücken.

Auf allen vieren kroch ich auf den Balken zu, der von der Tür aus über die Leere führte. Ich legte mich bäuchlings darauf und blickte nach unten. Im Bauschutt fünf Etagen tiefer lagen zwei Leichen. Eine davon war Aljoscha. Das Gesicht der anderen war nicht zu erkennen, aber sie trug ein SECUNDAS-Shirt.

Gänsesäger hatte ein überzähliges Gelenk am Arm. Ebenso am Bein.

Ich schlang Arme und Beine fester um den Balken und schloss die Augen. Wie ein Äffchen, das sich an einen Ast klammert. Ich konnte mich nicht mehr bewegen, weder vor noch zurück. Mich jetzt von meinem rostigen Ast zu stoßen wäre ein Leichtes gewesen.

Ich schreckte auf, als ich ein Poltern hörte. Unter mir nahm ich eine Bewegung wahr. Gänsesägers Arm bewegte sich. Er lebte.

Ich schrie auf.

Zu spät begriff ich, dass Gänsesägers Leiche sich bewegte, weil jemand an seinen Beinen zog. Aus dem Schatten inmitten des kleinen, mit Schutt gefüllten Schachts tauchte ein Kahlkopf auf, der sich nach der Quelle des Schreis umsah.

Ich presste mich an den Balken und versuchte, auf seine Breite zu schrumpfen, kein bisschen sichtbar zu sein.

Der Typ brüllte und starrte unverwandt nach oben. Dann stürmte er davon, bestimmt zur Treppe.

Ich schob mich zurück in die Eishöhle.

Das Letzte, was ich vom Schacht sah, war der Kahlkopf, der jetzt wieder zu mir hochblickte und in ein Handy sprach.

Ich hinkte mit meinen Krücken zum Fenster, von dem ich die Verdunklungspappe abgerissen hatte. Unterwegs stieß ich das Türblatt um, das uns als Arbeitstisch gedient hatte. Die Monitore knallten auf den Boden, der eine rollte davon wie ein Ball über ein Spielfeld.

Ich nahm einen Ziegelstein von dem Stapel, der als Tischbein fungiert hatte, die sich nähernden Schritte des Mannes im Treppenhaus hämmerten mir in den Ohren, dann hatte ich das Fenster erreicht. Mit dem Stein schlug ich ein Loch hinein und entfernte die herausstehenden Glassplitter, damit sie mich beim Hinauskriechen nicht zerschlitzten. Ich spähte hinaus. Von oben starrte mich ein wütendes, feuerrotes Taubenauge an. Die Taube bewachte ihr Nest einen Meter über mir und machte sich bereit, mir beide Augen auszupicken. Wie alle um mich herum. Von den Vögeln bis zu Säugern.

Bis zum nächsten Mauerspalt waren es anderthalb Meter. Wenn ich ihn zu fassen bekäme, könnte ich versuchen, an dem Blitzableiter, der an der Wand herabhing, aufs Dach zu gelangen.

Anderthalb Meter, echt nicht weit.

Aber mit einem kaputten Fuß kaum zu schaffen. Sobald mein Knöchel gegen die Wand stieße, würde mir schwarz vor Augen werden, und ich würde abstürzen.

Ich hob einen Glaskeil vom Fußboden auf und stieß die Spitze in meine Handfläche. Als die Wunde anfing zu bluten, beugte ich mich so weit aus dem Fenster, wie ich es nur wagte. Auf halber Strecke zwischen dem Spalt und dem Fenster presste ich die Handfläche gegen die Wand. Dann kroch ich wieder zurück und hinkte zu Verbotens Schlafplatz. Ich legte mich in seine Reisetruhe und bettete die Krücken neben mich wie Grabopfer eines eisenzeitlichen Urahns, der für seine Reise ins Jenseits seine Ausrüstung brauchte.

Ich schloss den Deckel und lag reglos in der Finsternis.

Der Tod könne mich nicht erschrecken, redete ich mir ein,

schließlich lag ich ja bereits im Sarg und war tot. Tote haben es viel leichter als Lebende, sie brauchen nur dazuliegen. Ich ließ das Blut aus meiner Handfläche fließen.

Bald darauf hörte ich, wie jemand über den Dachboden rannte.

Im Sarg

Die Schritte stürmten über die Mitte des Dachbodens. Dort teilten sie sich. Es waren also mindestens zwei Personen.

Dann wurde es wieder still. Mein Fuß tat weh. Meine Handfläche tat weh.

Scheiße, macht doch irgendein Geräusch.

Ich fragte mich, wie lange der Sauerstoff in der Truhe reichen würde.

Mein Steißbein schmerzte. Oder das, was davon übrig war. Es war zersplittert, als ich im vorigen Herbst vom Dach gestürzt war, auf der Flucht vor den Sicherheitsleuten in Kotka, die Rust umgebracht hatten.

Ich war gestoßen worden.

Rust war gestoßen worden.

Gänsesäger war gestoßen worden.

In meiner Nähe raschelte es. Mindestens einer war also noch hier auf dem Dachboden. Seine Schritte näherten sich der Nische, in der die Truhe stand.

Ich musste an meinen verletzten Knöchel denken, an mein zersplittertes Steißbein, an meine blutende Hand, an Rust. Wir hatten einmal nach dem Sprayen am Lagerfeuer in einem Bunker gesessen, das nahe Fichtenwäldchen war voll von winzigen hellen Blüten gewesen, zehn davon passten auf Rusts Daumennagel. Ich hatte ihm einen Strauß mit über hundert Moosglöckchen gepflückt, der ganze Strauß fand auf seiner Handfläche Platz. Wir schliefen im Bunker, nach Mitternacht wurde es kühl, ich schmiegte mich an ihn, er hielt meinen Moosglöckchenstrauß in der Hand.

Und mit einem Mal nahm ich in der Truhe Rusts Geruch wahr, eine Mischung aus Farbe, Rauch und Moosglöckchen. Meine Augen brannten. Die Schritte hielten vor der Truhe an, und ich zerbiss mir die Lippen bei dem Versuch, die Tränen zurückzuhalten.

Das war es also gewesen. Dieses tolle beschissene Leben.

Vom anderen Ende des Dachbodens kam ein Ruf. Neben der Truhe brummte jemand, die Schritte entfernten sich wieder in die Richtung, aus der der Ruf gekommen war. Das Knirschen der Schuhe wurde leiser und verstummte nach ein paar Sekunden ganz. Ich wusste nicht, ob mein Verfolger hinausgegangen war oder ob er darauf wartete, dass ich aus meinem Versteck käme. Ich hörte nur noch das Pochen meiner verletzten Hand.

Vom Fenster drang ein weiterer Ruf an mein Ohr, dann ein Scharren und ein Fluch.

Die Luft war zum Schneiden dick. Ich zählte bis hundert, kam aber immer wieder durcheinander.

Es knackte und polterte. Im Innern der Truhe. Meine Füße waren eingeschlafen, zuckten unkontrolliert und schlugen gegen die Krücken.

Bei einem Wettlauf hätte ich im Moment nicht mal mehr gegen eine Schildkröte eine Chance.

Aber es war sowieso alles egal. Wohin ich auch kam, ich tötete alles Leben um mich herum. Vielleicht war es besser, wenn ich starb.

Ich stieß den Truhendeckel auf, er flog so weit zurück, wie die Scharniere es zuließen, und blieb dann senkrecht stehen.

Ich hievte mich hinaus, stützte mich auf die Krücken und humpelte los. Es kam mir vor, als würde ich Krach machen wie eine kleine Druckmaschine.

Der Dachboden war leer. Sie waren weg, zumindest vorläufig.

Bei der Waschküche machte ich von Neuem halt. Die Wand

mit Banksys Eisrattenwerk war tatsächlich verschwunden – nicht in Stücke geschlagen, nein, sie hatten das komplette Piece mitgenommen.

Im selben Moment fiel mir der Laster wieder ein, auf dessen Abfahrt ich am Zaun gewartet hatte. Der so vorsichtig weggefahren war, als hätte er königliches Kristall geladen.

Ich hatte ihn eine ganze Weile angestarrt, aber keinen einzigen Blick auf das Nummernschild geworfen. Nicht mal an die Farbe des Wagens erinnerte ich mich noch.

Ich spähte durch das Fenster, das ich eingeschlagen hatte. Der blutige, dunkelnde Handabdruck prangte an der Wand wie eine steinzeitliche Höhlenmalerei. Die Kerle hatten versucht, mir nachzusteigen, dabei war ein Stück von der Traufe gebrochen. Sie glaubten also, ich wäre übers Dach entkommen.

Ich humpelte zur Tür, in die Ecke mit der zweiten großen Blutlache.

Ich konnte darin mein Gesicht sehen, es war dunkelrot und wimmelte von Bienen.

Ich musste raus aus diesem Tal des Todes. So schnell ich konnte, kroch ich über den Balken und schob die Stahltür auf. Ich stolperte an dem klaffenden Aufzugschacht vorbei. Nach unten zu sehen traute ich mich nicht, dort lauerte ein Brunnen, aus dem einer meiner Freunde spähen und mich hinunterziehen würde wie ein Wassergeist.

Ich hinkte zu der löchrigen Treppe.

Drei Etagen weiter unten putzte Bison den Flur.

»Du kommst zu spät«, sagte sie erneut.

Dann packte und schüttelte sie mich, und ich verlor das Gleichgewicht. Für eine kleine Frau war Bison überraschend stark. Sie bewahrte mich davor, mit dem Gesicht voran auf den Boden zu knallen. Ihre knotigen Finger umklammerten meinen Arm wie die Krallen eines Raben.

II

Das Mädchen und die Ratte

Der Zopf

Ich zwang die Augen einen Spaltbreit auf. Vor mir schwebten zarte weiße Sonnen, die ihre schimmernden Strahlen verbreiteten. Vorsichtig hob ich den Kopf. Ich lag auf einer Tagesdecke, die Sonnen waren Kreise aus Häkelspitze. Auf meinen Beinen lag eine Flickendecke aus Hunderten von Stoffstücken in verschiedenen Farben.

Ich stützte mich auf die Ellbogen. Meine Wunde war verbunden, es sah aus, als trüge ich einen weißen Fausthandschuh an der rechten Hand.

Was in aller Welt hatte mich dazu getrieben, meine rechte Hand so zu lädieren? Die, mit der ich male. Gerade so als würde ein Koch sich die Zunge abschneiden.

Metro, du blöde Nuss.

Du verdammte Idiotin.

Ich lag in einem kleinen Zimmer, zweimal so hoch wie breit. Auf der Rosentapete konnte ich eine kreuzförmige, verblasste Stelle erkennen, wo mal ein Kruzifix gehangen hatte.

In einem anderen Zimmer rief ein Kuckuck elfmal.

Und vor der Tür schlich ein Bison vorbei.

Bei genauerem Hinsehen war es die alte Frau in ihrem Pelz.

Als sie merkte, dass ich aufgewacht war und versuchte aufzustehen, schnalzte sie mit der Zunge. Ich ließ mich zurücksinken. Wenig später kam sie mit einem Suppenteller aus feinstem Porzellan zurück, der aus einer Zeit stammte, als Postkutschen noch von Pferden gezogen wurden und nicht von Pferdestärken. Der Tellerrand war mit Kühen, Heuhaufen und fröhlichen Landleuten bemalt.

»Ich hab keinen Hunger«, sagte ich, und Bison schnalzte erneut mit der Zunge. Dann hielt sie mir den Suppenlöffel so lang vors Gesicht, bis ich schließlich den Mund aufmachte. Erst als ich den ersten Löffel Suppe hinuntergeschluckt hatte, merkte ich, wie hungrig ich war. Seit wir losgezogen waren, um uns an der Fassade des Büroturms abzuseilen, hatte ich nichts mehr zu mir genommen. Auf das Essen, das Workuta vor dem Einsatz zubereitet hatte, hatte ich ebenfalls verzichtet, weil ich befürchtet hatte, alles auszukotzen, sobald ich an der Wand hinge.

Ich nahm Bison den Löffel aus der Hand und aß den Teller leer, leckte ihn aus wie eine Katze.

Meine Finger zitterten wesentlich mehr als ihre.

Ich bat sie um Erlaubnis, ihre Toilette benutzen zu dürfen. In den Zimmern war es dämmrig, ich begreife nicht, warum alte Menschen immer im Halbdunkel leben. Bereiten sie sich auf ihr Grab vor? In einem hohen Spiegel sah ich, dass ich nur meinen Slip anhatte. Als ich nach meiner Jeans fragte, zeigte Bison in Richtung des Badezimmers, wo meine Hose zum Trocknen über der Wanne hing. Aus dem Hahn kam kein Wasser, aber im Bad standen zwei volle Zinkeimer. Bison hatte irgendwo einen eigenen Brunnen, aus dem sie Wasser holte. Die gusseiserne Wanne hatte dicke Tatzen, als wäre sie auf eigenen Beinen von einem Löwenfriedhof in der afrikanischen Savanne hergewandert. Auf einem Regal über der Wanne waren braune Glasflaschen aufgereiht, mit aufgemalten weißen Etiketten und lateinischer Beschriftung. Solche Arzneiflaschen hatten irgendwann im Zeitalter der Segelschifffahrt in Apotheken gestanden.

Ich war in eine Welt geraten, die vor hundert Jahren aufgehört hatte zu existieren.

Meine Schuhe lehnten an der Tatzenwanne. Von der Jeans liefen blasse Blutstreifen über den Wannenboden.

»Hab ich viel Dreck gemacht?«, fragte ich.

Die alte Frau schnalzte mit der Zunge.

In der Wohnung war sie ohne Kopftuch unterwegs. Ihre silbergrauen Haare hatte sie zu einem langen Zopf geflochten, der bis zur Mitte ihres Rückens reichte.

»Ich hab nichts getan«, sagte ich wie ein Kind, das ein Fenster eingeschlagen hat und dabei erwischt wurde.

Bison schickte mich zurück ins Bett. Sobald ich wieder lag, wickelte sie den blutbefleckten Verband um meinen linken Knöchel ab und drückte mit ihren kalten Fingern auf dem Fuß herum. Ich heulte auf und versuchte instinktiv, nach ihr zu treten. Es gelang mir nicht. Die Frau hielt meinen Fuß fest wie ein Schraubstock und betastete Sehnen, Knochen und Muskeln.

»Er ist geröntgt worden«, brachte ich hervor, während mir die Tränen übers Gesicht liefen. Bison schnalzte wieder mit der Zunge. Offenbar brachte sie damit sowohl Zustimmung als auch Ablehnung zum Ausdruck. Diesmal klang es nach Letzterem. Sie schien Röntgenaufnahmen und anderen modernen medizinischen Mumpitz nicht zu schätzen.

Sie hatte eine der braunen Flaschen aus dem Bad mitgebracht. Sie bestrich zwei Stellen an meinem Knöchel dick mit zitronengelbem Liniment, das so sehr brannte, dass ich schon fürchtete, meine Haut würde versengen. Das Zeug stank nach faulen Eiern.

»Lass den Scheiß«, entfuhr mir.

»Tsktsktsk«, antwortete Bison.

Sie hatte die Salbe mit bloßen Händen verstrichen. Ich krallte mich in die gehäkelte Tagesdecke, am liebsten wäre ich ins Bad gehumpelt und hätte alles wieder abgewaschen. Aber das war unmöglich. Resolut wickelte Bison eine frische Mullbinde um meinen Knöchel und das Liniment. Der Mull war allerdings nicht weiß, sondern gelblich.

»Woher stammt denn bitte der Verband?«, stöhnte ich. »Aus den Napoleonischen Kriegen? Warst du damals Feldscher? Hast du mit einer rostigen Säge Beine amputiert?«

Bison röchelte, in ihrem Ausdrucksrepertoire stand das Geräusch wohl für fröhliches Lachen.

Als sie sich vorbeugte, um den Verband zu fixieren, schaukelte ihr langer Zopf vor meinem Gesicht. Ich berührte ihn mit der Hand, strich langsam darüber.

»Schöne Haare«, sagte ich.

Die Frau brummelte und zog sich zurück, polterte in der Küche herum, kam mit einer Tasse Tee zurück, in den sie so viel Honig gerührt hatte, dass ich Zahnreißen bekam. In der anderen Hand hielt sie ein altes, ledergebundenes Album. Sie schlug es auf, überblätterte mehrere Seiten, auf denen Männer in schwarzen Anzügen und Frauen in schwarzen Röcken mit hochgerecktem Kinn in die Kamera starrten. Die kleinen Kinder auf den Fotos wirkten wie wachspuppenhafte Miniaturausgaben der Erwachsenen, schon als Fünfjährige ernst und vom Leben gezeichnet.

Dann hatte Bison gefunden, wonach sie gesucht hatte. Sie drehte das Album zu mir. Das Bild zeigte einen großen Mann in Uniform, er hielt ein Schwert in der Hand, auf das er sich lässig stützte wie auf einen Spazierstock. Seine Stiefel glänzten spiegelblank, und sein Schnurrbart lief an beiden Enden so spitz zu, dass er im Notfall gleichermaßen als Stichwaffe getaugt hätte.

Neben dem Soldaten stand eine Frau, die einen Kopf kleiner war als er. Sie hatte tiefe Grübchen im Gesicht und versuchte offenbar, ein Lachen zu unterdrücken. Der lange Zopf reichte ihr tief in den Rücken. Das Zopfende mitsamt der Schleife fiel hinab wie eine Mähne auf das Schaukelpferd, das zwischen dem Paar stand. Auf dem Schaukelpferd saß ein kleines Mädchen.

»Bist du das?«, fragte ich und zeigte auf die Frau mit dem langen Zopf.

Bison schnaubte, klopfte mit ihrem Zeigefinger, der dem Schnabel eines Raben glich, auf das kleine Mädchen mit den kurzen Rattenschwänzchen und zeigte dann auf sich selbst.

»Deine Mutter?«, fragte ich.

Bison nickte und schnalzte mit der Zunge. Sie holte eine lange, zimtbraune Holzkassette mit Messingbeschlägen aus dem Nachbarzimmer und machte sie auf. In der Kassette lag etwas Längliches, Schlangenförmiges. Behutsam nahm sie den Zopf heraus, der fast so lang war wie sie selbst. Sie legte ihn mir in die Hand, so vorsichtig wie eine Kristallschale.

Die geflochtenen Haare waren dick, rabenschwarz und glänzend, so perfekt würde man sie mit Photoshop nie hinkriegen.

Bison schwenkte ihren eigenen ergrauten Zopf hinter dem Rücken hervor und schüttelte den Kopf. Dann strich sie über den Zopf ihrer Mutter, legte zwei Finger auf die Herzgegend und biss sich auf die Unterlippe.

»Wie alt war deine Mutter, als sie starb?«, fragte ich.

»In deinem Alter. Ich habe sie als Kind hier in diesem Bett zugedeckt, am Abend hat sie noch gehustet, am Morgen war sie tot.« Bison seufzte und deckte mich zu.

Die Höhle des Skorpions

In der Nacht lauschte ich den Rufen der Kuckucksuhr und dem Rauschen des Windes im Lüftungsschacht über mir. Ich stand erst auf, als aus dem Nachbarzimmer unregelmäßiges Schnarchen kam. Der Kuckuck hatte gerade dreimal gerufen.

Als Dankeschön ließ ich eine krause Haarsträhne auf dem Kissen zurück.

Ich schob mich langsam über den Fußboden; die Krücken wagte ich aus Angst vor dem Gepolter nicht zu benutzen.

Die Flurlampe war durchgebrannt. Ich huschte wie ein Mäuschen an der Wand entlang und ertastete mir den Weg zur Treppe. Mein Knöchel war immer noch empfindlich, aber dank Bisons Liniment strahlte der Schmerz nicht mehr in meinen ganzen Körper aus.

Ich wollte aus dem Haus verschwinden, auf meinen Krücken bis zum Horizont humpeln und nie wieder zurückblicken. Aber das ging nicht. Ich musste noch etwas erledigen.

Der Sommermorgen dämmerte herauf. Gänsesägers und Aljoschas Leichen lagen nicht mehr in dem Schacht. Sie waren entsorgt worden.

Schon auf dem Balken knipste ich die Stirnlampe an. Ich hatte neue Batterien eingelegt, aus dem Wecker, der auf Bisons Nachttisch gestanden hatte. Wozu brauchte sie auch einen Wecker? Der Kuckuck äußerte sich zu jeder vollen Stunde so geräuschvoll, dass ich immer wieder zusammengeschreckt war.

Drinnen zeigte sich, dass die Stirnlampe überflüssig war. Von fast allen Fenstern war die dunkle Schutzpappe abgerissen worden. Der Dachboden badete im fahlen Licht der Straßenlaternen, so wirkte er noch gespenstischer als im Dunkeln.

Auf dem Fußboden waren keine blutigen Schuhabdrücke mehr zu sehen. Es roch nach einem Putzmittel, das wohl an Nadelwald erinnern sollte, mich aber eher an den Wunderbaum in einem schlecht gelüfteten Auto und an die kurvenreichen Straßen meiner Kindheit denken ließ.

Die Blutlachen waren aufgewischt worden. Nur vereinzelte, vom Blut berauschte Bienen surrten noch herum und donnerten gegen die Verkehrsschilder.

Die demolierten Computer waren entfernt worden.

Verbotens Reisetruhe stand offen.

Ich lief zur Waschküche. Beide Matratzen waren verschwunden, meine und die von Gänsesäger. Ebenso beide Rucksäcke. Ich hatte meinen nie mit einem Namensschild versehen, und er hatte auch sonst nichts enthalten, woran man mich hätte identifizieren können. Meine Hand fuhr instinktiv unter mein Oberteil, wo ein flacher Stoffbeutel mit meinen wichtigsten Papieren lag.

An der Stelle, wo die Wand entfernt worden war, trat ich zurück auf den eigentlichen Dachboden. Auch Aljoschas und Workutas Schlafplätze und Sachen waren verschwunden, ebenso alle Spraydosen, Schablonen, Sticker, Kleisterdosen, Scheren, Teppichmesser.

Gänsesägers Kamera war weg.

Fast jede Spur der Eisratten war getilgt worden. Wir existierten nicht mehr. Der Dachboden sah aus, als hätte ihn seit zwanzig Jahren niemand mehr betreten. Nur die Staubschicht fehlte.

Einige Verkehrsschilder lehnten noch an der Wand. Die verbliebenen Schilder warnten Reisende vor zahlreichen Gefahren: vor Rehen, Flugzeugen, Tunnels, zu steilen Anhöhen und dem jähen Abgrund.

Ich kehrte in die Ecke zurück, in der die Blutlache aufgewischt worden war. Dort schob ich das Steinschlag-Schild beiseite. Dahinter stand ein zweites, das vor Kindern warnte. Auch das rückte ich weg.

Die Stühle waren ebenfalls verschwunden, ich musste mir aus Backsteinen einen Hocker bauen.

Ich setzte den gesunden Fuß auf den Steinstapel und schob die Hand in eine Mauerspalte hinter den Verkehrsschildern, in eine Art Loch, in dem sich ein Skorpion verstecken könnte. Nach einigem Hin- und Hertasten fand ich die kleine Kamera. Ich zog sie hervor und nahm die Speicherkarte heraus.

Im selben Moment raschelte es hinter mir. Ich drückte mich in die Ecke, begriff aber bald, dass ich im fahlen Licht der Straßenlaternen leicht zu sehen wäre. Vom Balken kam ein zweites Rascheln, dann hüstelte jemand. Ich humpelte zum Eingang, und als ein Kopf mit Sturmmaske vor mir auftauchte, schlug ich mit aller Kraft zu.

Der Kopf sackte nach unten, ich hörte, wie Zähne knirschend aufeinanderschlugen. Ich schleuderte das Kinderwarnschild beiseite. Dann zerrte ich den dunkel gekleideten Typ herein und spähte um die Ecke. Hinter ihm war niemand. Ich zog dem Eindringling die Sturmmaske vom Kopf. Am Hinterkopf war sein Skalp aufgeplatzt, und es bildete sich eine Beule.

Die hochgerutschte Jacke entblößte einen Streifen Haut. Mit drei Rückgraten.

Die Zugbrücke

Workuta blinzelte, versuchte sich aufzurappeln und zu fliehen, schaffte es aber nur, sich wehzutun. Ich hatte seinen Oberkörper mit einem Kabel an den Holzbalken geschnürt, auf dem das Dach ruhte. Er war zwei Stunden k. o. gewesen, ich hatte schon befürchtet, zu fest zugeschlagen zu haben.

»Du befindest dich jetzt am Marterpfahl der Indianer«, sagte ich.

»Verdammt, was soll das?« Workuta schüttelte den Kopf.

»Warum hast du sie umgebracht?«

»Dasselbe könnte ich dich fragen. Warum hast du Aljoscha umgebracht?«

Es artete im Handumdrehen in Gebrüll aus. Irgendwann brach meine Stimme, und ich musste husten. Workutas Wangen waren feuerrot.

»Ich glaub dir kein Wort«, sagte ich.

»Und ich glaub dir kein Wort«, entgegnete Workuta.

»Du bist gefesselt.«

»Das macht dich noch lange nicht zu derjenigen, die die Wahrheit sagt.«

»Ich könnte dich töten«, hauchte ich.

»Sicher, du hast ja sowieso die Angewohnheit, die Falschen über die Klinge springen zu lassen.«

»Halt's Maul.« Ich knallte die Krücke knapp über seinem Kopf gegen den Holzbalken.

»Daneben«, sagte Workuta. »Da musst du schon genauer zielen, wenn du mich umbringen willst, wie du meinen Geliebten umgebracht hast.«

Ich sah, wie Workuta mit einem Mal Tränen in die Augen stiegen, und kapierte im selben Moment, was er gesagt hatte.

Sie waren ein Paar gewesen.

Workuta und Aljoscha hatten in Prypjat im selben Hochhaus gewohnt wie Gänsesäger und ich. Anfangs war noch ein dritter Russe dabei gewesen, der sich aber irgendwann davongemacht hatte.

Anfangs hatten Workuta und Gänsesäger in einer Wohnung gehaust, von der aus man einen Paradeblick auf den Reaktor hatte. In meiner eigenen Wohnung hatte ich das Mural für Rust gemalt. Als ich damit fertig war, hatte ich mit Gänsesäger eine Zweizimmerwohnung mit Blick auf das Riesenrad bezogen, und Workuta und Aljoscha hatten sich eine gemeinsame Wohnung in der obersten Etage des sechzehnstöckigen Hochhauses ausgesucht. Ich hatte geglaubt, das hätten sie nur deshalb gemacht, weil es auf Dauer nun mal angenehmer ist, zu zweit in einer Geisterstadt zu wohnen, als allein.

Aljoscha und Workuta waren immer zusammen unterwegs gewesen und hatten einander geknufft und die Haare zerzaust, aber ich hatte immer gedacht, sie wären nur Freunde. So wie ich und Gänsesäger – wir hatten seit unserer Abreise aus Finnland auch die meisten Nächte im selben Zimmer geschlafen, die nassen, verschwitzten Klamotten und schmutzigen Haare des anderen gerochen, erst in Tschernobyl, jetzt in Berlin.

»Ihr wart ein Paar«, murmelte ich. »Ein richtiges Paar.«

»War bestimmt schwer zu merken, solange man selbst immer noch im Bann des göttlichen Rust gestanden hat. ›Der wunderbare Rust, perfekt, bezaubernd, berauschend, breitschultrig, kantiges Kinn, umwerfend attraktiv, wie ein Prinz, wie Herkules, der Hollywood-Star Rust.‹ Andere Menschen können sich ja gar nicht annähernd so lieben wie du und dein glanzvoller, nach Myrrhe duftender Rust. Ist der überhaupt jemals aufs Klo gegangen? Natürlich nicht, ein Gott produziert doch keine Ausscheidungen, er verwandelt einfach alles in Energie. Hatte er überhaupt ein Arschloch?«

Ich schluckte. Mein Hals war trocken.

»Das ist nicht wahr …«

Workuta lachte blechern. Ihm floss Blut aus Nase und Mund. Sein Lachen sah genauso entsetzlich aus, wie es klang.

»Ihr habt euch gestritten, Aljoscha und du«, sagte ich. »Du bist wütend geworden und hast ihn umgebracht.«

»Klar, ein Mord aus Leidenschaft.« Workuta spuckte aus. »Bestimmt hast du auch jedes Mal geplant, deinen perfekten Rust umzubringen, wenn ihr euch darüber gestritten habt, wer mit Putzen dran war. Oder wenn Rust die Zahnbürste falschrum in den Becher gestellt hat. Oder wenn er nachts geschnarcht hat. Da hast du augenblicklich beschlossen, ihm den Schädel einzuschlagen und so nebenbei auch gleich seine Freunde umzubringen. Und dann nachträglich die Spuren zu beseitigen.«

Ich setzte mich neben Workuta und lehnte mich an den Balken.

»Banksys Piece ist weg«, sagte ich mit einem raschen Seitenblick.

»Das war ich auch. Hab's auf dem Rücken rausgetragen.«

»Wie haben sie die ganze Wand weggekriegt?«

»Sie haben sie über das Dach hochgezogen. An dem Blechdach war ein großes Stück lose.«

»Was zum Teufel … Das Dach ist doch an seinem Platz!?«

»Wenn du mich losbindest, zeig ich's dir. Mit gefesselten Händen kann ich das nicht.«

Ich schloss die Augen. Mir schwirrte der Kopf. Was, wenn Workuta auf Gänsesäger eifersüchtig gewesen war? Wenn Aljoscha und Gänsesäger sich ineinander verliebt hatten und Workuta sie beim Vögeln erwischt und beide ins Jenseits befördert hatte? Die Sache hatte nur einen Haken. Gänsesäger war so leidenschaftlich wie ein nasser Hund. Ich hatte nicht ein einziges Mal erlebt, dass er sich für irgendetwas anderes erwärmt hätte als für staubige, verlassene Häuser voller Schrott. Darüber hatten wir früher in Kotka gelacht, wir hatten gewitzelt, wenn Gänsesägers Mutter irgendwann darauf besteht, dass er eine Familie gründet, dann schleppt er eine verlassene Waldhütte vor den Altar. Oder das Hexenhaus von Hänsel und Gretel. In Prypjat und hier in Berlin hatte ich mich vor seinen Augen ausziehen und umkleiden und halb nackt rumhüpfen können, er hatte nie geglotzt, allerdings auch nicht vorgeblich schamhaft weggeguckt. Er hatte einfach mit dem weitergemacht, was er gerade getan hatte, Titten und Po einer Frau hatten ihn nicht interessiert. Genauso wenig hatte er sich Männer angeschaut. Und vor Berührungen war er zurückgescheut. Außer wenn er in einer verlassenen Schmiede einen verrosteten Amboss oder eine halb morsche Wand entdeckt hatte – die hatte er manchmal gestreichelt.

»Hallo?«, rief Workuta. »Bist du jetzt auch noch tot?«

Ich riss mich zusammen und band Workuta los. Das Kabel hatte sich tief in seinen Arm gegraben, aber Workuta beklagte sich nicht. Er dehnte die Beine, dann hob er das Verkehrsschild hoch, mit dem ich ihn niedergeschlagen hatte. Einen Moment lang dachte ich, gleich würde er zurückschlagen, mir den Schädel spalten, er hatte kräftige Arme und hätte den ganzen Tag lang einen Hammer schwingen können. Aber er ging einfach an mir vorbei und auf die verschwundene Wand in der Waschküche zu. Dort hob er das Verkehrsschild hoch und drückte es gegen das Blechdach. Die Platten hoben sich. Über uns erschien ein wandbreiter Streifen frühmorgendlichen Himmels.

»Wie …«

»Sie haben einen Kran auf das leere Nachbargrundstück gefahren. Der Ausleger war höher als das Haus.«

»Ich hab den Laster noch gesehen, mit dem die Eisratte abtransportiert worden ist«, sagte ich. »Am frühen Morgen …«

»Welche Marke?«

»Ich bin mir nicht sicher … Ein Laster eben.«

»Kennzeichen?«

»Hab ich nicht gesehen.«

»Erinnerst du dich noch an *irgendwas* an dem Auto?«

»Es hatte eine weiße Fahrerkabine. Glaube ich.«

»Verdammt, du bist doch echt unfassbar«, dröhnte Workuta. »Aber wenn im Nachbarviertel ein Krieg ausbrechen würde – das würdest du schon mitkriegen?«

»Ich war mit anderen Dingen beschäftigt.«

»Du warst damit beschäftigt, dir den Kopf in den Arsch zu stecken.«

Er sei vor mir am Tatort eingetroffen, erzählte Workuta, um kurz nach fünf Uhr früh, als ich immer noch auf der Sitzbank in der Ambulanz gelegen hatte. Aljoscha hatte ihm noch von dort eine SMS geschickt. Workuta war in der Nacht auf der Museumsinsel herumgewandert. Er träumte davon, eines Tages auf der Berliner Museumsinsel ein anständiges Piece zu malen. Die Wände dort waren mit Überwachungskameras gespickt, die Dinger waren bestimmt so dicht gesät wie nirgends sonst in dieser Stadt, und er hatte lange nach einer geeigneten Stelle gesucht. Ein zweiter Traum war, die Wand der russischen Botschaft zu bemalen. Auch dort gab es reichlich Überwachungskameras, dazu bewaffnete Wachposten.

»Ich bin noch ungefähr eine Stunde herumgelaufen, nachdem Aljoscha sich gemeldet hatte«, sagte Workuta. »Ich hab gleich zwei ganz brauchbare Stellen gefunden. Als ich in die Eishöhle zurückkam, war der Strom abgeschaltet, aber ich hatte ja die Taschenlampe dabei … Dann hab ich erst das Blut und die zertrümmerten Computer gesehen und das offene Dach bemerkt – die Sterne leuchteten über mir, ein Satellit zog gerade in dem Moment vorbei, als ich hochguckte.«

»Das Dach war offen? Als ich kam, war es zu.«

»Gerade als ich überlegt hab, was zum Teufel hier abgeht,

hat der Kran das Stück Dach wieder aufgesetzt«, fuhr Workuta fort.

Er habe sich schleunigst verdrückt, als ihm klar geworden sei, dass die Typen, die in der Eishöhle gewütet hatten, immer noch hier in der Nähe waren. Beinahe wäre er vom Balken gestürzt, als er unter sich die zwei Leichen entdeckte. Im selben Moment war ihm durch den Kopf geschossen, dass irgendwelche russischen Schwulenhasser in der Eishöhle gewesen waren – er und Aljoscha hatten schon in Russland mehrere Morddrohungen bekommen.

»Hä?«

»Ja, oder es war der FSB.«

»Was?«

»Der russische Geheimdienst. Der Nachfolger des KGB. Vielleicht hat der FSB die Sache aber auch an die Auslandsspionage weitergeleitet. An den SVR.«

»Scheiße, jetzt übertreib mal nicht.«

»Die haben Jagd auf Aljoscha und mich gemacht – alles dieselbe Bagage. Irgendwie hatten wir es immer geschafft, uns vor ihnen zu verstecken ... Die haben uns nie verziehen, dass wir gegenüber des Geheimpolizei-Hauptquartiers einen erigierten Penis gemalt haben.«

»Was?«, ächzte ich.

»An die Zugbrücke über die Newa. Immer wenn die Brückenhälften hochgingen, hat ein siebzig Meter langer Penis direkt in die Fenster des FSB gestarrt. Rauf und runter, rauf und runter. Tag und Nacht konnten diese Homojäger einen strammen Schwanz bewundern.«

»Du lügst.«

»Ich wünschte mir, es wäre gelogen. Und das war nicht unsere einzige Aktion. Aber bei dieser hat es uns erwischt. Unsere Namen wurden bekannt.«

Ich wusste nicht, was ich darauf erwidern sollte. Ich hatte Workuta nie als Schwulenaktivisten gesehen, der zur großen

Freude der Geheimpolizei Riesenschwänze für sie malt. Ich hatte ihn immer für einen schüchternen Jungen vom Land gehalten, ähnlich wie Gänsesäger, einer, der bei seiner Mutter in der Kammer wohnt und es nie schafft auszuziehen. Für Essen und saubere Unterhosen ist dort ja gesorgt, darum kümmert sich Mama.

Doch jetzt erzählte Workuta, er habe zu einer Gruppe gehört, die für Schwulenrechte eingetreten war. Sie hatten an möglichst auffälligen Stellen in russischen Großstädten gesprayt und ihre Werke im Internet verbreitet. Im Zusammenhang mit der Zugbrückengeschichte waren zwei aus der Gruppe verhaftet worden, Aljoscha und Workuta hatten nach Prypjat fliehen können. Dorthin hatten sie sich immer abgesetzt, wenn ihnen in den Metropolen das Pflaster zu heiß geworden war.

Ich blickte zu dem schmalen Himmelsspalt hoch, der zwischen den verschobenen Blechdachplatten hindurchschimmerte.

»Okay, wir stehen also auf der Abschussliste des FSB. Und des TÜV und des ABC und was es sonst noch für Ämter mit drei Buchstaben gibt.«

»Du hast nichts getan«, beschwichtigte mich Workuta, doch sein Tonfall überzeugte mich kein bisschen.

»Wo habt ihr sonst noch gemalt außer an der Zugbrücke?«

»Hier und da«, murmelte Workuta.

»Zum Beispiel?«

»An die Kremlmauer.«

»Heilige Scheiße. Und was?«

»Einen Regenbogen. Und ein bisschen Text.«

»Was für einen Text?«

»HERR PRÄSIDENT! OUTE DICH! WERD EINER VON UNS!«

»Wann war das?«

»Kurz bevor wir im Frühjahr nach Prypjat gefahren sind.

Wir haben es gerade noch geschafft, die Bilder ins Netz zu stellen. Putin hatte alle Hände voll damit zu tun, sie entfernen zu lassen.«

»Schlimmer kann es nicht mehr werden«, sagte ich.

»Wir haben noch mit Sturmhauben auf dem Kopf nackt vor dem Text posiert. Der FSB soll die Schwänze russischer Homos vermessen haben und dann die Aufnahmen mithilfe von ein paar Urologen analysiert und überlegt haben, welchen Einfluss die Minusgrade an dem Abend auf Länge und Dicke gehabt haben könnten.«

»Erspar mir die Einzelheiten.«

Ich kauerte mich auf den Boden. Unbegreiflich, wie im Handumdrehen all das zu einem Albtraum geworden war. In Prypjat hatten wir wochenlang unsere verlorene Kindheit wiederaufleben lassen. Ich hatte den ganzen Tag über gemalt, natürlich hatten wir den Forschungstourigruppen ausweichen müssen, die tagsüber das radioaktive Areal besichtigt hatten, aber sie hatten kaum gestört. Selbst die ersten Wochen in Berlin waren hauptsächlich so etwas wie eine kostenlose Eintrittskarte für einen Zirkus gewesen, der vierundzwanzig Stunden am Tag geöffnet hatte. Gelegentlich hatte Verboten uns zu seinen Mietzahlungseinsätzen geschickt, aber mir war trotzdem genug Zeit geblieben, um mich auf meine eigenen Graffitis zu konzentrieren, ohne ständig Angst zu haben vor Sicherheitsleuten, die einem wie Rottweiler auf den Fersen waren. In Prypjat hatte es gar keine gegeben, und in Berlin stand man Tags und Graffitis an Hauswänden und Mauern nicht annähernd so engstirnig gegenüber wie in Kotka.

Ich hatte nicht geahnt, dass ich neben einer tickenden Zeitbombe gelebt hatte. Neben zwei Zeitbomben – Aljoscha und Workuta. Neben zwei Aktivisten, die der russische Staat wegen Vandalismus und Terrorismus und wer weiß welchem politischen Anarchismus hatte drankriegen wollen. In Prypjat hatten sie wie harmlose Hippies gewirkt, die nur dann lautstark ihre Meinung äußerten, wenn sie sich über Rezepte für Frühlorcheln stritten.

Hätten diese Typen nicht so sein können wie ich? Ausgeglichene Menschen, verdammt.

Wirre Gedanken schossen mir durch den Kopf, und ich legte die Arme übers Gesicht. Workuta saß eine Weile mucksmäuschenstill neben mir, dann räusperte er sich und lief auf dem Dachboden hin und her. Als ich mich immer noch nicht rührte, klopfte er mir auf die Schulter.

»Mach dir keine Sorgen. Die haben auch noch andere Verdächtige«, sagte er. »Das wird schon wieder. Immer mit der Ruhe, zählen wir bis zehn.«

Ich war gerade erst bis sechs gekommen, da krachte es laut gegen die linke Wand, der ganze Fußboden legte sich schräg, und Workuta rutschte vor meinen Augen auf das Loch zu, das in die Wand gerissen war.

Die Abrissbirne

Workuta bekam den Trägerbalken zu fassen. Beim nächsten Schlag verlor ich den Halt und rutschte über den frisch geputzten, blanken Boden. Meine Krücken polterten davon.

Workuta kroch auf mich zu und packte mich an der Schulter. Dann zog er mich über den Boden zu einem dickeren Trägerbalken weiter hinten. Dort solle ich mich mit beiden Händen festhalten.

»Meine Krücken«, keuchte ich. »Ich brauch die Krücken ...«

Die eine war zwischen den losen Backsteinen stecken geblieben, die andere war zu dem Loch in der Wand gerutscht und schaukelte jetzt über dem Abgrund.

»Moment«, sagte Workuta.

Auf allen vieren angelte er die erste Krücke heran. Als er gerade drauf und dran war, die zweite zu retten, ließ ein neuerlicher Schlag die Wand erzittern. Der ganze Dachboden bebte. In dem Stützpfeiler, an dem ich hing, klaffte ein tiefer Riss, als hätte das Holz grinsend sein Maul aufgerissen.

Workuta war von dem Schlag mit dem Kopf voran zum Rand der Öffnung geschleudert worden, aber er schaffte es gerade noch, sein Bein um den verbogenen Fensterrahmen zu schlingen und sich hochzuziehen, verlor dabei aber die Krücke, die in dem Loch verschwand wie im Schlund eines Raubtiers. Die gezackten Ränder der Öffnung waren die Zähne der Bestie.

Workuta wankte zu mir rüber. »Wir müssen hier raus!«

»Was ist das?«

»Die Abrissbrigade.«

»Aber der Abriss ist doch verschoben worden!«

»Das wissen die offenbar nicht.«

Workuta umklammerte die Stange eines Verkehrsschilds und schob es unters Dach. Das lose Stück Blech rutschte ein wenig zur Seite, und im Dach entstand eine Lücke von vielleicht zwei Handbreit.

»Halt das hoch«, befahl Workuta.

Das Schild war gerade lang genug, die Spitze des Dreiecks kratzte übers Blech.

Wieder rumste etwas gegen die Wand, und ich fiel auf die Knie. Im Dachboden war ein Schwarm aufgeschreckter Schwalben aufgetaucht, sie schnalzten und flatterten verstört gegen uns und die Balken.

Workuta schleppte einen der kaputten Monitore an. Er nahm mir das Verkehrsschild aus der Hand und donnerte die Stange durch die Scheibe. »Als Fuß«, erklärte er. »Damit es stehen bleibt.«

Er stolperte los, um den zweiten Monitor und noch ein weiteres Verkehrsschild zu holen, das diesmal nicht vor Kindern, sondern vor Glätte warnte. Die ganze Zeit über bebte der Fußboden, und vom Dach regneten Holzsplitter, Vogelnester, Eierschalen, Skelette alter Taubenleichen, Staub und Steine. Vögel kreischten und flatterten auf, und das ganze Haus wand sich wie im Todeskampf.

Mir wollte nicht in den Kopf gehen, wie Workuta sich aufrecht halten konnte. Ich selbst war auf dem Hintern hocken geblieben, um meinen schmerzenden Fuß zu schonen.

Workuta stellte die Monitore nebeneinander, die Verkehrsschilder ragten vielleicht einen halben Meter voneinander entfernt zum Dach auf.

»Das ist unsere Leiter«, sagte Workuta. »Du zuerst.«

Ich packte die Stangen mit den Händen und schlang die Beine darum. Workuta schob mich von unten an, und nach einer gefühlten Ewigkeit erreichte ich den Ausgang.

Mit Kopf und Schultern schob ich das Blechdach nach oben

und schaffte es irgendwie, mich durch die schmale Öffnung nach draußen zu winden.

Dort lag ich erst mal bäuchlings auf dem Blechdach und hielt beide Verkehrsschilder fest. Hinter Workuta fielen Brocken aus der Seitenwand des Hauses zu Boden. Ich fühlte mich wie in einem Traum kurz vor dem Aufwachen, einstürzende Wände ringsherum, die Welt zerfällt und wird zerstört.

»Die Krücke!«, schrie ich. »Die brauch ich!«

»Herrgott noch mal!«

Workuta warf die Krücke in meine Richtung, und ich konnte gerade noch den Kopf einziehen. Ich presste sie zwischen die Knie, damit sie nicht verloren ging.

Kurz darauf lag Workuta keuchend neben mir, und wir sahen hilflos dabei zu, wie ein etwa drei mal fünf Meter großes Stück vom Blechdach nach wiederholten Stößen über die Dachschräge rutschte und verschwand.

»Scheiße, was ist das?«

»Eine Abrissbirne«, sagte Workuta. »Hängt an einem Seil am selben Kran, mit dem sie den Banksy geholt haben.«

Wir krochen bäuchlings auf die Giebelwand des Nachbarhauses zu. Ich spürte, wie die Eishöhle sich unter mir wand, Blechfetzen und Regenrinnen stürzten in die Tiefe. Irgendetwas sprang auf meine Waden. Dann noch etwas. Ich warf einen Blick über die Schulter. Eine ganze Rattenfamilie flitzte über meine Beine hinüber zum Dachfirst. Sie nahm Kurs auf dieselbe Giebelwand wie wir, sie war ihr Rettungsboot.

Das Dach des alten Lagergebäudes war einen knappen Meter höher als unser eigenes Dach. Dazwischen lag eine mehr als zwei Meter breite Brandschneise, und an der Giebelwand des Lagerhauses konnte ich nirgends Mauervorsprünge sehen. Die Rattenfamilie flitzte über die Stromleitungen von einem Dach zum anderen, selbst die Kleinsten schafften es, mit ihren Schwänzen das Gleichgewicht zu halten, obwohl unter ihnen der Abgrund drohte.

Ich starrte nach unten. Es waren an die zwanzig Meter bis zur Erde. Die Stromleitungen würden nicht mal eine Katze tragen, geschweige denn einen Menschen.

»Gibt's hier irgendwo eine Leiter?«, fragte ich.

»Im eingestürzten Teil. Die liegt da schon seit Monaten … in Stücken.«

Nebeneinander blieben wir am Dachfirst liegen. Die Abrissbirne erschien über dem Dach, und der unsichtbare Kranfahrer ließ sie durch das Dach in die Mansarde krachen. Ein ums andere Mal. Die Birne schlug unsere Eishöhle in Stücke.

»Sollen wir uns irgendwie bemerkbar machen?«, fragte ich.

»Das könnte übel für uns ausgehen.«

»Es könnte immerhin doch ein Versehen sein«, wandte ich ein. »Vielleicht wissen sie nicht, dass wir hier sind.«

Workuta schüttelte den Kopf. »Warte hier.« Dann kroch er rückwärts davon und verschwand hinter einem Lüftungsventil.

Das Blech knirschte, Ziegelsteine purzelten, Balken und Wände zersplitterten. Ich lag auf einer Eisscholle aus Blech, die immer kleiner wurde.

Plötzlich meinte ich, jemanden um Hilfe rufen zu hören.

Ich spitzte die Ohren – und tatsächlich, Workuta rief nach mir.

Ich kroch am Dachfirst entlang zurück. Im Dach hatte sich ein riesiges Loch gebildet, durch das man stockwerkeweit nach unten sehen konnte. Der Dachboden hatte keinen Boden mehr. Workuta riss am Rand der Öffnung an einer Blechplatte.

»Scheiße, bist du taub?«, fuhr er mich an. »Fass am anderen Ende an.«

Die lange Blechplatte war zur Hälfte lose. Wir rüttelten daran, Nägel flogen umher. Der Rand war scharf, ich zog die Ärmel meiner Lederjacke über die Hände, um mich nicht zu verletzen.

Endlich bekamen wir die Blechplatte frei.

»Die könnte reichen.«

»Nee, verdammt …«

»Hast du eine bessere Idee? Dann raus damit.«

Ein heftiges Krachen erschütterte das Haus und dröhnte durch den ganzen Körper, vom Scheitel bis zur Sohle. Das Haus ging unter uns in die Knie, als wäre einer seiner Rückenwirbel verklemmt. Die Birne schwang erneut vom Innenhof aus gegen die Seitenwand, und vor uns türmte sich das Dach auf.

Schweigend und mit vereinten Kräften schleppten wir die Blechplatte zum Rand des Dachs. Die Giebelwand stand immer noch, also schoben wir die Platte schräg hinauf zum Dach des Lagergebäudes. Die Platte schwankte auf und ab, und es schien unmöglich zu sein, eine Stelle auf dem gegenüberliegenden Dach zu finden, an der sie festlag.

Die Blechplatte war gerade einmal zehn Zentimeter länger als die Schlucht zwischen den beiden Gebäuden.

Wir mussten sie die ganze Zeit fest auf das zitternde Dach pressen, sonst wäre sie abgerutscht.

»Geh«, sagte Workuta.

»Nein, geh du zuerst.«

»Ich halt das Blech fest.«

Wir hatten keine Zeit zu streiten. Das Haus erzitterte unter uns. Über das schräg nach oben geneigte Blech kroch ich zum Nachbardach hinauf – das war unsere Version der Zugbrücke über die Newa. Die ganze Zeit rechnete ich damit, dass sie sich aufrichten würde.

Eine Ratte flitzte über meinen Rücken. Ihre Krallen schnitten mir in den Nacken.

Dann floh eine weitere Rattenfamilie übers Dach und über die Stromleitungen.

Ich schaffte es kurz nach den Ratten auf das Dach des Lagergebäudes. Jetzt war ich an der Reihe, die Blechplatte gegen die Dachkante zu drücken, während Workuta heraufkletterte. Das

Blech knirschte unter ihm, das Dach hinter ihm tänzelte. Als Kind hatte ich mal auf einem gefederten Podest gestanden, das ein Erdbeben simulieren sollte. Alle auf dem Podest hatten gelacht und sich absichtlich angerempelt.

Doch hier und jetzt war mir alles andere als zum Lachen zumute.

Die Abrissbirne nahm erneut Schwung auf.

Workuta packte mit einer Hand meine Krücke, und im selben Augenblick ging ein Riss durch die Giebelwand der Eishöhle. Unsere Blechbrücke wirbelte durch die Luft und krachte irgendwo unter uns auf den Boden. Workuta zog sich aufs Dach, und wir krabbelten von der Kante weg.

Auf der anderen Seite des Schornsteins fanden wir eine Luke, durch die Schornsteinfeger und Antennenmonteure bei Bedarf aufs Dach kamen. Workuta trat gegen den Rand und drosch mit der Krücke auf die Luke ein, bis der Riegel auf der Innenseite nachgab. Wir hangelten uns durch die Luke und stiegen die gusseiserne Treppe hinunter, an verlassenen Fluren vorbei. Einmal verhakte sich meine Krücke im Geländer, und ich musste sie losreißen. In einer Etage roch es schwach nach Kaffee, in einer anderen stank es nach Urin. Durch ein kleines Fenster im Erdgeschoss, das wir von innen aufhebelten, gelangten wir ins Freie und mischten uns unter die Gaffer, die sich auf der Straße drängten.

Die Straße war zu beiden Seiten unseres Hauses abgesperrt worden … zu beiden Seiten unseres ehemaligen Hauses. Hinter den Barrieren standen Riesenkerle in Overalls, und in dem Kran im Innenhof steuerte irgendwer die durch die Luft schwingende Stahlkugel, die unser Zuhause in Beton-, Ziegel- und Glastrümmer verwandelte. Die beiden obersten Etagen waren schon verschwunden.

Mit jedem Schwung wirbelte eine neuerliche Staubwolke auf. Wasser aus einem Tankwagen half, den Staub zu binden.

»Wir müssen hier weg«, raunte Workuta mir zu.

»Warte mal«, antwortete ich.

Ich hatte Bison entdeckt. Sie hockte gleich neben der Barrikade und betrachtete ihr zerfallendes Haus. Auf dem Stuhl, auf dem sie gesessen hatte, als sie meinen Knöchel verband.

Bison starrte stumpf auf die zerbrochenen Fenster, auf den Schutt und die Holzsplitter hinab, die vor ihr auf die Erde regneten.

Die Sachen der alten Frau waren auf die Ladefläche eines Lasters geschmissen worden, die Apothekerflaschen waren auf dem Asphalt zerschellt. Ein Mann im Anzug forderte Bison unwirsch auf, in sein Auto zu steigen.

In den Armen hielt sie eine längliche, zimtbraune Holzschatulle.

Samuel

Aus dem Schatten der Wurstbude heraus beobachtete ich, wie mein Vater vom Zug kam, mit hängenden Schultern wie immer, seine Tasse Kaffee trank und nach Hause schlurfte. Ich wartete noch, bis drinnen blaues Licht anging.

Workuta stand neben mir und zählte die Sterne am Himmel oder die Straßenlaternen. Ich stieß ihm den Ellbogen in die Seite. Wir schlüpften hinter dem nächsten Bewohner durch die Haustür und nickten ihm zum Gruß zu.

Ich klingelte bei meinem Vater.

In der Wohnung war es still. Der Türspion wurde dunkel, jemand starrte uns an.

Ich klingelte erneut.

In der Wohnung wurde der Fernseher lauter aufgedreht.

»Du verstehst dich gut mit deinem Vater, was?«, meinte Workuta neben mir.

Ich trat gegen die Tür, mehrmals.

»Ich bin Maria«, schrie ich die Tür an. »Deine Tochter!«

»Du heißt also Maria.« Workuta sah mich neugierig an.

»Vergiss es. Für dich immer noch Metro.«

Die Tür wurde einen Fingerbreit geöffnet, und im Türspalt tauchte ein Auge auf, das ich kannte.

»Wir müssen bei dir übernachten«, sagte ich.

»Hier ist kein Platz«, brummte mein Vater.

»Scheiße, du wohnst hier allein, das weiß ich ganz genau.« Und mit diesen Worten schob ich mich an ihm vorbei in seinen Flur. Dann wandte ich mich nach rechts, in das Zimmer, dessen blassblaue Atmosphäre ich von der anderen Straßenseite aus gemustert hatte. Auf einem Hocker vor dem Fernseher saß ein kleiner Junge, ein paar Jahre alt, und stierte auf den Fernseher, in dem ein Zeichentrickfilm lief. Gerade flog eine Katze durch die Luft und platschte ins Wasser. Der Junge lachte.

Vater räusperte sich hinter mir.

»Tja, ich bin gerade an der Reihe, mich um Samuel zu kümmern.«

»Ist das dein Sohn?«, fuhr ich auf. »Mit wem? Wo ist seine Mutter? Was hast du angestellt?«

Vater schüttelte den Kopf, verschwand in der kleinen Kochnische und klapperte mit irgendwas herum. Ich setzte mich neben den Jungen auf den Teppich. Jetzt hatte die Katze ein Ruderboot, in dem unten der Zapfen fehlte. Die Katze versuchte, gleichzeitig zu rudern und Wasser zu schöpfen, und landete schließlich mitsamt dem Boot auf dem Grund des Sees, wo sie einen Tintenfisch anglotzte.

Gänsesäger hätte der Film nicht gefallen.

Aber jetzt brauchte er sich nicht mehr vor dem Wasser zu fürchten.

Der kleine Junge hingegen kicherte über die hartnäckigen Bemühungen der Katze, auf die Insel inmitten des Sees zu gelangen.

Das Kichern war ansteckend. Ich spürte plötzlich, dass ich lächelte.

Vater brachte uns Kakao. Ich sah mich nach Workuta um. Er hatte sich in die Sofaecke am Fenster verkrochen, versuchte, sich als Kissen zu tarnen.

»Ich dachte, ich würde dich nie wiedersehen«, sagte mein Vater.

»Jetzt bin ich hier.«

»Wohnst du in Berlin?«

»Lange Geschichte. Wir brauchen für ein paar Nächte ein Dach über dem Kopf. Unsere Wohnung ist futsch.«

»Konntet ihr die Miete nicht bezahlen?«

»So könnte man es auch ausdrücken.«

Vater seufzte, sah von Samuel zu mir und setzte sich dann ans andere Ende des Sofas.

»Dein Freund?«

»Ja. Er heißt Workuta.«

»Workuta ist ein Arbeitslager, so heißt kein Mensch.«

»Hä? Was soll das denn?«, fragte ich verwundert und sah Workuta an, doch der schüttelte den Kopf.

»Du hast nie auf meine Karten geantwortet«, fuhr mein Vater fort, bevor ich dazu kam, Workuta auszufragen.

»Na ja, jetzt bin ich ja hier. Wo ist Samuels Mutter?«

»Samuel hat keine Mutter.«

»Natürlich nicht. Bist du überhaupt fähig, mit einer Frau zusammenzuleben?«

Vater räusperte sich.

»Samuels Mutter ist tot.«

»Wieso das denn? Du hast doch gerade noch gesagt, du wärst dran, dich um ihn zu kümmern. Wo ist er denn, wenn du arbeitest?«

»Bei einer Nachbarin. Sie hat selbst ein Kind in seinem Alter.«

Ich biss mir auf die Lippen und nahm einen Schluck Kakao. Vater legte mir die Hand auf die Schulter, doch ich schüttelte sie ab. Seufzend stand er auf und wandte sich an Samuel. Es sei Zeit, schlafen zu gehen. Samuel schüttelte den Kopf, wackelte mit den Zehen und kicherte über die Sterne, die über einer gewaltigen Beule am Kopf der Katze sprühten.

Später kehrte Vater ins Wohnzimmer zurück. Workuta hatte sich ein Sofakissen und eine Decke genommen und sich auf dem Fußboden im Bad ausgestreckt. Er war es gewöhnt, im Dunkeln zu schlafen, das Licht der Straßenlaterne vor dem Fenster hatte ihn gestört.

Ich selbst hatte gar nicht erst versucht zu schlafen, sondern sah mir bestimmt zum fünfzehnten Mal die verschwommenen Bilder der drei Männer an, die in unsere Eishöhle eingedrungen waren. Die Aufnahmen der Überwachungskamera, die Gänsesäger installiert hatte, waren allesamt unscharf – die Gesichter der Männer zu einer dunklen Schmiere verschmolzen, außerdem trugen sie einen Gesichtsschutz.

Vater setzte sich ans Fußende, und ich hielt das Video an.

»Wer sind die?«, fragte er. »Freunde von dir?«

»Ganz im Gegenteil.«

»Steckst du in Schwierigkeiten?«

»Ich hab nichts getan«, murmelte ich. »Ich brauch bloß für ein paar Nächte ein Dach über dem Kopf.«

Ich klopfte nervös auf die Taste der Fernbedienung und wartete darauf, dass Vater endlich wieder ging.

»Dein Sohn heißt wie du«, sagte ich, als er sich nicht vom Fleck rührte.

»Gefällt dir das?«

»Samuel senior und Samuel junior. Klingt nach Amerika.«

»In meiner Familie wurden immer dieselben Namen vergeben, von einer Generation zur nächsten«, erklärte er. »Der älteste Sohn bekommt seit vielen Generationen den Namen Samuel.«

»Mädchen sind wohl nicht wichtig.«

»Meine Mutter hieß Maria«, sagte Vater. »Sie war eine gute Frau, die tapferste, die ich je gekannt habe.«

»Wie geht es ihr? Schickst du ihr einmal im Jahr eine Karte in den Kongo, so wie mir nach Finnland?«

»Unser Haus dort wurde überfallen und sie bei dem Überfall getötet, als ich sieben war. Sie hat es gerade noch geschafft, mich im Gebüsch zu verstecken.«

Darauf hatte ich keine schlagfertige Antwort parat. Wir saßen schweigend nebeneinander auf dem Sofa, auf dem Fernsehbildschirm flackerte das Standbild.

»Ich muss morgen arbeiten«, sagte er nach einer Weile.

»Ich kann auf Samuel aufpassen.«

»Ihm darf nichts passieren.«

»Warum sollte ihm was passieren?«, brauste ich auf, und Vater bedeutete mir, still zu sein; aus dem Schlafzimmer kam schläfriges Gemurmel, dann riet er mir, endlich zu schlafen, und zog sich zurück.

Ich blieb im Dunkeln sitzen und spulte die Aufnahme zurück. Wieder kamen drei Männer über den Balken in die Eishöhle. In einem von ihnen erkannte ich Verboten wieder, trotz des Tuchs, das er sich vors Gesicht gebunden hatte. Ich erkannte ihn an der Art, wie er den Balken überquerte.

Verboten hatte nichts von der versteckten Kamera gewusst, nur Gänsesäger und ich waren eingeweiht gewesen. Verboten wäre total ausgeflippt, wenn er herausgefunden hätte, dass wir eine Überwachungskamera installiert hatten. Unter Writern war so etwas noch verhasster als die Atombombe. Gänsesäger hatte das Überwachungssystem selbst gebastelt, das Band war über einen Bewegungsmelder in Gang gesetzt worden, sobald jemand über den Balken kam. Die Junkies, die in den unteren Etagen übernachteten, und ihre gelegentlichen Besucher hatten Gänsesäger beunruhigt, er hatte Angst gehabt, dass sie in unserer Eishöhle etwas klauen könnten. Immerhin hatte der Schlüssel zur Brandschutztür frei zugänglich unter der Treppe gebaumelt, am anderen Ende des Balkens hatte man nur die bemalte Sperrholzplatte beiseiteschieben müssen, und schon war man in unsere Bude gelangt. Das bleibt unter uns, hatte Gänsesäger gesagt, als er die Kabel versteckt hatte. Und ich hatte mich beschissen gefühlt, als wäre ich selbst ein Wachmann. Trotzdem hatte ich zugestimmt, den anderen nichts von der Kamera zu erzählen – aber die Aufnahmen werd ich mir nie ansehen, nie im Leben.

Und jetzt tat ich genau das.

Auf dem Bildschirm betraten Verboten und die beiden anderen die Eishöhle. Die zwei Unbekannten waren breitschultriger als Verboten und auf dem Balken deutlich ungeschickter.

Das Bild wurde schwarz, Gänsesägers System hatte einen Timer gehabt. Wenn der Bewegungsmelder ungefähr eine Minute lang kein Signal mehr bekommen hatte, hatte sich die Kamera von selbst abgeschaltet.

Flimmernd kehrte das Bild zurück, und ich sah Verboten, der die Eishöhle verließ. Allein.

Das Bild wurde wieder dunkel.

Dann sah ich im Fernseher, wie die beiden maskierten, breitschultrigen Männer aus der Eishöhle kamen. Mit krummen Rücken. Es fiel ihnen schwer, sich zu bewegen. Sie schleppten zwei Leichen raus und kippten sie am Balken in die Tiefe.

Ich hielt das Video an der Stelle an, wo die zweite Leiche nach unten geworfen wurde. Am unteren Bildrand war Gänsesägers Bein zu sehen. Es war definitiv Gänsesäger, sein Gesicht war da noch heil und das SECUNDAS-Shirt deutlich zu erkennen.

»Verdammte Scheiße«, murmelte ich. Im Bad hörte ich Workuta schnarchen. Er hatte sich die Aufzeichnung genau zweimal angeschaut und sich dann verdrückt. Er hatte es nicht ertragen zu sehen, wie Aljoscha wieder und immer wieder in die Tiefe geworfen wurde.

Ich saß in der Dunkelheit und verfolgte auch in Workutas Namen die letzten Sekunden in Gänsesägers und Aljoschas Leben. Immer wieder. Und immer wieder wischte ich mir über die Augen.

Das Puzzle

Die nächsten Tage waren die glücklichsten seit langer, langer Zeit. Workuta verschwand nach der ersten Nacht aus der Wohnung meines Vaters, er meinte, es sei weniger riskant, wenn wir nicht in derselben Bude schliefen. Ich sei ohnehin derzeit zu nichts zu gebrauchen, meinte er, solange mein Bein mehr oder weniger ramponiert war. Ich sollte mich erst mal darauf konzentrieren, dass das heilte.

»Ich will mitkommen«, protestierte ich.

»Du kannst nicht so schnell laufen wie ich«, antwortete er. »Ich hab ein paar Ideen.«

Also ging ich mit meinem Halbbruder Tag für Tag auf den Spielplatz in der Nachbarschaft. Er hatte sich nicht groß gewundert, als er hörte, dass ich seine Schwester war. Vater hatte ihm erzählt, seine Schwester sei Seefahrerin und umrunde die Welt und schwimme im Meer vor Palmeninseln, besteige im Himalaja die Berge, fahre auf der Chinesischen Mauer Rad und werde irgendeines Tages bei ihnen vorbeikommen und sie in ihrer kleinen Zweizimmerwohnung in Friedrichshain besuchen.

Ich musste Samuel auf der Schaukel so viel Schwung geben, dass mir die Arme wehtaten.

Mit meiner Krücke spielte ich ihm Bälle zu. Er trat den Ball jedes Mal absichtlich in die falsche Richtung, und dann musste ich ihn wieder holen. Ich schimpfte nicht mit ihm. Es gefiel mir, sein Gekicher hinter mir zu hören, wenn ich auf der Suche nach dem Ball in die Büsche kroch.

Zwischendurch baute er aus sommertrockenen Tannennadeln und Zweigen und Blättern winzige Hütten, die ich bestaunen musste. Anschließend stampfte er die Hütte platt und brüllte mit tiefer Exorzistenstimme: Haaaa!

Aber Samuel war nicht von Dämonen besessen. Ich hätte ihm den lieben langen Tag zuschauen können, wie er auf dem Klettergerüst herumkraxelte. In zwei Stunden mit ihm lächelte ich öfter als in den ganzen letzten Monaten zusammengenommen.

An einem Tag unterbrach er sein Klettern, hangelte sich vom Gerüst und lief zu mir.

»Ist das Wasser warm?«, fragte er und starrte mich aus großen Augen an.

»Wo?«

»Auf deiner Palmeninsel.«

»Ja, ja«, stotterte ich. »Ich hab gar nicht gefroren.«

Samuel nickte ernst und lief wieder klettern. Das Gerüst sah aus wie ein metallener Hybridnadelbaum zukünftiger Wälder.

Es war heiß, die Leute, die vorbeigingen, aßen Eis. Ich hätte Samuel gerne ein Eis spendiert, hatte aber kein Geld. Suchend blickte ich mich um, doch anstelle von Münzen fand ich nur Kronkorken. Rust hat mal gesagt, ich hätte lange, schmale Finger, aus mir wäre eine gute Taschendiebin oder Pianistin geworden. Ich war keins von beiden.

Dann rempelte ich aus Versehen Samuel an, der heimlich, still und leise auf mich zugeschlichen war und mich schon wieder anstarrte.

»Was?«, fragte ich.

»Kannst du überhaupt schwimmen?«, erkundigte er sich.

»Nicht besonders gut. Warum?«

»Die Insel – wie bist du denn dort weggekommen, wenn du nicht schwimmen kannst?«

»Mit dem Boot. Die letzte Strecke bin ich auf dem Fluss gefahren.«

»Und wo ist das Boot jetzt?«

»Ich zeig's dir irgendwann.«

Der Junge verstummte wieder und nickte ernst. Ich war erst den dritten Tag bei meinem Vater, aber in holprigem Deutsch einen Vierjährigen anzulügen schaffte ich schon ganz gut.

Die Zeit, die ich mit dem Jungen verbrachte, lenkte mich ab, meine Gedanken kreisten nicht mehr ständig um Gänsesäger und Aljoscha. Als ich mir das Video in der Nacht angesehen hatte, hatte ich mir überlegt, zur Polizei zu gehen, aber ungefähr beim dreißigsten Durchlauf war mir klar geworden, wie sinnlos das gewesen wäre. Wir hatten illegal auf dem Dachboden gehaust, offiziell hatten wir dort nie gewohnt. Es hatte zwei Tote gegeben, aber die Leichen waren höchstwahrscheinlich beseitigt worden. Banksys Werk war gestohlen worden. Aber na ja, welches Werk? Von seiner Existenz wussten nur wir und die Diebe. Den Transporter hätte ich nicht beschreiben können. Der einzige handfeste Beweis wäre die kurze Aufnahme, auf der zwei unbekannte Männer mit verschwommenen Gesichtszügen zwei andere unbekannte Männer mit ebenso verschwommenen Gesichtszügen von einem Balken stießen, wobei man allerdings nicht sehen konnte, ob es unter dem Balken einen halben oder zwanzig Meter in die Tiefe ging. Auf dem Video sah die Situation kein bisschen aggressiv aus, eher so, als würden Freunde auf einem Barren miteinander ringen, und dann dauerte das Ganze auch nur wenige Sekunden.

Die Beweislage wäre in den Augen Unbeteiligter ein schwacher Windhauch gewesen, der kaum das Gras zum Rascheln gebracht hätte. Die Polizei würde sich vermutlich weniger für meine Geschichte interessieren als für mich – und für Workuta. Und was für ein beschissener Zufall, dass ausgerechnet das Haus, in dem die Morde angeblich passiert waren, inzwischen abgerissen worden war. Wenn ich nicht im Gefängnis landete, dann im Irrenhaus, wo man mich von meinen Wahnvorstellungen kurieren würde.

Am Abend aßen wir zu dritt Pizza, Vater hatte zwei Margheritas aus dem Lokal an der Ecke geholt, über dessen Eingang eine Plastikpizza gelb-rot leuchtete. Sie sah aus wie eins der Verkehrsschilder aus unserer Eishöhle. Während ich an meinem Stück knabberte, erklärte ich ihnen, dass das Pizzabacken selbst bei Weitem nicht so rentabel sei wie die Herstellung der Pappschachteln, die Abend für Abend aus Abertausenden von um ihre Existenz kämpfenden Pizzerien geschleppt wurden. Wenn ich ein Vermögen verdienen wollte, würde ich eine Pappfabrik gründen, in der Pizzakartons hergestellt würden. Gleichzeitig würde ich auch noch andere Schachteln produzieren. In Lebensmittelläden werden heutzutage mehr Pappkartons verkauft als Lebensmittel. Ein todsicheres Erfolgsrezept: nicht auf den Inhalt setzen, sondern auf das Drumherum.

Samuel warf mir über sein Margheritastück hinweg einen eigenartigen Blick zu, seine Mundwinkel und seine Nase waren mit Tomatensoße bekleckert. Dann grub er die Zähne wieder gierig in die Pizza. Vater starrte mich eine Weile an, schüttelte dann den Kopf und aß weiter.

»Du warst schon als Kind fürchterlich hitzig«, sagte er.

»War ich nicht.«

»In einem Sommer wolltest du nur Gummistiefel anziehen. Dabei hat es überhaupt nicht geregnet. Dreißig Grad Hitze, die Sonne brannte den ganzen Tag, die anderen Kinder liefen barfuß herum. Aber du hattest Gummistiefel an. Einmal haben deine Mutter und ich sie versteckt, da hast du stundenlang gebrüllt, du wolltest sofort deine Stiefel wiederhaben. Am Ende hast du dann die Luft angehalten, bis du dunkelrot im Gesicht warst und die Adern auf der Stirn hervortraten. Da blieb uns nichts anderes übrig, als dir die Stiefel zurückzugeben.«

»Sie waren orange«, murmelte ich, »richtig schick.«

»Und als es nach der wochenlangen Hitzewelle endlich regnete, da wolltest du barfuß gehen.«

»Ja, damit die Stiefel nicht schmutzig werden.«

Vater seufzte. Auf dem Pizzastück vor mir sah ich ein verzerrtes Gesicht mit schrägen Augen aus Basilikumblättern und einem schreienden Mund aus Tomate. Vaters Seufzer klang genau so, wie ich es aus meiner Kindheit in Erinnerung hatte. Damals hatte ich geglaubt, Mutter hätte ihn zum Seufzen gebracht, aber vielleicht war ich es ja gewesen. Vielleicht hatten sie sich getrennt, weil ich ein überzähliger Faktor in der Gleichung gewesen war.

»Hast du je daran gedacht, es dir ein bisschen leichter zu machen?«, fragte Vater. Er war ins Finnische übergewechselt, damit Samuel ihn nicht verstand. »Man muss sich nicht bei jeder Gelegenheit querstellen.«

»Warum?«, fragte ich und durchlöcherte ein anderes Basilikumblatt mit der Gabel. »Damit ich so werde wie du?«

Vater schwieg lange. Dann bot er mir noch ein Stück Pizza an.

»Es tut mir leid, dass ich damals weggegangen bin, Maria. Das hätte ich nicht tun dürfen.«

»Ich bin nicht Maria, ich bin Metro.«

»Wenn ich geblieben wäre, dann wäre ich eingegangen. Finnland war zu kalt für mich, zu dunkel, zu farblos.«

»Du hättest mich mitnehmen können.«

»Hier war es genauso kalt, dunkel und farblos. Dass ich Probleme hatte, lag nicht am Ort, sondern an mir. Deine Mutter und ich waren einfach nicht füreinander bestimmt. Es wäre besser gewesen, wenn wir uns nie begegnet wären.«

»Dann würde es mich nicht geben.«

»So hab ich das nicht gemeint.«

»Doch, genau so war es gemeint. Verdammt noch mal, jetzt entscheide dich, Senior-Sammy! War es so falsch, dass ich geboren wurde oder dass ich so bin, wie ich bin? Aus Versehen entstanden?«

Vater seufzte, stand auf und schlurfte zu dem niedrigen Tisch im Wohnzimmer. Der tomatenfleckige Samuel sah mich mit großen Augen an, sodass er gleich auf mehrerlei Art vorwurfsvoll wirkte.

Die Pizza schmeckte mir nicht mehr. Nachdem ich eine Weile mit Samuel um die Wette gestarrt hatte, folgte ich Vater ins Wohnzimmer. Er hatte eine auseinandergefaltete alte Pizzaschachtel auf den Tisch gelegt, auf der ein angefangenes Puzzle lag. Die Ränder waren bereits fertig, dazu ein paar Teile in der Mitte. Auf den fertigen Teilen sah man kreuz und quer kleine Menschen.

»Kennst du das?«, fragte Vater.

»Nein.«

»Die Decke der Sixtinischen Kapelle. Michelangelos Gemälde.«

»Ein Graffiti?«

»Na ja, sozusagen.«

Auch Samuel kam an den Tisch, doch Vater schickte ihn ins Bad, er solle sich zuerst die Tomatenflecken vom Gesicht und von den Händen waschen.

»Er macht das gut, pass auf«, sagte Vater.

Samuel kehrte an den Tisch zurück. Er trällerte vor sich hin und begann dann, Puzzleteile zusammenzufügen, die in meinen Augen alle gleich aussahen.

»Wo ist denn der Flügel von dem Küken?«, trällerte er. »Hier ist der Flügel vom Küken. Und wo ist das Bein vom Küken? Hier ist das Bein vom Küken.«

»Das ist ein Engel«, sagte ich.

»Es ist ein Küken«, fauchte Samuel und legte das Stück an seinen Platz. »Und wo sind Opas Zehen? Hier sind Opas Zehen«, fuhr er fort und widmete sich irgendeinem bärtigen Propheten.

Ein Schatten huschte über mein Gesicht. Ich blickte auf. Vater hatte ein Klemmlicht auf das Puzzle gerichtet.

»Macht ihr das jeden Abend?«, fragte ich.

»Ist daran irgendwas verkehrt?«

»Nein. Ich dachte nur, ihr guckt fern. Oder vielmehr, ich dachte, du hockst allein vor dem Fernseher.«

»Was soll das heißen – du dachtest? Hast du uns beobachtet?« Vater zog die Augenbrauen kraus.

»Nur einmal«, schwindelte ich. »Vom Balkon im Haus gegenüber. Nur ganz kurz. Ich musste mich doch vergewissern, dass du kein Serienmörder bist.«

»Ich? In was für einer Welt lebst du eigentlich, Maria?«

»In einer anderen als du.«

Ich verschwieg, dass ich den Eindruck gehabt hatte, mein Vater wäre völlig erschöpft, müde, ohne Lebensmut. Nach den paar Tagen unserer aufgefrischten Bekanntschaft wirkte er munterer als ich.

Ich versuchte, ein Puzzleteil anzulegen, auf dem die Spitze einer Schriftrolle zu sehen war.

»Falsch«, sagte Samuel sofort.

»Nein.«

»FALSCH.«

Auch mein nächster Versuch führte zu einem strengen Urteil. Also begnügte ich mich damit, zuzusehen, wie die kleinen Finger Teil um Teil hochnahmen und an den richtigen Platz legten, zügig wie das Rattern einer Nähmaschine. Samuel drehte die Teile nicht mal hin und her, um zu erkennen, was sie darstellten. Seine Geschäftigkeit war irgendwie hypnotisch, und allmählich schlich sich in meinen Kopf die Gewissheit ein, es könnte durchaus möglich sein, Splitter an ihren Platz zu legen und die Welt wieder in Ordnung zu bringen.

»Aus Samuel wird mal was«, sagte Vater. »Ich will ihm jede Chance dazu geben. Dir hab ich sie nicht gegeben, und das bereue ich zutiefst.«

Samuel reichte mir ein Teil, auf dem ein flatternder grüner Umhang zu sehen war. Er zeigte mit dem Finger auf die Stelle, an die ich es legen sollte. Beim ersten Versuch lag das Stück verkehrt herum, beim zweiten Mal schaffte ich es.

»Du lernst das noch«, sagte Samuel. Er reichte mir ein zweites Teil. »Ganz ruhig. Du brauchst keine Angst zu haben.«

Ich biss mir auf die Lippe. Mir wurde schwarz vor Augen, und in meinen Ohren rauschte es. Dass Vater aufgestanden war, merkte ich erst, als er aus dem Flur zurückkam und zur Tür zeigte. Die Klingel hatte ich nicht mal gehört.

Im Flur stand Workuta. Er hielt sich die Nase, aus der Blut auf die Fußmatte tropfte. Sein Jackenärmel war zerrissen, und am Ellbogen hatte er eine große Quetschwunde, die ebenfalls blutete.

»Ich hab Verboten gefunden«, sagte er.

Die Galerie

Neben einer Ampel hielt Workuta mich zurück und nickte hinüber zur anderen Straßenseite. Dort stand ein orangefarbener Kinderwagen, und davor kämpfte ein kleiner, spitzschnauziger Hund mit einem windgebeutelten Papierhaufen, war aber schon schwer ins Hintertreffen geraten.

»Sind wir echt so weit gelaufen, um uns anzusehen, wie ein Zwerghund von einer Zeitung verprügelt wird?«, fragte ich.

»Dahinter«, sagte Workuta.

Dahinter lag ein Geschäft. Vorsichtshalber stützte ich mich auf die Krücke, obwohl mein Fuß schon ein wenig Belastung vertrug. Die Schaufenster waren so groß, dass sie als Fußboden für mehrere Einzimmerwohnungen gereicht hätten.

Die Fenster waren mit Packpapier verhängt, das mit Graffitis bemalt war. Den Writer hatte ich auf den ersten Blick erkannt. Außerdem war der Name des Künstlers in mehreren Sprachen genannt. VERBOTEN FORBIDDEN VIETATO FÖRBJUDEN KIELLETTY.

Direkt vor dem Fensterpfosten hielt Workuta mich zurück. Über uns befand sich eine Überwachungskamera, die ihr Glupschauge auf einen Punkt in Wandnähe gerichtet hatte. Wenn wir noch zwei Schritte weitergingen, würden wir in ihr Blickfeld treten. Workuta zeigte mit dem Finger auf den äußeren Rand des Fensters. Das Packpapier reichte nicht ganz bis an den Rahmen heran.

Durch den Spalt konnte man hineinsehen.

Es war eine Kunstgalerie. Auf dem Fußboden lag noch mehr von dem bräunlichen Packpapier, darauf Farbflecken und immer wieder Verbotens Name. Mit ähnlichen langen Streifen von einer Papierrolle war die Decke tapeziert. An der Seitenwand hingen Verkehrsschilder, von denen einige aus der Eishöhle stammten. Ich erkannte sie an den Ergänzungen. Auf das Schild für den Zebrastreifen war hinter dem Mann, der die Straße überquerte, eine Sturzwelle gemalt, die über ihm zusammenzuschlagen drohte. Vor dem Flugzeug auf dem Flughafen-Warnschild ragten die New Yorker Zwillingstürme auf. Kurz vor dem Crash.

Das war Gänsesägers Handschrift. Er war eines Abends auf die Idee gekommen, die Verkehrsschilder aus der Eishöhle mit Nachrichtenmaterial zu tunen. Gänsesäger war der Meinung gewesen, dass Nachrichten sich zusehends auf Katastrophen konzentrierten. Dabei handele es sich um eine bewusste Wahl, hatte er gesagt, und nicht darum, dass die Welt gefährlicher geworden sei. Die Nachrichtenredaktionen und Zeitungen hielten sich nur mehr über Wasser, indem sie immer mehr bedrohliche Szenarien und Panik schürten. Es sei im ureigensten Interesse der Medien, dass immer wieder neue Epidemien auf die Menschheit lauerten – ob Vogelgrippe, Terroristen oder Ebola. Die Medien lebten von der Angstmacherei; indem sie die Menschen in Panik versetzten, steigerten sie die Auflage und dadurch ihre Werbeeinnahmen. Medien und Werbefachleute arbeiteten in Sachen Panikmache Hand in Hand – und Sicherheitsfirmen und all dieses sonstige Business, das auf einem diffusen Wunsch nach Sicherheit basierte, bildeten die dritte Spitze dieses Dreiecks. Und alle zogen Gewinn aus der Vorstellung, die Welt wäre voll von tödlichen Krankheiten und durchgedrehten Selbstmordattentätern.

Gänsesäger hatte in der Eishöhle begonnen, die Verkehrsschilder so zu verändern, dass sie in das heutige Medienklima passten. Jedes Verkehrszeichen sollte dabei ein anderes Risiko enthüllen. Auf das Hinweisschild für Campingplätze hatte er Flammen gemalt, die am Zelt und am Wohnwagen leckten, zu den Fahrspuren des Autobahnschilds hatte er Risse und Spalten hinzugefügt, in die Autos stürzten.

Diese von Gänsesäger bemalten Schilder schmückten nun die Wand der Galerie. Ein Stück zurückversetzt lief das Video unserer letzten Zugaktion auf Dauerschleife. Wir bewegten uns in Lebensgröße über die ganze Wand. Trotz Shemagh hatte ich meine Doppelgängerin mühelos erkannt. Aus dem Inneren des Waggons schob sich eine Hand, packte mich, und ich sprühte der Besitzerin eisblaue Farbe auf die Augen. Zum Schluss des Videos machte die Kamera einen Schwenk und zeigte die sich nähernden Sicherheitsleute mit den Hunden. Gänsesäger war gerannt, während er filmte, das Bild hüpfte auf und ab, und es sah fast aus, als würden die Männer uns gleich einholen. Nach einer kurzen Pause erschien an der Wand ein Text in Großbuchstaben: DIE EISRATTEN NAGEN DIE STADT AN. Dann begann das Video wieder von vorn.

Neben der Leinwand standen zwei Menschen aus Fleisch und Blut.

Der eine war Verboten; er sprach mit einer mir unbekannten Frau in einem Blusenkleid. Vor den beiden lagen Verbotens eigene Werke: vollbusige Frauen mit Fernsehern, Bügeleisen oder Fußbällen als Kopf. In unseren gemeinsamen Eishöhlenwochen hatte mich Verbotens Motivspektrum nicht sonderlich begeistert. Wenn wir draußen unterwegs gewesen waren, hatte er schwadroniert, er jage immerzu Ideen nach, habe Augen und Ohren die ganze Zeit weit aufgesperrt. Als er einmal vor einem Marktstand stehen blieb und das Obst begutachtete, hatte er mich gefragt, ob ich die Glühbirne gesehen hätte, die soeben über seinem Kopf aufgeflackert war. Unter Garantie hatte er seiner nächsten Frau eine Melone oder Banane als Kopf gemalt.

Die Serie hieß ZUM OBJEKT GEMACHTE FRAUEN.

»Verdammt«, sagte ich und hatte die Nase an die Scheibe gedrückt. »Was macht er denn da?«

»Tja«, meinte Workuta nur.

»Das klären wir jetzt«, sagte ich.

»Nein«, ächzte Workuta und umklammerte meinen Arm, aber ich war so in Fahrt, dass ich unter Protest der Naht den Ärmel aus seinem Griff riss. Auf meinem verletzten Knöchel humpelte ich hinein.

Direkt hinter der Tür zur Galerie wurde mein Vormarsch jäh gestoppt: Eine Mauer hatte sich mir in den Weg geschoben und mir die Luft aus der Lunge gepresst. Ich plumpste auf den Hintern und hielt mir das Zwerchfell. Vor mir stand ein Mann, dessen Arm dicker war als mein Oberschenkel.

»Die Ausstellung ist noch nicht eröffnet«, rief die Frau neben Verboten. Sie blickte nicht mal zu mir rüber.

»Verboten, verdammt«, ächzte ich.

Ich versuchte aufzustehen, die Fleischmauer rührte sich nicht, und machtlos saß ich auf dem Packpapier, weil der Kerl mich an der Schulter nach unten drückte.

Verboten hielt zwei Werke in der Hand. Beide gerahmt. Einen Melonenkopf und einen Eierschachtelkopf.

»Ah, das ist eine Bekannte von mir«, sagte er nach einem kurzen Seitenblick. »Du kannst sie loslassen, Klaus. Metro, komm her und sag uns, wie die Bilder deiner Meinung nach hängen sollten. Im Verhältnis zueinander.«

Ächzend hievte ich mich hoch. Fleischmauer-Klaus half mir nicht mal auf die Beine. Ich umrundete seinen tonnenförmigen Brustkorb, und der Bogen, den ich dabei schlagen musste, war so groß, dass ich schon das Gefühl hatte, einen Kreisverkehr abzulaufen.

»Was zum Teufel machst du hier?«, fauchte ich, als ich Klaus umrundet hatte. »Und wer ist die Tussi?«

»Das ist Anna Liebe, die Besitzerin der Galerie, in der am Freitag meine Ausstellung eröffnet. Und das ist Metro, meine Assistentin.«

»Assistentin?«, jaulte ich, als die Frau mit dem lila Bob mir die Hand gab. Ihr Händedruck war so hart und kalt wie ihr Blick. Ihr Mund hingegen lächelte so breit, dass in der unteren Zahnreihe ein Goldzahn aufblitzte.

»Ja, Metro hat mir bei der Umsetzung einiger Werke geholfen. Zum Beispiel bei dem Video. Ohne Helfer kommen solche Werke einfach nicht zustande.«

»Wie nett«, flötete Anna Liebe. »Dann müssen wir deine Assistentin Metro aber wohl auch zur Vernissage einladen. Falls sie die Zeit erübrigen kann.«

Liebe betonte das »falls«, und es wirkte wie die acht Meter hohe Mauer, die Israel um die Palästinensergebiete herum gezogen hatte. Ohne dieses Wort hätte ich unumwunden gesagt, kein Interesse, behalt deine beschissenen Werke für dich.

Aber so erklärte ich: »Natürlich komme ich gern.«

»Ich schick dir eine Einladung per Post«, sagte Liebe.

»Ich hab keine Adresse.«

Wir starrten uns eine Weile an, dann wandte der Bob sich ab und verschwand in einem Hinterzimmer. Sobald sie weg war, fauchte ich Verboten an: »Was soll der Scheiß, verdammt?«

»Ich hab schon lange eine Ausstellung vorbereitet. Das hier ist eine der wichtigsten Galerien von Berlin. Sie wollen Street Art ausstellen – denk doch mal, was für eine Riesenchance!«

»Für die Street Art? Das ist einzig und allein eine Chance für *dich*.«

»Nein, nein, das nützt uns allen.«

»Und wie?«

»Na, du hast doch assistiert – du machst dir einen Namen und so.«

»Ich dachte, die Jobs wären eine Art Mietzahlung. Damit niemand unser Zuhause zertrümmert.«

»Waren sie ja auch. Eine Mietzahlung. Das alles hängt zusammen.«

»Die sind nicht von dir.« Ich nickte hinüber zu den Verkehrsschildern. »Die sind von Gänsesäger.«

»Aber die Idee war von mir.«

»Scheiße, war sie nicht!«

»Ich hab die Schilder in die Bude geschleppt. Die waren schon da, bevor ihr eingezogen seid. Gänsesäger hat mir nur bei der Umsetzung assistiert.«

»Was redest du denn da? Er hat die Idee gehabt und jedes einzelne allein bearbeitet!«

Der Himmel über mir verdunkelte sich. Klaus' Schatten fiel über mich, während die Galeristin auf ihren roten High Heels zu uns zurückstöckelte. Sie hielt ein Stück Pappe in der Hand. Es war mit dem Foto einer gesprayten Backsteinmauer bedruckt.

»Herzlich willkommen«, sagte Anna Liebe in einem Tonfall, dass klar war, sie wünschte mich zur Hölle.

»Jeder bekommt eine individuelle Einladungskarte mit einer Seriennummer«, erklärte Verboten. »Die Karten sind limitiert, es gibt nur dreihundert. Pass gut auf deine auf, ihr Wert steigt ganz bestimmt.«

»Weißt du, dass die Eishöhle abgerissen wurde?«, fragte ich.

»Wir sind hier ein bisschen in Eile. Für diese Geschichte ist schon zu viel Zeit draufgegangen«, mischte sich jetzt Anna Liebe wieder ein.

»Verdammt, das ganze Haus ist weg, es sind bloß noch Ziegelsteine und Glassplitter übrig.«

»Davon hatte ich keine Ahnung«, sagte Verboten.

»Solltest du nicht dafür sorgen, dass es stehen bleibt?«

»Klaus zeigt dir den Weg nach draußen«, erwiderte Liebe an Verbotens Stelle.

Ich spürte, wie sich schraubstockartige Pranken um meine Arme legten und meine Schuhe über das Packpapier rutschten.

»Willkommen zur Vernissage«, lächelte Anna Liebe noch und schwenkte ihren violetten Bob.

»Gänsesäger und Aljoscha sind tot! Aber das weißt du bestimmt schon, du beschissener Alleswisser!«, rief ich unter Klaus' Achsel hindurch. Dann warf das Mastodon mich auf die Straße. Als ich aufstand, sah ich, dass meine Jeans am Knie ein Loch davongetragen hatte. Nur vom Zyklopenauge der Überwachungskamera begleitet, humpelte ich um die Ecke.

Workuta wartete in einer Mauernische. Ich sei offenbar gegen dieselbe Fleischmauer gekracht wie er, als er versucht habe, mit Verboten das Gespräch zu suchen.

Durch den freien Streifen am Fenster sah ich, wie Verboten auf dem Boden hockte und ein Stencil sprayte. Dann erschien Klaus' Pranke hinter dem Spalt. Er zog das Packpapier bis zum Rahmen, und unser Guckloch war zu.

Östliche Versprechungen

»Ich dachte, der Mann da, das bist du. Und da könnten wir wohnen.«

Ich war wieder zu Vater und Samuel zurückgekehrt. Mit einem Puzzlespiel mit dreitausend Teilen, das ich in einem Laden gemopst hatte. Darauf waren ein Hafen mit lauter Segelschiffen abgebildet und im Vordergrund ein mintgrünes Haus, vor dem eine Oma und eine Katze saßen. Viel freier Himmel. Am Bildrand erstreckte sich ein Wellenbrecher, an dessen Ende ein Mann saß und angelte.

»In einer anderen Welt?«, fragte Vater stirnrunzelnd.

»Scheiße, egal, in welcher Welt.«

»Wo bin ich auf dem Bild?«, wollte Samuel wissen.

»Du tauchst gerade mit mir, da bei den Felsen.«

Samuel legte in rasantem Tempo Himmelsstücke zusammen. Vater holte ein Vergrößerungsglas aus der Küchenschublade und betrachtete das Gesicht des Anglers auf dem Wellenbrecher.

»Na?«, fragte ich, als er nur seufzte.

»Sieht mir nicht ähnlich«, murmelte er.

»Du weißt genau, was ich meine«, schnaubte ich. »Wenn das hier vorbei ist, reisen wir zusammen irgendwohin, wo es warmes Wasser und Sonne gibt. Alle drei.«

»Die Sache kann mich meinen Job kosten«, sagte Vater. »Dann haben wir kein Geld mehr für die Reise. Schon jetzt nicht.«

»Du verlierst deinen Job schon nicht.«

Vater wich meinem Blick noch eine Zeit lang aus, dann verriet er mir, dass er den Maschinenverleih Himmelkraft aufgesucht hatte. Bei unserer Flucht aus der Eishöhle hatte Workuta nämlich etwas getan, was mir gar nicht in den Sinn gekommen wäre. Sobald wir von dem einstürzenden Dach heruntergekommen waren, hatte er nachgesehen, was an der Führerkabine des Krans stand, der die Abrissbirne schwenkte. Himmelkraft.

Das war der Unterschied zwischen mir und Workuta. Sein Gehirn funktionierte auch bei Panik.

Und während Workuta in den Tagen nach dem Abriss der Eishöhle Verboten aufgespürt hatte, war es ihm obendrein gelungen, den Geschäftssitz von Himmelkraft in Marzahn am Ostrand von Berlin ausfindig zu machen. Während der Olympischen Spiele in Berlin hatte ihr Geschäftsgelände als Internierungslager gedient, in das man Roma und andere zu Dunkelhäutige verfrachtet hatte – Menschen wie mich –, damit sie den Gästen des Spektakels nicht unter die Augen kamen. Zurzeit entstand auf dem Areal ein zig Hektar großer Industriepark, an dessen Gestaltung auch die Firma Himmelkraft beteiligt war, indem sie Maschinen für die rundherum wuchernde Baustelle vermietete.

Vater war auf meine Bitte, na gut, auf mein Drängen hin in seiner Wachmannuniform einfach in die Bürobaracke von Himmelkraft marschiert. Es gehe um ein kürzlich abgerissenes Gebäude in der Nähe des jüdischen Friedhofs in Weißensee, hatte er gesagt, und daraufhin war ein Stadtplan konsultiert worden.

Vater hatte der Bürokraft vorgelogen, er sei für die Bewachung des leer stehenden fünfstöckigen Lagergebäudes neben dem Abrisshaus zuständig. Der Besitzer sei daran interessiert, beim Abriss seines Gebäudes ebenfalls die Dienste von Himmelkraft in Anspruch zu nehmen. Vor der endgültigen Entscheidung wolle er jedoch das Urteil des vorigen Kunden über die Qualität der Dienstleistungen von Himmelkraft hören. Er habe Vater geschickt, um nach den Kontaktdaten des Kunden zu fragen.

Im Himmelkraft-Büro hatte man sich ein wenig gewundert, warum so etwas nicht per E-Mail oder Telefon erledigt wurde. Alter Besitzer, altmodische Sitten, hatte Vater geschnaubt, und derlei Besitzer bestünden mitunter darauf, ihre Bediensteten rennen zu lassen. Auf ihren eigenen Beinen. Mit der Hautfarbe habe das nichts zu tun. Angeblich. Teufel auch, aber sogar seinen Hunden gebe der Besitzer besseres Essen als ihm. Vater hatte es geschafft, die Bürokraft zum Lächeln zu bringen. Sie hatte in ihren Unterlagen gesucht und Vater die Kontaktdaten des Auftraggebers zugeschoben, dem der Abriss unserer Eishöhle in Rechnung gestellt worden war.

Die Firma hieß Eastern Promises.

»Inhaber ist ein gewisser Pawel Putikow«, erklärte Vater, riss einen Zettel von seinem Block und gab ihn mir. »Mehr weiß ich nicht. Und ich werde auch nicht noch einmal nachfragen. Du musst die Sache vergessen, Maria.«

»Ja, ja«, brummte ich. Dann malte ich Samuels Namen im Puzzle Style auf das nächste Blatt des Blocks. Ich hatte schon öfter den Style benutzt, um meinen eigenen Namen an eine Wand zu writen. Dabei werden die Buchstaben aus Puzzleteilen zusammengesetzt – man braucht ewig Zeit dafür, deshalb kann man den Style nicht verwenden, wenn man vor Sicherheitsleuten auf der Hut sein muss. Ich fügte noch ein paar Schattierungen hinzu und gab Samuel das Papier.

»Wow!«, jubelte er und drückte den Zettel an die Brust. Die Geste war herzerwärmender als jedes Wort.

Er bestand darauf, das Papier über seinem Bett an die Wand zu hängen.

Als Vater und Samuel eingeschlafen waren, sah ich mir das Video noch einmal an. Ich wollte wissen, wer in der Eishöhle ein und aus gegangen war, nachdem Gänsesäger und Aljoscha vom Balken geworfen worden waren. Wer hatte unmittelbar nach den Morden den Abtransport von Banksys Piece organisiert? Wer hatte später die Eishöhle in den Topzustand gebracht, in dem ich sie vorgefunden hatte, als ich zwei Tage später aus Bisons Wohnung zurückgekehrt war?

Mithilfe der Aufnahme auf der Speicherkarte ließen sich diese Fragen nicht klären.

Die Aufnahme endete mit Gänsesägers und Aljoschas Absturz. Am Anfang hatte es noch massenhaft Aufzeichnungen gegeben, aus den Vorwochen, aber da waren lediglich wir fünf gekommen und gegangen. In die Eishöhle und wieder zurück, Balkenüberquerungen in unterschiedlichen Gangarten.

Gänsesäger hatte die Speicherkarte kein einziges Mal ausgewechselt, und sie war gerade in dem Moment voll gewesen, als an der Tür zur Eishöhle endlich etwas passiert war, was eine Aufzeichnung verdient gehabt hätte.

Scheißpech.

Eins wusste ich allerdings mit Gewissheit, nachdem ich mir die letzten Minuten der Aufzeichnung wieder und wieder angesehen hatte: Gänsesäger war noch am Leben gewesen, als er über den Balken gerollt wurde. Seine Hand hatte sich gehoben, und die Finger hatten sich um leere Luft geschlossen, ehe er hinabgestürzt war. Er hatte versucht, sich an der Luft festzuhalten wie an einem Rettungsseil.

Schädlingsbekämpfung

Während ich trautes Heim spielte und mit Samuel Puzzles legte, wartete Workuta vor der Galerie auf den Moment, in dem Verboten sie verließ. In der ersten Nacht wartete er vergeblich, Verboten kam nicht heraus, und am nächsten Morgen teilte Workuta mir mit, auch eine Sommernacht könne verdammt kalt sein, wenn man sie im Freien verbringe.

Als Workuta während seiner nächsten Wache zum Pinkeln in den Innenhof ging, bemerkte er die Hintertür zur Galerie, die Verboten offenbar benutzt hatte.

Am zweiten Abend verließ er die Galerie nämlich völlig arglos gegen sieben Uhr. Workuta folgte ihm auf der anderen Straßenseite in einem halben Block Abstand ungefähr einen Kilometer weit bis zu einem Dreisternehotel. Durch die Glastür konnte er sehen, wie Verboten an der Rezeption einen Schlüssel in Empfang nahm – so ein Trumm mit einem pfundschweren, hammerartigen Schlüsselanhänger, den man garantiert nicht in der Hosentasche vergaß, wenn man das Hotel wieder verließ. Als Workuta das Hotelfoyer betrat, fuhr die Frau mit dem Adlerblick, die an der Rezeption saß, ihn an, was er hier zu suchen habe, und er verdrückte sich wieder.

Am dritten Abend lauerte Workuta vor der Galerie und ich im vollgemüllten Hinterhof. Außer mir befand sich auf dem Hof noch eine räudige, einäugige Katze. Sie starrte mich missbilligend an, ich war wohl in ihr Reich eingedrungen.

In einer Vertiefung in einem Sockel lagen ihre winzigen, noch blinden Jungen, die sie fauchend bewachte.

In Gedanken fauchte auch ich. Verboten erinnerte mich an

den Baron, meinen ehemaligen Kumpel aus Kotka. Ich hatte ihm vertraut, und als die Sicherheitsleute hinter mir her gewesen waren, hatte er ihnen mein Versteck verraten. Um seine eigene Haut und seine Zukunft und seinen Firmenwagen zu retten, den das lächelnde Haus eines Maklerbüros schmückte.

Um halb neun ging die Hintertür auf, und Verboten kam heraus. Ich kauerte mich hinter den Müllcontainer zu der Zyklopkatze, die prompt ihre Krallen ausfuhr.

Vom Handy aus, das ich mir von meinem Vater geliehen hatte, rief ich Workuta an, wartete aber nicht, bis er sich meldete. Er wusste jetzt, dass Verboten auf meiner Seite aus dem Haus gekommen war.

Workuta holte mich an der nächsten Straßenecke ein und rannte direkt weiter, um den Block von der anderen Seite zu umrunden.

Verboten schlug wieder denselben Weg zu seinem Hotel ein. Er schritt zügig aus, und es fiel mir schwer, mit ihm Schritt zu halten, obwohl ich inzwischen gelernt hatte, mich mit der Krücke, die mir geblieben war, schneller vorwärtszuschwingen als die meisten Passanten. Am Zigarettenautomaten holte ich Verboten ein.

»Wie geht's?«, fragte ich.

»Metro«, stöhnte er.

»Kleiner Plausch. Muss sein.«

»Sorry, ich hab jetzt keine Zeit. Die Ausstellung wird morgen eröffnet, und es gibt noch irrsinnig viel zu tun.«

Mit langen Schritten machte Verboten Strecke und überquerte die Straße bei Rot. Er scherte sich nicht um das Gehupe, aber ich auch nicht. Um mich mit meiner Krücke machten die Autos einen größeren Bogen als um Verboten. Er ging den Bürgersteig entlang, schlängelte sich zwischen den Leuten hindurch. Ich blieb ihm auf den Fersen, so gut ich konnte, doch mit der Krücke war der Slalomlauf schwierig, und einige Passanten bekamen einen Schlag ab.

Verboten vergrößerte seinen Vorsprung zusehends. Ohne Workuta wäre er mir entwischt. Der kam uns jetzt entgegen und tackelte Verboten, als er sich gerade nach mir umblickte, aus dem toten Winkel. Workuta zog ihn direkt in die benachbarte Bierstube mit einer Markise über dem Eingang.

Bis ich mich mit der Krücke durch die Tür gekämpft hatte, hatte er Verboten bereits in eine Sitzecke bugsiert. Ich setzte mich Verboten gegenüber und versperrte ihm mit der quer gelegten Krücke den Weg, während Workuta Bier für uns holte. Das Bier war warm, die Kühlanlage des Lokals hatte vor Tagen oder vor Jahren den Geist aufgegeben. Workuta schob sich neben Verboten auf die Bank und drängte ihn zur Wand.

»Prost«, sagte ich.

»Danke, aber ich trinke kein Bier«, antwortete Verboten.

»Das ist kein Bier. Das ist Pisse«, sagte ich. »Genau das Richtige für Pissköpfe.«

Workuta hatte die schäbige Bierstube als Treffpunkt gewählt, weil Verbotens Bleibe, das Dreisternehotel, zu gut von der Rezeptionistin bewacht wurde. Die Kneipe war gestern, als Workuta einen Blick hineingeworfen hatte, fast leer gewesen. Um den runden Tisch an der Rückwand hatten ein paar Typen gehockt, die ihren wichtigsten Besitz umklammert hatten – je ein halb leeres Bierglas. Dieselben Kerle saßen Workuta zufolge auch jetzt an ihrem Tisch. Ihre Gesichtsfarbe erinnerte an Wachsfiguren. Über ihnen flackerte eine Neonlampe, die mit senfgelben, von einem länglichen Lampenschirm hängenden Fransen geschmückt war.

»Du hast Gänsesäger und Aljoscha umgebracht«, sagte ich.

»Nein!«, antwortete Verboten wütend. »Verdammt noch mal, ihr seid ja total verrückt mit euren Hirngespinsten.«

Mehr sagte er nicht, denn Workuta stieß ihm unter dem Tisch den Ellbogen in die Seite, und Verboten schnappte eine Weile nach Luft wie eine Flunder auf dem Trockenen.

»Ich hab eine Videoaufnahme, die beweist, dass du in der

Eishöhle warst, als Gänsesäger und Aljoscha ermordet wurden«, sagte ich über seine pfeifenden Atemzüge hinweg. Dann beschrieb ich, was er auf dem Video getan hatte, dass er nämlich die Killer in die Eishöhle geführt hatte, und was danach passiert war. Ich erzählte ihm haarklein, was ich gesehen hatte, als ich am Morgen vom Röntgen gekommen war – die Blutlachen und die Leichen – und wie ich daraufhin geflohen war und mich vor den Mördern versteckt hatte. Ich gab wieder, was Workuta vor meiner Ankunft beobachtet hatte und wie Banksys Piece, also die ganze Wand, durch das aufgestemmte Blechdach gehievt worden war. »So viel zu Hirngespinsten.«

»Sie sollten Gänsesäger und Aljoscha nichts tun«, murmelte Verboten. »Das müsst ihr mir glauben. Ich war nicht mehr da, als sie umgebracht wurden. Ich sollte denen nur zeigen, wo die Eisratte war. Dann durfte ich gehen. Sie haben gesagt, sie wollten nur Banksys Piece. Sie würden die Wand in einem Stützrahmen mit einem Kran rausholen.«

»Wer?«

»Dieselben, die auch meine Ausstellung in der Galerie finanzieren.«

»Ich hör wohl verdammt noch mal nicht richtig?«, brüllte ich ihn an. Workuta sah mich warnend an und nickte zu dem runden Tisch hinüber, doch keine der Wachsfiguren schien auf meinen Ausruf zu reagieren. Der Wirt hinter der Theke konzentrierte sich auf ein Fußballspiel, das über einen kleinen Fernsehbildschirm flimmerte. Zwischen seinen Lippen qualmte eine Zigarette. Über dem Tresen hing ein Rauchverbotsschild. Und neben dem Schild hing eine Ehrenurkunde. Die Schrift war so verblasst, dass ich nicht erkennen konnte, ob der Wirt vor Urzeiten als Kürbiszüchter ausgezeichnet worden war oder dafür, wie viele Biergläser er in drei Minuten leeren konnte.

»Glaubt ihr im Ernst, ich wollte für immer und ewig in der Eishöhle bleiben?«, konterte Verboten. »Das Gebäude war doch schon zum Tode verurteilt, bevor ihr dort aufgekreuzt seid. Ihr solltet dankbar sein, dass ihr dort noch so lange bleiben durftet.«

Verboten hätte noch weitergeredet, aber Workuta stieß ihm erneut den Ellbogen in die Seite. Wir warten kurz, während Verboten über die Tischplatte gebeugt nach Luft schnappte. Einer der Stammgäste hämmerte mit seinem Bierglas auf den Tisch und blökte wütend. Er beruhigte sich wieder, als der Wirt ihm ein volles Glas brachte und das geleerte mitnahm.

»Es geht um die Pest Control«, ächzte Verboten.

»Um Schädlingsbekämpfung? Und wir sind wohl die Schädlinge? War Aljoscha der Oberschädling?«, brüllte diesmal Workuta auf. Und setzte erneut den Ellbogen ein.

Als Verboten endlich wieder sprechen konnte, hörte ich zwischen seinem Keuchen zum ersten Mal von der Banksy nahestehenden sogenannten Pest Control. Als Banksy vor Jahren in der Eishöhle gehaust hatte, war er noch kein Weltstar gewesen wie heute, außer seinen Freunden in Bristol hatte ihn damals kaum jemand gekannt. Und keiner hatte seine Werke gewollt. Damals hatte Verboten ihm die Stadt und gute Spots gezeigt. Mittlerweile waren Banksys einstige Berliner Werke aus dem Stadtbild verschwunden – alle außer der Eisratte. Von deren Existenz hatten allerdings nur Banksy selbst und Verboten gewusst … und die Pest Control.

Als Banksy berühmt geworden war, hatte ein wilder Handel mit seinen Werken eingesetzt. Sie wurden von Wänden abgelöst, aber es kamen auch unzählige Fälschungen auf den Markt.

Zu Beginn seiner Karriere hatte Banksy ein paar auf Papier gemalte Pieces noch für einige Dutzend Pfund verkauft. Inzwischen wurden für dieselben Werke Tausende gezahlt. Und sie wanderten im Namen des Business von einem Händler zum nächsten.

Banksy selbst hatte schließlich die Reißleine gezogen und

eine Firma namens Pest Control gegründet, die die Werke für echt erklären sollte oder eben nicht. Im Handumdrehen hatte Pest Control auf dem Wiederverkaufsmarkt die absolute Vormachtstellung inne. Ihr Wort entschied darüber, ob der zum Verkauf stehende Banksy echt war oder nicht. Die Echtheit hing allerdings nicht wirklich davon ab, ob Banksy das Piece tatsächlich geschaffen hatte. Sondern vom Echtheitszertifikat.

Für gedruckte Werke bekam man ein Echtheitszertifikat, sobald der Käufer das zu einer nummerierten Serie gehörende Objekt von einem Händler erworben hatte, dem Banksy vertraute. Nachdem aber Banksy selbst den Wiederverkauf seiner Werke über alles verabscheute, gewährte Pest Control in seinem Namen Galerien, die seine Werke horteten und mit Gewinn weiterverkaufen wollten, nur äußerst selten Zertifikate.

Zertifikate bekam man indes auch für Gemälde, die Banksy für seine eigenen Ausstellungen gemalt hatte. Manchmal weigerte er sich, Werke an Typen zu verkaufen, deren Wertvorstellungen ihm nicht gefielen.

Die strengen Leitlinien von Pest Control hatten letztlich mit dazu geführt, dass die Preise für zertifizierte Banksys himmelhoch gestiegen waren, vor allem, wenn es sich nicht um Teile einer nummerierten Serie, sondern um Einzelwerke handelte. Der Wert unzertifizierter Banksys war hingegen verschwindend gering. Diese bittere Erfahrung hatten einige von Banksys alten Kumpels machen müssen, als sie versucht hatten, seine Jugendwerke, die irgendwann in ihren Besitz gelangt waren, zu verscherbeln.

Pest Control war der Oberste Gerichtshof der Graffitiwelt. Gegen ihre Entscheidungen konnte man nirgends Einspruch erheben.

Auf eine perverse Art passte diese Praxis zu Banksys Ideologie, die jede nur um der Kunst willen geschaffene Kunst disqualifizierte.

Große, an Hauswände gesprayte Pieces bildeten im Schädlingsbekämpfungsprogramm eine Klasse für sich. Pest Control weigerte sich grundsätzlich, für Banksys Murals Echtheitszertifikate auszustellen. Denn die waren nach Banksys Ansicht für alle bestimmt und nicht für Galerien, Museen oder Privatsammlungen – und erst recht nicht für Geschäftemacherei.

Das Eisratten-Piece war da wohl eine Ausnahme.

Unmittelbar nach ihrer Gründung hatte Pest Control ein Echtheitszertifikat für das Werk an Verbotens Postfachadresse geschickt. Beigelegt war die zum Zertifikat gehörende, in der Mitte durchgerissene Zehnpfundnote, auf der anstelle von Queen Elizabeth II. Prinzessin Diana prangte. Die erfundene Seriennummer war dieselbe wie auf der anderen Hälfte des Geldscheins, die im Besitz von Pest Control blieb. Die Seriennummer lautete BY00000001 – das erste Werk von Banksy, dessen Echtheit Pest Control anerkannt hatte.

Banksy hatte dem Eisratten-Piece ein Echtheitszertifikat ausstellen wollen, weil das Bildmotiv – die unter den Schlittschuhen zerrissenen Geldscheine – ihm überhaupt erst die Idee für die Pest-Control-Zertifikate beschert hatte.

Es war abgemacht worden, dass die Eisratte ein befristetes Leben haben sollte. Sie würde zerstört werden, sobald das Haus abgerissen würde. Verboten hatte hoch und heilig versprochen, von der Existenz des Werks nur einer Handvoll Auserwählten zu erzählen, die ihn in der Eishöhle besuchen kamen. Von seinem Background sollte nie jemand erfahren.

»Banksy macht doch auch nichts Besseres als alle anderen Writer«, presste Verboten zwischen den zusammengebissenen Zähnen hervor. Verboten – derselbe Mann, der geschworen hatte, für immer über das Echtheitszertifikat der Eisratte zu schweigen. »In Wahrheit ist der Typ doch bloß ein mittelmäßiger Kopierer. Das Rattenmotiv hat er von Blek le Rat geklaut – diesem Franzosen. Der Kerl hat sich doch ans Business verkauft und will jetzt andere daran hindern, reich zu werden. Dabei lebt Banksy inzwischen selbst wie früher englische

Adlige – die anderen sollen ruhig besitzlose Leibeigene bleiben, solange nur sein eigener Herrenhof leuchtet, der Springbrunnen auf dem akkurat gemähten Rasen Champagner verströmt und die Dienerschaft das Silber poliert und seinen Nachttopf leert. Scheiße, wenn Banksy ein echter Writer wäre, würde er doch seinen Reichtum mit anderen Artists teilen! Wenn er ein echter Kommunist wäre …«

»Ein Kommunist?« Workuta zuckte zusammen. »Kennst du auch nur einen einzigen Kommunisten?«

»Na, ich zum Beispiel bin Kommunist«, antwortete Verboten eingeschnappt. »Ihr durftet immerhin in meiner Kommune wohnen. Praktisch umsonst.«

»Du bist genau wie die Kommunisten in meinem Heimatland.«

»Oh, danke«, sagte Verboten erfreut. »Aus dem Mund eines Russen ist das ein Kompliment.«

»Den Kommunisten in der Sowjetunion war die persönliche Bereicherung auch wichtiger als allgemeiner Wohlstand«, spie Workuta und spuckte in Verbotens Glas. »Ich hasse euch Scheißideologen«, fügte er hinzu.

»Was wollt ihr überhaupt?« Verboten starrte in sein Glas. »Ich könnte dafür sorgen, dass ihr eine Chance auf eine eigene Ausstellung bekommt. Anna hat echt gute Kontakte in die Kunstbranche.«

»Die Kunstbranche kannst du dir in deinen Künstlerarsch schieben«, sagte ich.

»Du bist ein hasserfüllter Mensch, Metro.« Verboten schüttelte den Kopf. »In deinem Innern steckt ein ganzer Eimer voll pechschwarzem Hass. Ich hätte dich nie in der Eishöhle wohnen lassen dürfen. Du hast mir immer nur Probleme gemacht.«

»Hab ich etwa Gänsesäger umgebracht?«

»Manche Dinge kann man aushandeln«, sagte Verboten. »Versuch mal, deinen Hasseimer auszukippen – vielleicht findest du ja irgendwo am Grund einen Hauch positive Einstellung … oder gesunden Unternehmergeist.«

»Auf welchem Planeten lebst du eigentlich?«, fauchte ich ihn an. »Du hast durch deine Geldgier Gänsesägers und Aljoschas Leben ausgelöscht.«

»Ein unglückliches Versehen. Von diesen Komplikationen hatte ich keine Ahnung.«

»Vergiss deine Komplikationen. Wir wollen nur eins«, fiel ihm Workuta ins Wort. »Wir wollen wissen, wo das Eisratten-Piece ist. Und wer es sich geholt hat.«

»Das waren schon zwei Fragen«, sagte Verboten und streckte Zeige- und Mittelfinger aus. Doch weiter kam er nicht. Workuta hämmerte Verbotens Kopf mit Wucht auf die Tischplatte. Er wisse es nicht, wimmerte Verboten, aber Anna Liebe habe Verbindungen, er könne sich ja mal dezent erkundigen und uns die Info dann bei der Vernissage zukommen lassen. Wir gingen und ließen Verboten mit seinem Bierglas sitzen.

»So läuft es, wenn man den anderen nichts ausgibt«, erklärte ein Säufer vom runden Tisch seinen Kumpels und zeigte auf Verboten, der in der Sitzecke versuchte, sein Nasenbluten zu stillen. »Jetzt spendiert ihr mir noch ein Bier, Männer.«

Das obskure Objekt der Begierde

Am Abend der Vernissage wimmelte es in der Galerie von Menschen. Um Verboten hatte sich ein dichter Kreis gebildet, von ihm selbst waren nur das nonstop lächelnde Gesicht und die Hand zu sehen, die mit immer neuen Gratulanten anstieß. Ein Kellner in dunkler Livree hielt auch uns ein Tablett hin. Meine Stimmung wurde allerdings weniger von dem Glas Sekt aufgehellt als von der Feststellung, dass Verbotens Nase sichtlich geschwollen und sein vernarbtes Gesicht noch röter war als sonst.

Wir lauerten darauf, dass sich zwischen seinen Gratulanten eine Lücke bilden würde, und räumten in der Zwischenzeit das Büfett ab. Der breitschultrige Klaus hatte die Aufgabe übernommen, Bowle auszuschenken und die Leute zu siezen. Offenbar war ihm sogar eingeschärft worden, den ganzen Abend lang zu lächeln, und ich konnte seine Zähne knirschen hören, als er mir höflich einen guten Abend wünschte. Der dicke Mann im Anzug auf der anderen Seite der Bowleschüssel hatte eine Krawatte umgebunden, auf die sein dreijähriges Kind ein Strichmännchen gemalt hatte. Er glaubte wohl, so könne er sich auf Augenhöhe unter das Graffitivolk mischen.

Auch der zur Galerie gehörende hohe Alkoven zog stetig Leute an. Ich schlängelte mich zwischen den anderen Gästen hindurch. Auf die Wand des Alkovens wurde ein Film projiziert. Er zeigte ein mir nur allzu bekanntes Hochhaus mit Glasfronten, an dem eine Autoreklame hing. Auf dem Fußboden vor der Filmwand standen Betonblöcke, aus denen Metallstangen ragten. Zwischen den Stangen war ein festes orangefarbenes Plastiknetz gespannt – dieselbe Sorte wie im Treppenhaus und im Erdgeschoss unserer Eishöhle.

Auf der Absperrung stand VERBOTEN, dahinter haufenweise Ausrufezeichen.

Wahrscheinlich hatte Verboten das Plastiknetz noch vor dem Abriss des Hauses rausgeschleppt. Oder die Abrissleute gebeten, es ihm mitzubringen.

Ganz oben an der Wand war ein Alarmlicht angebracht, das wie ein Leuchtturm blinkte und offenbar die anrückende Polizeistreife simulieren sollte. Das Geheul der Sirene ging im Stimmengewirr fast unter.

Ich sah vor mir, wie ich mich mit Aljoscha Stück für Stück an der Fassade abseilte und meinen Text über die Autowerbung sprayte. Die Gäste applaudierten, als wir auf den Asphalt sprangen und die Flucht ergriffen, wobei Aljoscha mich halb stützte, halb trug. Das Sirenengeheul vom Tonband wurde lauter. Am Ende kamen ein paar Polizisten ins Bild, die unter den am Haus baumelnden Seilen und der bemalten Reklame herumliefen.

Neben die Projektionsfläche stand der Titel des Werks an der Wand: KINDERMÖRDER! VÖLKERMÖRDER! WAFFENHÄNDLER! Als Urheber war Verboten angegeben. Der Preis sollte dreißigtausend Euro betragen. Das Werk war bereits als verkauft markiert.

An zwei weiteren Wänden liefen ebenfalls Filme, darunter unsere letzte Zugaktion, die ich bereits gesehen hatte. Sämtliche Aktionen, die wir »pro bono« durchgeführt hatten, waren zu Verkaufsartikeln geworden. Unter Verbotens Namen. Gänsesäger wurde nirgends erwähnt.

In einer Ecke der Galerie stand ein Sarg, auf den Verboten seinen Namen gewritet hatte. Auch darüber lief ein Video – auf dem Verboten bei Kerzenlicht aus seinem Sarg stieg, einen schwarzen Umhang um die Schultern, und grimmig in die Kamera starrte. Er hielt eine Spraydose in der Hand und sprühte an die Wand: FUCK THE VAMPIRES. VERBOTEN – DER WAHRE HERRSCHER DER NACHT. Ich erinnerte mich noch an den Streifen, Gänsesäger hatte ihn aus Jux gedreht. Jetzt erschien mir Verbotens Großkotzigkeit überhaupt nicht mehr lustig.

Ich sah zur Decke. In der Ecke hingen mindestens zwanzig Überwachungskameras, die wie ein Bienenschwarm rastlos surrten. Auch dieses Werk hatte einen Titel – und einen Verkaufspreis.

An der Längswand befand sich neben Verbotens großformatigen Frauenfiguren eine blanke Fläche, die als Gästebuch fungierte. Die geladenen Gäste durften ihren Namen darauf sprayen. Der Mann mit der Strichmännchenkrawatte sprühte gerade ein Strichmännchen neben seinen Namen. Offenbar war seine Krawatte gar nicht das Werk eines Kindes, sondern sein eigenes. Die Leute klatschten frenetisch Beifall.

Ich streckte mich, um zu sehen, wie die von Verboten gemalten Frauen hießen, die mit dem Bügeleisen und dem Fernseher und der Wassermelone und der Banane als Kopf.

VERBOTENE VENUS VON WILLENDORF 1, VERBOTENE VENUS VON WILLENDORF 2, VERBOTENE VENUS VON WILLENDORF 3. Und so weiter. Bis 15.

So muss es sein, wenn man nach dem Tod in der Hölle landet.

Workuta stand stocksteif vor der Filmwand und sah Aljoscha beim Abseilen vom Glasturm zu. Ich brachte ihm noch ein Glas Bowle.

Als ich Verboten zuwinkte, entdeckte mich die Galerieharpyie, Anna Liebe. Sie sah aus, als wollte sie mich mit ihrem Blick zerteilen, ihre künstlichen Wimpern zuckten wie Säbel. Dann stöckelte sie auf mich zu. Unterwegs entdeckte sie einen schwarz gekleideten Kahlkopf, der gerade hereinkam, und hatte es urplötzlich eilig, die Richtung zu wechseln, sich Verboten zu schnappen und ihn zu dem Glatzkopf zu zerren.

»Einfach fantastisch«, seufzte eine Frau im Glockenkleid, die neben mir aufgetaucht war. »Diese Intensität! Man hört geradezu, wie sie sprechen.«

Allmählich dämmerte mir, dass die Frau sich an mich gewandt hatte. Anfangs hatte ich geglaubt, sie würde mit sich selbst quasseln.

»*Was* spricht?«, fragte ich. »Die Überwachungskameras?«

»Nein, nein, die Verkehrsschilder. Sie begnügen sich nicht damit, gesehen zu werden. Sie fordern ein Mitspracherecht.«

»Die sind aus Metall.«

»Sie sind ein Sprachrohr«, korrigierte mich die Frau. »Ein Sprachrohr der Redefreiheit.«

»Kann man sich kaufen«, murmelte ich. »Ein Stück Redefreiheit.«

Die Frau verstand meine flapsige Bemerkung falsch und nickte eifrig. »Genau. Und eine hervorragende Investition dazu! Der Preis auf dem Kunstmarkt steigt bestimmt. Im Moment ist er noch ziemlich niedrig.«

»Wie viel?«, fragte ich interessiert.

»Fünf pro Stück.«

»Bananen?«

»Mille.«

»Heilige Scheiße!«, entfuhr es mir.

»Genau. Unbegreiflich günstig.« Die Frau nickte mir ernst zu. Sie trat näher an das Unebene-Fahrbahn-Schild heran, das Gänsesäger bemalt hatte. Er hatte den schwarzen Hubbeln Brustwarzen verpasst, und zwischen die so entstandenen Brüste hatte er einen Mann in einem schwarzen Anzug und mit Krawatte gemalt, der glotzte.

Verboten hatte dem Werk den Titel DAS OBSKURE OBJEKT DER BEGIERDE gegeben.

Ich ging zu Workuta.

»Gleich muss ich kotzen.«

»Die Bowle ist widerlich«, sagte Workuta und nickte.

»Mich bringt was ganz anderes zum Kotzen.«

Ich zog ihn hinter mir her und lauerte wie ein Habicht darauf, dass Verboten sein Gespräch mit dem Glatzkopf beenden würde. Als es endlich so weit war, stürzte ich auf ihn zu, packte ihn am Ärmel und wies demonstrativ zum Alkoven, an dessen Wand ich mich mit Shemagh vor dem Gesicht Mal um Mal abseilte.

»Das war ein wichtiger Kunde«, erklärte Verboten.

»Wer? Der Bestattungsunternehmer mit der Glatze?«

»Aus Amerika. Besitzt mehrere Galerien. Er hat versprochen, mir eine Ausstellung in Los Angeles zu organisieren. Angeblich sind die Filmstars dort ganz wild auf Street Art.«

Verboten zog einen Vorhang beiseite und führte mich durch die dahinter verborgene Tür in einen länglichen Raum, in dem sich Spraydosen und Düsen häuften. Daneben stand eine große Rechenmaschine. Sie passte perfekt ins Bild. Workuta blieb draußen vor der Tür stehen und hielt Wache.

»Besser, wir reden hier im Hinterzimmer«, sagte Verboten. »Im Saal nehmen die Überwachungskameras an der Decke alles auf.«

»Das darf doch nicht wahr sein. Warum denn das?«

»Ich mache aus den Aufzeichnungen ein Kunstwerk.«

»Du bist echt ein Arschloch. Gibt es irgendein Prinzip, das dir noch heilig ist?«

Verboten zog nicht mal die Augenbrauen hoch. Meine Kommentare perlten von ihm ab wie das Wasser vom Rücken einer Gans. Er holte einen zusammengefalteten Zettel aus der Tasche und hielt ihn mir hin. Ich warf einen Blick darauf. Auf dem Zettel stand ein Name, den ich schon mal gehört hatte: Pawel Putikow. Die Adresse war mir noch besser bekannt.

»Was für einen Scheiß ziehst du hier ab? Der Ort liegt in Finnland. In der Nähe von Kotka.«

»Putikow hat dort eine Sommervilla. Da soll Banksys Piece

hin. Er hat neben seiner Datsche tolle neue Räume für seine Kunstsammlung gebaut.«

»Du lügst. Workuta hat im Netz gesehen, dass die Eisratte hier in Berlin auf einer Auktion versteigert wird. Sie steht bei Grisebach auf der Liste. Anfangspreis fünfhunderttausend Euro.«

Verboten legte den Kopf schräg. Früher hatte ich immer gewusst, was das bedeutete. Jetzt wusste ich es nicht mehr.

»Die Auktion ist reine Show«, erklärte er. »Sie soll das breite Publikum nur wissen lassen, dass Banksys Eisratte existiert. Und dass es ein Echtheitszertifikat von Pest Control gibt. In Putikows Sammlung hat das Ding erst dann einen Wert, wenn es öffentlich als echt notiert wurde. Und einen offiziellen Preis hat.«

»Du lügst«, wiederholte ich, war aber leicht verunsichert.

»Letzten Endes wird irgendein unbekannter Privatkäufer das Werk per Telefon ersteigern. Je höher er bietet, umso wertvoller wird es in den Augen der Kunstwelt. Putikow zahlt dem Auktionator natürlich keinen einzigen Euro. Er besitzt die Eisratte ja ohnehin schon. Das Ganze ist bloß ein PR-Trick.«

Hinter der Tür wurden Stimmen laut, irgendwer debattierte, dann donnerte es ein paarmal gegen die Tür, als versuchte jemand, Workuta hindurchzustoßen.

»Komm diesen Leuten lieber nicht in die Quere«, legte Verboten hastig nach. »Gänsesäger und Aljoscha hatten einfach nur verdammtes Pech. Das ist traurig, wirklich traurig. Aber was ihnen zugestoßen ist, das ist nicht unsere Schuld, weder deine noch meine. Ich hatte sie aus der Eishöhle geschickt, sobald Aljoscha aus der Ambulanz zurückkam, wo er dich hingebracht hatte. Sie waren auch gegangen, haben sich dann aber wieder reingeschlichen, ohne dass ich es mitbekommen hätte. Ich hatte ihnen ausdrücklich befohlen, die ganze Nacht wegzubleiben. Ausdrücklich befohlen.«

»Wie kannst du nachts überhaupt noch schlafen, zum Teufel…«

»Glaub mir, Metro«, sagte Verboten und legte die Handflächen aneinander wie zum Gebet. »Ich wollte keinem etwas Böses.«

»Dir glaub ich kein Wort mehr.«

Noch bevor ich zu Ende gesprochen hatte, riss Verboten mich in seine Arme und küsste mich auf den Mund. Ich war so verdattert, dass ich nicht mal auf die Idee kam, ihm die Zunge abzubeißen, die sich mir in den Mund schob. Hinter uns flog die Tür auf, und ein überraschter Ausruf war zu hören. Verboten hielt mich noch einen Moment im Arm, bevor er einen Schritt zurück machte.

»Wir dachten, hier gäb es ein Problem«, sagte Anna Liebe, die in der Tür stand. »Entschuldigt bitte die Störung«, fügte sie nach einer kurzen Pause kühl hinzu und musterte abwechselnd mich und Verboten.

»Nein, alles bestens. Metro hatte nur Sehnsucht«, sagte Verboten und zwinkerte Anna zu. »Sie war echt deprimiert, nachdem ich mit ihr Schluss gemacht hatte. Sie ist extra hergekommen, um mich davon zu überzeugen, es noch mal zu versuchen. Als ich abgelehnt habe, hat sie sich mir an den Hals geworfen.«

»Mann, leck …«, begann ich – und erst da entdeckte ich in Anna Liebes Rücken Klaus, der sich Workutas Kopf unter den Arm geklemmt hatte. Klaus spannte den Bizeps so sehr an, dass Workutas Gesicht bereits dunkelrot angelaufen war.

»Heiße Lippen, heiße Erinnerungen … Aber wir müssen uns mit den Tatsachen abfinden, kleine Metro«, sagte Verboten zu mir. »Wir sind nicht füreinander bestimmt. Mach so was nie wieder, sonst sehe ich mich gezwungen, dich wegen sexueller Belästigung anzuzeigen.«

Verboten packte mich am Arm, schob mich an Anna vorbei aus dem Hinterzimmer, drückte mir einen Pappbecher mit Bowle in die Hand und wünschte mir noch ein schönes Leben. Dann verschwand er mit einer gefüllten Champagnerflöte, um sich mit einem Kunstkritiker zu unterhalten. Bald umschwärmten ihn ein Dutzend weiterer Gäste.

Workuta tauchte hustend neben mir auf.

»Gehen wir«, sagte ich.

»Der Scheißkerl hat versucht, mich abzumurksen«, schimpfte Workuta heiser. »Meine Nackenwirbel haben laut geknackt.«

Ich blickte zu den Kameras auf, die sich an der Decke drehten, und schob Workuta gegen den Strom auf den Ausgang und die Stadt zu, in der es zusehends dunkel wurde.

»Ich wusste gar nicht, dass zwischen dir und Verboten etwas lief.«

»Wusste ich auch nicht.«

Erst an der nächsten Straßenecke zeigte ich Workuta den Zettel, den ich von Verboten bekommen hatte, und erzählte ihm von Verbotens Warnung.

An der übernächsten Ecke stellten wir fest, dass wir verfolgt wurden.

Wir liefen die Warschauer Straße hinauf, unter uns blitzten die Schienen und rauschten Züge vorbei. Wir bogen abrupt nach rechts auf die Überführung ab, die Z-förmig über die Gleise zur Haltestelle Warschauer Straße führte. Die beiden Männer, die ich unten am Hügel entdeckt hatte, waren immer noch hinter uns her. Von oben konnte ich sehen, dass sich eine S-Bahn aus Richtung Innenstadt dem nördlichen Bahnsteig näherte.

Ich hetzte Workuta die Treppe hinunter. Als die Männer den abbremsenden Zug entdeckten und sahen, dass wir losgesprintet waren, rannten auch sie los.

Sie kamen immer näher.

Von Süden her näherte sich ein Güterzug, der den Bahnsteig auf dem Nachbargleis passieren würde.

Der Zettel, den Verboten mir gegeben hatte, brannte in meiner Tasche.

Die S-Bahn hielt, die Türen gingen auf, und Menschen

drängten lärmend auf den Bahnsteig. Die Männer waren auf dem unteren Treppenabsatz angekommen. Sie waren in etwa so groß wie Klaus und lächelten genauso wenig.

Die Scheinwerfer an der Lokomotive des Güterzugs glühten wie die Augen eines Löwen.

»Du musst mir beim Springen helfen«, raunte ich Workuta zu.

Er fragte nicht weiter. Workuta stellte nie überflüssige Fragen. Er packte mich unter die Achseln, sprang, und ich hüpfte auf meinem gesunden Bein mit, so gut ich konnte. Denkbar knapp vor der Güterlok huschten wir über das Gleis.

Nackt im Ameisenhaufen

Die Bremsen kreischten, als der Güterzug abbremste. Über das Geräusch hinweg war der gellende Schrei einer Frau zu hören. Sie glaubte wohl, wir wären unter den Zug gekommen.

Workuta half mir auf der anderen Seite auf die Beine. Meine Krücke war bei dem Sprung meterweit geflogen. Ich humpelte hinüber, nahm sie hoch und trat dann auf den schmalen Grünstreifen jenseits des Gleisbetts.

Hinter uns bremste der Güterzug immer noch. Er bestand aus zwei Lokomotiven und zig Tankwagen, und die Räder sprühten Funken. Eine Kette aus Dutzenden Waggons versperrte unseren Verfolgern den Weg.

Wir liefen den Grünstreifen entlang und arbeiteten uns über den Maschenzaun, hinter dem sich ein Rangierbahnhof erstreckte. Zuerst leere Schienen, dann stand ein weiterer Zug vor uns, diesmal mit zugedeckten Güterwagen. Hier wartete die mobile Kunstgalerie der Street Artists auf frische Pieces. Wenn man nur Zeit hätte zu malen.

Wir überquerten die Gleise, Workuta half mir, mich zwischen zwei Waggons hindurchzuschlängeln. Dann kletterte er die Leiter am hinteren Ende eines Waggons hoch und hielt Ausschau, als säße er in einem Mastkorb. Ein ganzes Stück entfernt hatte der Lokführer seinen Tankzug endlich zum Stehen gebracht.

»Sie kommen«, sagte Workuta. »Klettern gerade zwischen den Tankwagen hindurch.«

»Wie viele?«

»Zwei.«

»Nicht unbedingt in böser Absicht.«

»Ganz bestimmt nicht«, entgegnete Workuta trocken.

Auf dem Nachbargleis rauschte ein Personenzug vorbei, das Licht aus den Fenstern warf ein Leopardenmuster auf die Erde.

Workuta spähte zwischen den Güterwagen hindurch.

»Wir schaffen es nicht über den Rangierbahnhof bis zu den Lagern«, sagte er. »Du mit deinem Bein jedenfalls nicht.«

Zwischen uns und dem Lagerareal entlang des Rangierbahnhofs Warschauer Straße lagen weitere sechs Gleiszüge. Das Gelände war offen einsehbar und gut beleuchtet. Da hätten wir genauso gut bei Tageslicht auf einem Dreirad über eine Startbahn strampeln und hoffen können, dass man uns vom Tower aus nicht sähe.

Aber Rangierbahnhöfe waren mein Revier. Ich wusste, wo sich die schattigsten Stellen befanden.

»Unter die Brücke«, sagte ich. Im Schatten der Brückenpfeiler hatten uns die Sicherheitsmänner aufgelauert, in Kotka in jener Nacht, als Rust gestorben war. Wir hatten sie nicht bemerkt, obwohl wir unsere Fühler ausgestreckt hatten.

Im Schutz des Güterwagens liefen wir auf die Brücke zu, wo die Warschauer Straße den Rangierbahnhof überquerte.

Workuta spähte unter einem Waggon hindurch.

»Wir schaffen es nicht bis unter die Brücke«, flüsterte er. »Sie sind schnell. Schon am Zaun.«

Wir hatten gerade eben den letzten Waggon erreicht, als die Männer auch schon die verwaisten Gleise überquerten. Hinter dem Zug blieben wir stehen und warteten. Bis zum ersten Pfeiler der Brücke waren es noch etwa vierzig Meter.

»Vergiss es«, sagte Workuta, als er meinen Blick sah.

Er beobachtete unter dem Waggon hindurch, wie unsere Verfolger zwischen zwei der zugedeckten Güterwagen auf den beleuchteten Rangierbahnhof hinaustraten.

Als Erstes überprüften sie die offene Schienenlandschaft,

die sich vor ihnen erstreckte. Vor ihnen raste ein weiterer Zug vorbei, ich sah die Fenster des Bordrestaurants, drinnen hielt eine Frau ihre Gabel hoch wie zu einem Victoryzeichen.

Einer unserer Verfolger kletterte auf den Güterzug und vergewisserte sich, dass wir nicht oben auf dem Dach hockten.

Sobald er wieder herunterkam, trennten sich die beiden und marschierten am Zug entlang, der eine nach vorn, der andere nach hinten, und spähten zwischen den Waggons systematisch zur anderen Seite. Wir standen immer noch mit angehaltenem Atem hinter dem letzten Waggon.

Die Männer überprüften sogar die verschlossenen Schiebetüren. Der eine, der auf uns zukam, hielt etwas Glänzendes in der Hand.

»Scheiße«, hauchte ich.

»Komm mit«, flüsterte Workuta mir ins Ohr. »Und halt dich unten. Damit es keinen Lichtbogen gibt.«

Im nächsten Moment war er auch schon die Leiter am Waggon hinaufgeflitzt und auf dem Dach verschwunden. Ich kletterte ihm nach und legte mich so flach wie möglich hin. Während ich mit dem Kopf zur Leiter liegen blieb, kroch Workuta ans andere Ende des Waggons.

Wir warteten.

Schräg hinter mir knirschte der Schotter. Es wurde still, dann polterte es, als der Mann versuchte, die Tür des vorletzten Waggons zu öffnen. Wieder knirschte der Schotter, diesmal näher. An der Stelle, wo Workuta lag, machten die Schritte halt.

Ich zerbiss mir die Unterlippe, hatte den Geschmack von Rost im Mund.

Am liebsten wäre ich so schnell gerannt, wie ich nur gekonnt hätte. Immer geradeaus. Obwohl ich auf einem Zugdach lag. Obwohl mein Bein noch nicht wieder in Ordnung war. Man kann durch die Luft laufen, wenn man seine Beine nur schnell genug bewegt.

Das Knirschen setzte wieder ein, der Mann lief jetzt direkt an unserem Waggon vorbei. Er überprüfte die Schiebetür, kam dann ans Zugende.

Unten war es totenstill, bestimmt sah sich der Mann mit Habichtsaugen um, suchte nach irgendetwas Auffälligem, nach einer Abweichung. Der Verkehrslärm auf der Warschauer Straße vermischte sich mit dem Rauschen in meinen Ohren.

Ich presste meine Finger gegen die Schenkel, damit sie nicht nervös aufs Dach trommelten. Ich schwitzte und fror gleichzeitig.

Dann hörte ich den Mann die Leiter hochsteigen.

Wieder wurde es still. Aus irgendeinem Grund hatte er auf halbem Weg haltgemacht.

In meinem Hals juckte es. Ich hätte schreien wollen. Laufen. Stattdessen legte ich die Hand um die Krücke.

Ein leises Knacken. Der Mann war weitergeklettert. Die Finger seiner linken Hand schoben sich über die Dachkante.

Ich hielt die Luft an. Endlich erschien auch die rechte Hand. Sie hielt eine Pistole umklammert.

Sowie sich der Kopf des Mannes über die Dachkante hob, rammte ich ihm die Spitze meiner Krücke so fest in die Fresse, wie ich nur konnte.

Er schnappte nach Luft, sein Kopf flog nach hinten, dann verschwanden beide Hände. Unten krachte es.

Ich schnellte auf die Leiter zu und spähte nach unten. Der Mann lag rücklings auf den Schienen. Ich ließ mich auf den Schotter runter, entwand ihm die Waffe, die er immer noch in der Hand gehalten hatte, humpelte, so schnell ich konnte, hinüber zur Brücke und tauchte in den Schatten der Pfeiler ein. Dabei achtete ich darauf, dass das Ende des Güterzuges mich vor dem Blick des zweiten Mannes schützte, der immer noch den vorderen Teil absuchte.

Workuta war mir gefolgt.

Vorsichtig zogen wir uns zurück. Im Schutz des schräg fallenden Schattens schlich ich zum nächsten Brückenpfeiler.

Der zweite Mann war lediglich als dunkle Gestalt zu erkennen. Er würde wohl noch eine Handvoll Waggons und die Lokomotive überprüfen.

Im Schatten der Brückenpfeiler gelangten wir über den Rangierbahnhof zum Lagergelände, wo ich die Waffe in einen großen Müllcontainer warf, der nach vergammeltem Essen stank. Die Giebelwände der Gebäude waren von großen Murals bedeckt. Workuta hob den Maschendrahtzaun an, damit ich darunter hindurch und an einem Gebüsch vorbei auf die dahinter verlaufende Straße krabbeln konnte.

Ich warf noch einen Blick zurück. Die Wand zierte das Bild einer Frau, deren einzige Hülle Höhenlinien waren, wie man sie von Landkarten kennt; sie liefen über ihren unbekleideten Körper und markierten Kurven und Erhebungen. Die Frau hatte den Mund zu einem Schrei geöffnet, und über ihre Arme und Beine krabbelten riesige rot-schwarze Ameisen.

Genau so fühlte ich mich in diesem Moment: nackt im Ameisenhaufen.

Der fliegende Schuh

Hallo, Baron, Du Arschloch!

Wie geht's? Hat Dein Schuldgefühl Dich schon in den Selbstmord getrieben? Wenn nicht, informier Dich mal über ein Haus in deiner Gegend. Und diesmal wirst Du niemandem auch nur ein Sterbenswort verraten, verdammt. Wenn Du meine Bitte nicht erfüllst oder wenn ich den Verdacht haben sollte, dass du singst, lade ich 10000 Fotos von nackten Kleinkindern auf Deinen Dienstcomputer und geb der Polizei einen Hinweis auf den Pädophilen, der ein Immobilienbüro als Deckmantel für seinen Kinderpornoring benutzt. Ich brauch bloß auf Enter zu drücken, und Du sitzt im Knast.

Ich komme demnächst zu Dir an den Arsch der Welt, und zwar zusammen mit einem Kumpel. Der hat noch nie einen Mann gesehen, der sommers wie winters einen Anzug trägt. Du wirst für ihn so außergewöhnlich sein wie ein Bambus kauender Panda. Ich hab ihm gesagt, den Dresscode hätte dir dein Arzt verschrieben: Wenn Du Dir nicht jeden Tag eine Krawatte umbinden darfst, legst Du Dir ansonsten die Galgenschlinge um den Hals.

Ich wurde beim Schreiben unterbrochen, als sich kleine, kühle Hände vor meine Augen schoben.

»Gehen wir«, sagte Samuel.

»Ich hab dir doch gesagt, ich komme gleich«, antwortete ich. »Papa geht schon mal mit dir zum Spielplatz, ich komm dann nach.«

»Du kommst jetzt.«

»Ich schreibe das hier erst zu Ende.«

»Was steht da? Lies es mir vor!«

»Hör mal, es ist schwierig zu lesen, wenn man nichts sehen kann.«

Vor meinem linken Auge wurden die Finger ein wenig gespreizt.

»Hier steht, dass Samuel jetzt auf den Spielplatz gehen soll«, las ich ihm vor.

»Gar nicht wahr«, entgegnete er und tippte auf den Bildschirm. »Ich kann das lesen.«

»Sorry, du kannst noch nicht lesen.«

»Doch.«

»Das ist Finnisch. Du verstehst kein Finnisch.«

»Doch! Blablabla kukkukukkikakka. Blablabla. Perkeleperkeleperkele. Susususususussuuu.«

»Richtig, genau das steht da. Und jetzt lass mich weiterschreiben.«

»Maria, bringst du Samuel etwa finnische Flüche bei?«

»Nein.«

Die Hände gaben meine Augen frei, und Samuel verschwand. Vater klapperte in der Küche herum, Samuel lief zu ihm und teilte ihm mit, er könne einen undichten Wasserhahn viel besser reparieren als Papa, Metro habe ihm beigebracht, wenn irgendein Gerät nicht funktioniere, müsse man ihm lediglich einen Tritt versetzen und Perkele Saatana Vittu brüllen, das seien Zauberwörter.

Wenn ich da bin, melde ich mich. Ich erwarte, dass Du bis dahin alle nötigen Informationen beisammenhast. Und Zeit, mir zu helfen, Deine verschimmelten Wohnungen kannst Du auch später noch verkaufen. Das ist Deine einzige Chance, wenigstens ein Prozent von dem Scheiß wiedergutzumachen, den Du angerichtet hast, Du mieser Verräter. Grüße von Gänsesäger, er genießt das Dasein mehr denn je in seinem Leben. Seine Werke waren hier gerade in einer großen Ausstellung zu sehen, und es waren sogar Leute aus Amerika da, die sie bestaunt haben. In letzter Zeit hat er auch Aufnahmen mit der Videokamera gemacht, es würde mich nicht wundern, wenn er eines Tages Regisseur in Hollywood würde.

Der Lärm hinter mir wurde lauter. Vater versuchte gerade, Samuel die Schuhe zuzubinden, doch der Junge zog seinen Fuß immer wieder weg.

»Ich geh erst, wenn Metro mitkommt.«

»Sie heißt Maria.«

»Ich will aber nicht!«

»Samuel, ich komm nach, sobald ich hier fertig bin.« Ich hob zwei Finger. »Großes Pfadfinderehrenwort.«

»Ich geh nicht mit«, beharrte Samuel. Er ließ sich auf den Fußboden fallen und streckte Arme und Beine aus, als wollte er einen Schneeengel machen. Durch schiere Willenskraft vervierfachte er sein Gewicht, und Vater schaffte es nicht, ihn hochzuziehen, obwohl er sich mit hochrotem Gesicht abmühte.

»Moment«, rief ich und stand auf. Dann nahm ich meine Lederjacke vom Garderobenhaken und reichte sie Vater. »Ihr nehmt meine Jacke mit auf den Spielplatz, und du, Samuel, musst aufpassen, dass Papa ihr nichts tut.«

»Was soll ich denn mit deiner Jacke?«

»Du passt genau auf«, wies ich Samuel an. »Zeig dem hässlichen Wachmann, wie geschickt ein Jacken-Ninja ist.«

»Ein Jacken-Ninja?«, fragte Samuel.

»Du lässt die Jacke nicht mehr aus den Augen. Du spionierst ihr nach. Ein ordentlicher Jacken-Ninja weiß sogar im Schlaf, wo sich der nächste Wachmann in Lederjacke herumschleicht.«

»Ha, ha«, sagte Vater.

»Gleichfalls ha, ha«, gab ich zurück. »Die einen sind Wachleute, die anderen Jacken-Ninjas.«

Ich hab hier meinen kleinen Bruder kennengelernt und in den letzten Tagen bei meinem Vater gewohnt. Jahrelang hatte ich geglaubt, er wäre ein Arschloch, aber er ist netter, als ich dachte. Wir haben zusammen Puzzles gelegt, mein vierjähriger Bruder kann das hundertmal schneller als ich. Ich werde ihn zum besten Street Artist ausbilden, den es je gegeben hat, wir haben schon auf ein paar Hinterhöfen geübt. Er heißt Samuel. Wenn er erst mal das Alphabet beherrscht, wird er der beste Writer aller Zeiten. Im Moment macht er noch ein bisschen zu viel Freestyle. Ich hab mir überlegt, dass ich vielleicht ein bisschen länger hier bei meinem Vater bleiben könnte, ich war so viele Jahre von ihm getrennt. Mutter habe ich in Kotka mehr als zur Genüge zu Gesicht bekommen und mir ihr Gequatsche angehört. Samuel ist das tollste Kind, das ich je kennengelernt hab. Die meisten Kinder stinken und schreien und stolpern gegen Wände und kotzen im Zuckerrausch oder sind sonst wie krank.

Ich warf einen Blick aus dem Fenster. Vater trat gerade mit Samuel aus dem Haus. Er hatte meine Lederjacke an, und erst jetzt bemerkte ich, wie ähnlich er mir sah. Wir waren ungefähr gleich groß, hatten beide chronisch verfilzte Haare. Aber in den letzten Tagen hatte Vaters schleppender Gang einen Teil seiner früheren katzenhaften Geschmeidigkeit zurückgewonnen.

Es war, als würde ich vom Fenster aus mir selbst zusehen.

Samuel versteckte sich hinter einem Laternenpfahl, um Vater zu bespitzeln. Vater musste ihn sich schnappen, an die Hand nehmen und zum Straßenrand ziehen, wo sie darauf warteten, dass die Ampel auf Grün umsprang.

Im selben Moment drehte Samuel sich zum Fenster um, ich winkte ihm zu, zeigte mit Zeige- und Mittelfinger auf meine Augen und dann auf den Lederjackenrücken. Aufpassen, lass sie nicht aus den Augen.

Samuel nickte, dann schlich er knapp zwei Meter hinter der Lederjacke her wie ein sprungbereiter kleiner Panther.

Etwa auf der Mitte des Fußgängerüberwegs drehte er sich noch mal um. Ich zeigte wieder auf meine Augen, pass bloß gut auf, folge dem Objekt!

Aus dem Augenwinkel nahm ich eine verwischte schwarze Linie wahr.

Im nächsten Moment krachte das schwarze Auto auch schon gegen Vater und schoss dann auf die nächste Straßenecke zu.

Samuel stand mitten auf der Fahrbahn.

Vater wurde meterweit fortgeschleudert. Einer seiner Schuhe wirbelte hoch und schien endlos lange in der Luft zu schweben.

Als Vater auf dem Boden aufschlug, bildete sich um seinen Kopf eine immer größer werdende Lache. Meine Lederjacke bedeckte seinen Rücken, der in der Mitte entzweigebrochen war wie ein morscher Ast.

Dort lag ich, auf dem Asphalt, oder hätte dort liegen sollen. An Vaters Stelle.

Die Welt versteinerte, Vater war zu Stein erstarrt, Samuel war aus Stein, ich war aus Stein. Kein einziger Fußgänger rührte sich. Das Einzige, was sich in dieser Steinwelt noch bewegte, war das schwarze Auto, das jetzt schon mehrere Blocks entfernt war. Und der Schuh. Nachdem er endlich auf der Straße gelandet war, kullerte er noch zig Runden weiter über den Asphalt.

III

Die Ratte im Gutshaus

Das Paradies

Das Gebäude glich einem Herrenhaus, das aus Schottland herversetzt worden war und in dem man sich während lebhafter Haggisfeste von Zeit zu Zeit gegen Eindringlinge zur Wehr setzen musste. Es hatte einen zinnenbewehrten Turm aus rötlichen und grauen Granitblöcken, auf dem anstelle von Wächtern eine große Satellitenantenne stand. Der mehr als einen Meter hohe Sockel war ebenfalls aus Granitblöcken gebaut und mit Initialen und Symbolen versehen worden.

Neben mir flüsterte der Baron, der Besitzer habe Wert darauf gelegt, dass der Sockel an die Klötze erinnerte, die italienische Steinmetze in der Renaissance verwendet hatten. Die hatten damals jeden Block mit ihrem Namenskürzel versehen.

»In Wahrheit wurden diese hier maschinell gebrochen«, erklärte er. »Aber die Signatur lässt sie wie Handarbeit aussehen. Und du hast sicher auch bemerkt, dass am Haupteingang seltener Kugelgranit verwendet wurde, den man in Finnland nur an zwei Orten findet. Dieser hier stammt aus Virvik bei Porvoo.«

Das Gutshaus auf dem rötlichen Sockel war allen Ernstes mintgrün verputzt worden.

»Wie viele Hundert Jahre hat das denn schon auf dem Buckel?«, fragte ich.

»Es wurde im vorigen Jahr gebaut. Und unter dem Haus liegt ein riesiger Gewölbe-Weinkeller.«

»Woher weißt du das?«

»Ich war mal zu Besuch. In meiner Eigenschaft als Immobilienmakler.«

Der Baron suchte mit dem Fernglas die Umgebung ab. Nach einem halben Jahr Abwesenheit fiel es mir schwer, mich wieder daran zu gewöhnen, dass er quasi druckreif sprach. Wir lagen im Gras unter den Birken, und unermüdlich summten Mücken um uns herum.

»Ich sehe nur zwei Überwachungskameras«, stellte der Baron fest.

»Seltsam.«

»Nicht unbedingt. Der Besitzer ist so berüchtigt, dass niemand es wagt, ihn unaufgefordert zu besuchen.«

»Putikow?«

Das Herrenhaus verfügte neben dem zinnenbewehrten Steinturm noch über einen zweiten, niedrigeren und breiteren Turm aus Holz. Darauf waren ein Tisch und Sonnenstühle zu erkennen. Anstelle eines durchgehenden Zauns stand vor dem Haus ein schmiedeeisernes Tor mit einem doppelköpfigen Adler obenauf. Die vom Tor abstehenden Stacheln schimmerten wie goldene Speerspitzen.

»Hat das Geld nicht mehr für einen Zaun gereicht?«, fragte ich.

»Das Tor stammt vom Sommerpalast des Zaren. Janus braucht keinen Zaun. Das Tor ist eins der Kunstwerke aus seiner Sammlung.«

»Janus?«

Die zwei Stockwerke des mintgrünen Gebäudes wiesen eine so großzügige Zimmerhöhe auf, dass im selben Luftraum ein vierstöckiger Plattenbau aus Karhuvuori Platz gefunden und mehr als zwanzig Familien ein Dach über dem Kopf geboten hätte. Der Eingang war zweiflügelig und ebenso hoch wie das schmiedeeiserne Tor. Man hätte auf einem Hengst ins Haus reiten können, ohne den Kopf einziehen zu müssen. Korinthische Säulen umrahmten den Eingang, und darüber verlief ein bogenförmiges Relief, auf dem ein Mann und eine Frau nackt zwischen Weinreben lagen.

»Sind da der Besitzer und seine Frau verewigt?«, fragte ich.

»Adam und Eva«, sagte der Baron. »Das Haus heißt Paradies. Das sind römische Türpfosten aus der Zeit des Kaisers Konstantinus.«

»Wahnsinn.«

»Er sammelt moderne Kunst. Aber alte ist ihm ganz genauso recht.«

Ich drückte eine Mücke auf meiner Nasenspitze platt. An meinem Zeigefinger blieb ein roter Fleck zurück.

Das Herrenhaus war von einer Rasenfläche umgeben, die so exakt getrimmt war wie ein Golfplatz. Auf dem Rasen standen Skulpturen, von denen manche aussahen wie verrostete Maschinenteile aus den stillgelegten Fabriken in Kotka. Bei einer handelte es sich um einen ungefähr zehn Meter hohen, schiefen Fabrikschornstein aus Ziegeln, die teils aus dem Mauerwerk herausragten.

»Ein ziemlich schlechter Maurer«, stellte ich fest.

»Das Werk heißt Himmelsleiter«, entgegnete der Baron.

»Kennst du dich mit Kunst so gut aus?«

»Durch das Fernglas kann ich das Schild entziffern.«

Ein Mann in Grün – eine Spur dunkler als der Rasen – kam hinter der Hausecke zum Vorschein. Zuerst hielt ich ihn für einen Gärtner, doch dann hob er ein Funkgerät an den Mund und sprach hinein. Aus dem gegenüberliegenden Erlengebüsch näherte sich bald darauf ein zweiter grün gekleideter Mann. Er hatte den größten Hund bei sich, den ich je gesehen hatte, pechschwarz mit blitzenden weißen Zähnen.

»Verdammte Scheiße«, flüsterte ich.

»Hast du Angst vor Hunden?«, fragte der Baron.

»Eher vor dem Mann, der den Köter an der Leine hat.«

Ich nahm dem Baron das Fernglas ab und richtete es auf Mann und Hund. Nein, ich hatte mich nicht geirrt, es war Hiililuoma, der Sicherheitsmann, der Rust vom Dach des Vellamo-Museums in den Tod gestürzt hatte. Ich hatte lange geglaubt, der Schuldige wäre sein Kollege, hatte den Burschen, den Sicherheitsmann Jere Kalliola, wochenlang schikaniert und Jagd auf ihn gemacht. Und er auf mich. Am Ende hatte ich Kalliola und seinen Boss in einem verlassenen Lagerhaus umgebracht, als sie gerade versuchten, Gänsesäger zu ertränken. Danach hatte sich herausgestellt, dass der tatsächlich Schuldige an Rusts Tod Hiililuoma war, der dritte Sicherheitsmann.

Und dort drüben war er nun – mitsamt einer riesigen Hundebestie. So musste der Hund von Baskerville ausgesehen haben, unmittelbar bevor er in der schottischen Heide seine Opfer zerfleischt oder ihnen allein durch sein Äußeres einen Herzinfarkt beschert hatte.

»Wieso ist dieser Arsch hier?«, wisperte ich.

»Janus hat seine eigenen Wachleute.«

»Janus?« Zum zweiten Mal wunderte ich mich über den Namen.

»Eigentlich heißt er Pawel Putikow, aber er möchte Janus genannt werden. Den Namen Putikow verwendet er in der Öffentlichkeit überhaupt nicht mehr. Janus ist ein doppelgesichtiger antiker Gott: liebevoll zu den Seinen, grausam gegenüber Feinden. Und genau so einer ist er, dein Kunstsammler.«

»Entzückend. Woher weißt du so viel über ihn?«

»Janus hat unsere Firma beauftragt, als er eine Bleibe gesucht hat. Er wollte ursprünglich ein Sommerhaus in Finnland kaufen. Die Sache lief bereits, als du noch in Kotka gewohnt hast und Rust noch am Leben war. Von den Objekten, die wir damals vermitteln konnten, war ihm keines gut genug. Dann stellte er fest, dass wir in der Umgebung von Kotka, in Pyhtää und Hamina, auch Grundstücke vermittelten, auf denen er sich genau den Palast errichten konnte, den er wollte. Er suchte sich ein im Bebauungsplan enthaltenes Grundstück östlich von Kotka aus, in der Nähe der alten Museumsstraße von Hamina, und kam mit einem Koffer voller Geld in unser

Büro. Der Chef hat sich geräuspert und erklärt, in Finnland sei so was nicht üblich, hier müsse er ein Bankkonto eröffnen und das Geld dann transferieren. Zwei Tage später hatte Janus ein Konto eröffnet und der Firma das Sechsfache des Verkaufspreises überwiesen. Er wollte auch gleich sämtliche Nachbargrundstücke rund um sein auserwähltes Reich erstehen, damit ihn keine Nachbarn stören.«

»Und habt ihr sie ihm verkauft?«

»Na klar, er hat schließlich bezahlt. Und zwar aus eigener Tasche, nicht auf Kredit. Die Verkaufsurkunde musste er mit seinem echten Namen unterschreiben und sich ausweisen. Das war das einzige Mal, dass er in meinem Beisein den Namen Putikow verwendet hat.«

»Was weißt du sonst noch über ihn?«

»Janus hat einen Hubschrauber, den er zum Fischen benutzt.«

»Schmeißt er von oben Dynamitstangen ins Wasser oder was?«

»Nach dem Grundstückskauf hat er mich und meinen Chef zum Fischen eingeladen. Wir saßen beieinander und haben die Angeln ausgeworfen – und während mein Chef nur einen halb verhungerten Barsch rauszog, fing Janus immer wieder armlange Fische. Bei mir biss gar nichts. Ich schätze mal, da war unter Wasser ein Taucher beschäftigt, der Janus ein paar Prachtexemplare an den Haken hängen musste. Am Ende holte uns der Hubschrauber dort wieder ab und brachte uns zu einem informellen Dinner. Das Herrenhaus war damals noch nicht vollends fertig, den Tisch hatten sie im Garten gedeckt. Während wir angeln gewesen waren, war der Hubschrauber nach Helsinki geflogen und hatte den Michelin-Koch Hans Välimäki abgeholt, der im Garten ein zehngängiges Häppchen-Menü aus Janus' Fang zubereitete. Irgendwann fragte Janus meinen Chef, ob ihm das Essen denn geschmeckt habe. Sehr gut, antwortete der Chef, und Janus wandte sich an Välimäki: ›Mir selbst hat es nicht gemundet, aber da meine Gäste zufrieden zu sein scheinen, bekommst du ein kleines Trinkgeld.‹ Und dann drückte er Välimäki einen Fünfhunderteuroschein in die Hand.«

»Im Ernst?«

»Absolut. Välimäki versuchte noch, sich zu rechtfertigen – es sei ihm um die Geschmackskomposition gegangen –, aber da wurde er auch schon in den Hubschrauber verfrachtet und wieder heimgeflogen. Mein Chef unkte noch, womöglich würde der Koch jetzt über dem Meer abgeworfen werden oder auf irgendeiner Klippe zwischen Kormoranen ausgesetzt, aber ein paar Tage später kochte er wieder im Fernsehen. Als es Abend wurde, zeigte Janus uns seine Bauzeichnungen für das Herrenhaus. Darauf war auch der Weinkeller zu sehen. Dann bekamen wir noch eine kurze Führung.«

»Geld hat er ja genug …«

»Und er ist es gewöhnt, für sein Geld zu kriegen, was er will … Oder aber er bedient sich der Muskelkraft seiner Bediensteten. Je nachdem, mit wem er es zu tun hat, setzt er das eine oder das andere ein. Wer nicht seiner Meinung ist, verschwindet. Entweder freiwillig oder auf seine Veranlassung. Offiziell ist der Mann der Liebling jedes Unternehmers – er gibt eine Menge Geld auf einmal aus und geizt nicht, nicht mal angesichts der Wirtschaftskrise. Auch hier bei seiner Sommerhütte nicht.«

»Das hier ist seine *Sommerhütte*?!«

»Ja.« Der Baron nickte. »Als er bei unserem ersten Treffen von einer Sommerhütte sprach, hatte ich ihn falsch verstanden. Ich schwärmte ihm von rauen Blockwänden und Hütten ohne Strom vor und davon, dass man Holz hacken und Wasser aus einem Brunnen holen und eine kleine Rauchsauna anheizen könnte und dass das Klohäuschen natürlich ein eingeschnitztes Herzchen in der Tür hätte. An dieser Fehleinschätzung war aber auch Janus' äußere Erscheinung schuld:

Er kleidet sich gern in Schlabberjeans und verschlissene Flanellhemden mit Löchern unter den Achseln, ganz genau wie mein Vater. Seine Schuhe sind wahrscheinlich 1984 zuletzt gewienert worden. Am Kinn hat er Bartstoppeln und am Gürtel eine Gürteltasche, aus der er ab und zu eine Kompaktkamera holt, um Enten oder Treibholz zu knipsen.«

»Herrgott noch mal, das Ding ist fast so groß wie das Rathaus von Kotka!«

»Trotzdem ist es eine Sommervilla und kein Rathaus«, stellte der Baron klar. »Es hat zum Beispiel eine Sauna mit Holzofen – in dem Nebengebäude dort drüben, aus dem Rauch aufsteigt.«

»Mit Schwitzbänken für hundert Leute und einem Thron in der Mitte«, grummelte ich.

Auf dem Grundstück gab es außer dem Herrenhaus noch ein in die Länge gezogenes, eigenartig gewundenes Gebäude und auf der anderen Seite drei kleinere Hütten. Aus einer stieg tatsächlich Rauch auf, wie der Baron festgestellt hatte. Sie erinnerte der Form nach an eine Jurte: rund und in der Mitte gewölbt.

Nur »klein« war in diesem Zusammenhang wohl relativ. Selbst das kleinste Nebengebäude war um ein Vielfaches größer als die Wohnung in Kotka, in der ich in den letzten Jahren mit Rust gehaust hatte.

Das Meer lag gut zweihundert Meter entfernt, also hatte Janus sich einen Meerwasserpool bauen lassen, der mit Seerosen bepflanzt worden war. Sie trieben in einem Becken, das wie ein Seerosenblatt geformt war.

Hiililuoma war mit seinem schwarzen Köter in dem großen Nebengebäude neben der Sauna verschwunden.

»Das ist bestimmt die Hundehütte«, flüsterte ich.

»Gut möglich.«

Im selben Augenblick schlug besagter Köter an. Sein dumpfes Gebell dröhnte zu uns herüber. Dann war von der Rückseite des Herrenhauses ebenso dröhnendes Gebell zu hören. Im nächsten Moment tauchte ein weiterer kohlrabenschwarzer Hund auf. Er warf den Kopf hin und her, und der grün gekleidete Sicherheitsmann, der ihm mit langen Schritten folgte, hatte alle Mühe, ihn im Zaum zu halten. Als das Tier das Maul aufriss, kam es mir vor, als würde ein ganzer Menschenkopf auf einmal hineinpassen.

»Ich hasse Hunde«, murmelte ich.

»Stell dir einfach vor, es wären Pferde«, sagte der Baron und wandte sich zum Gehen.

2,2 Millionen

Wir zogen uns aus dem Birkenhain, der das Grundstück umgab, tiefer in den schattigen Fichtenwald zurück. Nach etwa hundert Metern stießen wir auf Workuta, der zwischen den Grashügeln Heidelbeeren pflückte. Dank seiner estnischen Mutter hatte er neben dem russischen auch einen estnischen Pass, sodass er ohne Visum nach Finnland hatte einreisen können. Mütter waren manchmal doch zu etwas gut. Workuta hielt uns seine blau gefärbten Finger hin.

»Alles klar?«, fragte er.

»Total unklar«, antwortete ich. »Da gibt es Scheißhunde.«

»Was für welche?«

Ich beschrieb die Tiere. Workuta schüttelte den Kopf.

»Nicht gut. Riesenschnauzer womöglich.«

»Wenigstens keine Dobermänner«, erwiderte der Baron und streckte den Daumen hoch. Seit wir uns vor zwei Tagen getroffen hatten, bemühte er sich in einem fort, mir nach dem Mund zu reden. Er glaubte wohl, so könnte er vergessen machen, was ein halbes Jahr zuvor passiert war.

»Riesenschnauzer sind noch schlimmer als Dobermänner«, erklärte Workuta. »Im Vergleich zu Riesenschnauzern sind Dobermänner Pekinesen. Der Riesenschnauzer ist der Weiße Hai unter den Hunden. Er reißt dir mit einem Biss ein Kilo Fleisch von den Rippen.«

»Nice.«

»Ein Bekannter von mir hatte mal einen Riesenschnauzer«, fuhr Workuta fort, während wir im Schutz des Waldes zum Auto zurückgingen. »Er hat mit seiner Freundin eine Reise durch Polen gemacht. Eine romantische Landpartie. Sobald die beiden in ein Dorf kamen, haben die Leute sich in ihren Häusern verbarrikadiert und wollten nicht mehr rauskommen, solange der Schnauzer in Sicht war. Die Alten konnten sich noch allzu gut daran erinnern, wie ihre Familienmitglieder und Freunde zerfleischt worden waren. Höllenhunde haben sie sie genannt.«

»Und sind die schnell?«

»Sie haben lange Beine, und zwar vier davon, und du hast zwei«, antwortete Workuta.

Der Baron brachte uns über Nebenstraßen nach Kotka zurück. Neben uns dröhnte die neue vierspurige Autobahn, auf der die Wagen um die Wette fuhren.

Er kutschierte uns über die Insel Kotkansaari zur Landzunge, wo sich früher der Ölhafen befunden hatte. Die gewaltigen zylindrischen Tanks waren übers Meer nach Estland geschleppt worden, geblieben waren nur mehr die Landungsbrücken, die sich am Ufer ausbreiteten wie Spinnennetze und an denen früher die Tanker angelegt hatten. Damals hatte der Ölhafen die Halbinsel beherrscht, inzwischen sollte sie schon seit Jahren in einen Park umgewandelt werden. Die Erde war bereits vor Jahren aufgepflügt und Rasen gesät worden. Im Boden war ein Trampolin verankert, auf dem ein Kind in Samuels Alter hüpfte.

Ich kletterte den felsigen Abhang hinauf bis nach ganz oben, wo noch ein Rest der alten Festungsmauer stand. Dort hatte man eine Parkbank aufgestellt.

Workuta war unten geblieben, um sich irgendein Kraut näher anzusehen, das aus der Erde spross. Der Baron kämpfte sich hinter mir schnaufend den Hügel hinauf.

»Deshalb hat man Aufzüge erfunden«, keuchte er.

Nach einer Weile kam auch Workuta nach und hielt mir eine Pflanze mit dicken, ledrigen Blättern hin. Er klopfte die Erde von den Wurzeln ab.

»Was ist das?«, fragte er.

»Keine Ahnung.«

»Mauerpfeffer«, sagte der Baron.

»Essbar?«

»Nein«, antwortete ich. »Du erstickst daran, und dein Magen platzt.« Das war meine Standardantwort auf Workutas naturwissenschaftliche Erkundungen.

Nachdenklich hob Workuta die Pflanze an den Mund und knabberte daran, schob sich die längliche Wurzel zwischen die Zähne und zerkaute sie. »Schmeckt nach Kartoffel … und Radieschen.«

»Das macht er ständig«, sagte ich zum Baron. »Wir müssen unsere Aktion schnell durchziehen, bevor er tot umfällt.«

»Wo verbringt ihr eigentlich die Nacht?«, wollte der Baron wissen.

»Sag ich nicht.«

»He, mir kannst du vertrauen.«

»Als ich dir das letzte Mal vertraut habe, wurde ich fast umgebracht.«

»Wie viele Tausend Mal willst du mich noch daran erinnern?«

»Millionenfach.«

Ich schrieb dem Baron eine Liste mit den Sachen, die wir brauchen würden. Dann gingen wir noch mal den Zeitplan für den folgenden Tag durch. Ich zeigte dem Baron ein Handyfoto von Banksys Eisratte, die immer noch auf der Webseite des Berliner Auktionshauses zu sehen war – inzwischen auf der Liste der verkauften Werke. Zehn Fotos, davon drei Gesamtansichten und sieben Detailaufnahmen. Über der Beschreibung stand fett gedruckt: DAS ERSTE BANKSY-MURAL MIT ECHTHEITSZERTIFIKAT!

Durch das Zertifikat von Pest Control war der Verkaufspreis auf Rekordhöhe gestiegen: auf 2,2 Millionen Euro. Damit war die Eisratte das teuerste jemals verkaufte Graffiti. Das zuvor teuerste Banksy-Werk war 2007 bei einer Versteigerung bei Sotheby's in New York für 1,8 Millionen Dollar übers Pult gegangen. Es hatte KEEP IT SPOTLESS geheißen: das Bild eines Hausmädchens, das Abfall unter eine mit bunten Tupfern bemalte Leinwand kehrte.

Zahlreiche Medien hatten über den Verkauf der Eisratte berichtet und über die Identität des anonymen Käufers spekuliert. Es wurde vermutet, das Werk sei in den USA, in Japan oder womöglich in China gelandet, wo die zu Wohlstand gelangte Oberschicht neuerdings großzügig Geld ausgab, um Keller und Privatkollektionen mit besten französischen Weinen und westlicher Kunst zu bestücken.

»Bist du dir sicher?«, fragte der Baron.

»Zu fünfzig Prozent.«

»Was, wenn die anderen fünfzig Prozent eintreten?«

»Wenn es stimmt, was du erzählt hast, haben wir einen Fluchtweg. Stimmt es?«

Der Baron brummelte in sich hinein und spazierte dann in seinem Anzug den Hügel hinab über den Rasen, auf dem Jugendliche Frisbee spielten. Beinahe hätte er das Frisbee an den Kopf bekommen. Workuta und ich blieben oben, blickten übers kobaltblaue Meer, das sich vor uns erstreckte, und die drei Gipfel weiter weg am Horizont. Dort, mehr als vierzig Kilometer entfernt, lag die Insel Suursaari. Sie hatte früher zu Finnland gehört, inzwischen war sie russisch.

»Du solltest auf Suursaari mal ein Graffiti malen«, sagte ich und winkte dem Baron zu, doch er sah nicht mal mehr zu uns rüber, sondern lenkte seinen Firmen-Audi von dem kleinen Parkplatz.

Durch ein Roterlenwäldchen wanderten Workuta und ich zur Bucht Mansikkalahti, in der mehrere Boote lagen. Auf dem Wellenbrecher stand ein hoher Pfahl, und ein paar Jungs kletterten nacheinander dort hinauf, um aus einigen Metern Höhe ins Wasser zu springen.

Wir setzten uns in einen Pavillon und studierten die Karte, die der Baron gezeichnet hatte; aus dem Augenwinkel behielt ich das Geplatsche der kreischenden Jungs im Blick. Erst nach einer Weile bemerkte ich, dass auch ein dunkelhäutiges Mädchen darunter war. Es sah aus wie ich vor einigen Jahren. Damals war auch ich an diesem Pfahl hinaufgeklettert und wild zappelnd ins Wasser gesprungen. Wir hatten darum gewetteifert, wer am weitesten von dem Pfahl wegspringen konnte. Dort unten schien gerade der gleiche Wettbewerb stattzufinden. Ich hörte das Mädchen lachen, als es fuchtelnd durch die Luft flog und ins Wasser platschte.

In ihrem Alter war meine einzige Sorge gewesen, ob ich beim Weitsprung gewinnen würde. Oder beim Laufen. Oder ob ich vom Pfahl weiter hinaus ins Meer springen könnte als jeder Junge.

Dann kam eine Phase, in der ich am liebsten unsichtbar gewesen wäre.

Danach erst begann ich zu ahnen, dass mein Name ungefähr das Einzige war, was ich wirklich besaß. Die Träume konnte man mir nehmen, meinen Namen nicht. Ich fing an, ihn überall hinzumalen. Aus Maria wurde Metro. Die Unsichtbare wurde sichtbar.

Das Gekicher wurde von dumpfem Grollen übertönt. Workuta zeigte hinaus aufs Meer. Suursaari war kaum mehr zu sehen, ein dunkler Streifen hatte sich vor den Horizont geschoben.

»Ein Gewitter«, sagte Workuta.

»Gewitter machen hier selten halt«, erklärte ich. »Meistens bleiben sie über dem Meer oder ziehen weiter übers Binnenland.«

Trotzdem drängte Workuta zum Aufbruch. Für einen Moment hatten mich die ins Meer springenden Kinder von allem anderen abgelenkt.

Ich war so verdammt wütend gewesen, als Vater urplötzlich

aus unserem Leben verschwunden war und ich mit einem Mal mit meiner Mutter in Kotka festgesessen hatte. Und eine noch größere Wut hatte mich gepackt, als Rust umgebracht worden war. Doch dazwischen hatte es Jahre gegeben, in denen ich das Dasein genossen hatte. Nachdem ich ein paar Sommer lang von diesem Pfahl gehüpft war, waren wir ins Freibad umgezogen, wo es einen Zehnmeterturm gegeben hatte; dort hatten wir die Bademeister bekniet, den Turm den lieben langen Tag offen zu halten, und waren so unbändig gesprungen, dass bald die Hälfte des Wassers über den Beckenrand zu schwappen und die Leute auf dem Rasen nass zu spritzen drohte.

Die Kinder brachen auf, einige hatten Fahrräder dabei. Das dunkelhäutige Mädchen lief mit einem rothaarigen Jungen neben den anderen her. Das Mädchen sah aus, als könnte es die Räder der Jungs mühelos überholen, wenn es nur wollte.

»Metro – hallo?«

Workuta und ich schlenderten über den Uferpfad nach Sapokka und stiegen dort in einen Wasserbus, mit dem wir an der alten Inselfestung Kukouri und der Insel Varissaari vorbei nach Lehmäsaari fuhren. Dort hielt der Wasserbus vor einer Senke, in der mehrere Grüppchen an Lagerfeuern hockten. Bierflaschen klirrten. Ein Mann schwamm auf einer krokodilförmigen Luftmatratze quer durch die Senke und brüllte die ganze Zeit: »Tarzan bundolo!«, während er seine Luftmatratze würgte. Wir wanderten weiter hinauf in den harzigen Kiefernwald, verließen bald darauf den Pfad und gingen am Ufer entlang auf die langsam gen Westen driftende Sonne zu.

Nirgends versinkt die Sonne so langsam am Horizont wie im sommerlichen Finnland. Die Sonne scheint förmlich am Himmel zu kleben, und selbst wenn es Nacht wird, weigert sie sich unterzugehen.

Am äußersten Ende stand in dem Fichtenwald ein Zelt. Ich hatte es aus der Abstellkammer meiner Mutter in Karhuvuori geholt, wir hatten es manchmal benutzt, als ich noch klein gewesen war. Bei Regen leckte es, wenn man das Dach berührte. Als Kind hatte ich mir trotz aller Verbote einen Spaß daraus gemacht, den Zeigefinger gegen das Zeltdach zu drücken und zu beobachten, wie der erste Tropfen fiel, nur um Mutters Kreischen zu hören. »Fass die Zeltwand nicht an!«, war damals das Verbot gewesen, das mich stets dazu verlockt hatte, genau das Gegenteil zu tun – genau wie: »Pul den Schorf nicht ab!«, oder: »Wirf keine Steine ins Fenster!«

Ich bückte mich und überprüfte den Reißverschluss; der dünne Streifen Tesafilm, den ich darübergeklebt hatte, bevor wir aufgebrochen waren, war immer noch an seinem Platz. Ich zog den Reißverschluss auf und spähte hinein. Im Zelt lagen zwei zerknüllte Decken und unsere Rucksäcke. In einem Netzbeutel steckten zwei Stirnlampen. Wir hatten zwischen zwei Kiefern eine Wäscheleine gespannt, an die wir vier große, verschlissene Männerbadehosen und ein Handtuch gehängt hatten, auf dem Muhammed Ali irgendeinen Gegner k. o. schlug. Wer immer hier zufällig vorbeikam, sollte glauben, das Zelt gehöre vier Boxkumpels, und möglichst einen Bogen darum schlagen.

»Morgen geht also die Welt unter?«, fragte Workuta.

»Ja, morgen.«

»Dann haben wir ja noch Zeit.« Er lief ans Ufer und ließ ein paar Steine übers Wasser flitschen. Ein Stück entfernt donnerte es, der Himmel hatte sich gen Westen langsam dunkelorange gefärbt, als hätte jemand ihn mit Farbe besprüht. Die rot glühende Sonne stierte wie das Auge einer Plötze über den Horizont.

96 Prozent

Der neue Tag war noch heißer als der vorige. Gleich am Morgen stürzten sich die Bremsen auf uns. Das Meer war spiegelglatt, am Ufer war das Wasser warm und dickflüssig wie Milch. Ich watete ins Meer, um den Bremsen zu entkommen. Am Grund gab es Quellen und kühl-warme Strömungswechsel. Sobald ich den Kopf wieder aus dem Wasser hob, landete eine Bremse auf meiner Nase und nagte sie an.

Hoch oben am Himmel schwebte eine einsame kleine Wolke, die sich nirgends hinbewegen wollte. Die Wasserfläche war ein schier endloser Spiegel, auf dem das Wölkchen wie ein Wattebausch zu liegen gekommen war. Ein Wasserläufer flitzte darüber, ohne zu versinken. Zwischen den Bremsen schwirrten Libellen umher wie Hubschrauber.

In den ersten Morgenstunden lagen wir noch unten am Strand, vom Ufer der Insel Kotkansaari war gelegentlich das leise Lachen planschender Kinder zu hören. Kukouri schimmerte in der Sonne wie ein halb fertiges Märchenschloss. Auf dem Meer fuhren Boote und Schiffe verschiedenster Größe, vom rostigen Tanker bis zu zwei Jetbooten, die noch wilder zwischen den Inseln umhertobten als die Bremsen.

Als wir ein großes Frachtschiff vorbeiziehen sahen, verließen wir unseren Platz am Fuß einer Kiefer und rannten wieder ins Wasser. Wir wateten so tief hinein, dass wir Wasser treten mussten, um oben zu bleiben. Wir wussten beide nicht, wie man sich liegend treiben lässt, unsere Beine sanken immer wieder nach unten. Wir warteten darauf, dass die Kielwellen des Frachters uns erreichten, ließen uns von ihnen wiegen und hatten das Gefühl, das Meer würde alles Böse von uns abspülen.

»Gar nicht schlecht«, schnaufte ich, als wir wieder am Ufer lagen. »Trotz der Bremsen.«

»Fast so schön wie Orgosolo«, bestätigte Workuta.

»Was ist denn Orgosolo?«, fragte ich, erinnerte mich aber vage daran, dass Aljoscha in der Eishöhle ein Video aus Orgosolo ins Netz hochgeladen hatte.

»Das Paradies der Street Artists«, sagte Workuta.

»Und wieso hab ich davon nie gehört?«

»Weil du eine Amateurin bist.«

Am Horizont donnerte es wieder. Die Hitze drückte wie ein Harnisch, mir floss der Schweiß aus allen Poren, obwohl ich mich gar nicht bewegte. Workutas Stimme neben mir knisterte, als käme sie aus dem Radio. Er sei einmal mit Aljoscha in Orgosolo gewesen, erzählte er.

Orgosolo war ein Bergdorf mit viertausend Einwohnern am Rande der Barbagia auf Sardinien. Die Bergregion war nach den Barbaren benannt worden. Seit Jahrhunderten lebten Hirten in dem Dorf. Zwischen den einzelnen Clans hatte es immer wieder langwierige Auseinandersetzungen gegeben, eine Art Vendetta, in deren Verlauf zwei Familien einander an die Kehle gegangen waren, zumeist aus nichtigen Gründen, weil beispielsweise ein Schaf der einen Familie das Gras der anderen gefressen hatte. Oder weil ein Baum im Herbst sein Laub auf das Land des Nachbarn abgeworfen hatte, ohne dass der Besitzer im Namen seines Baums um Erlaubnis gebeten hatte. Mehr als alles andere wehrten die Dorfbewohner jedoch Kontrolle von außen ab. Raub war erlaubt, solange man den Staat oder Obrigkeitsvertreter beraubte.

»Alles Robin Hoods«, erklärte Workuta. »Das ganze Dorf.«

»Sich gegenseitig abmurksende Robin Hoods«, ergänzte ich.

Ende der 1960er Jahre hatte der italienische Staat beschlossen, auf den uralten Viehweiden in der Nähe des Dorfes ein militärisches Übungsgelände anzulegen. Ein Übungsgelände, auf dem scharf geschossen werden sollte und in das Zivilisten und Schafherden keinen Fuß und keine Klaue mehr setzen durften. Die Hirten griffen daraufhin zu ihren Flinten, um den Herren Beamten klarzumachen, was sie von dem Plan hielten. Aus Norditalien, aus Mailand, gesellte sich eine Handvoll Anarchisten dazu, die von den Hirten zur Teilnahme an einer Demonstration eingeladen worden waren. Die Anarchisten rieten ihnen, diesmal andere Waffen einzusetzen als die traditionellen Flinten, Steine und Molotowcocktails, da die Gegenseite mit Kanonen und Panzern ausgerüstet war. Stattdessen sollten die Hirten von Orgosolo ihre Meinung äußern, indem sie sie an die Wände ihrer Häuser schrieben. Die Anarchisten versprachen, die Botschaft in Italien und in ganz Europa zu verbreiten.

Widerwillig griffen sie zum Pinsel, writeten schließlich aber doch an ihre Wände, was sie von der Verderbtheit des Staates und der Dreistigkeit der Armee hielten. Der Kampf zog sich noch jahrelang hin, die Anarchisten verbreiteten die Fotos von Hand zu Hand und verfassten erboste Berichte über das kleine, unschuldige Bergdorf, das die Armee hatte ausradieren wollen. Arme Lämmer blöken bäähääähääa unter den Panzerketten.

Der Stützpunkt wurde nie eingerichtet. Das Weideland war gerettet, doch nach Jahren des Malens waren die Hirten von ihrem neuen Hobby derart angefixt, dass sie auch weiter an die Wände schrieben und sprayten. Und zwar keine Wattewölkchen, sondern knallharte politische Statements. Die Spraydosen waren für sie Flammenwerfer.

Workuta erzählte, wie Aljoscha und er vor zwei Jahren auf einem Motorrad in das Dorf gefahren waren. Es war fast unmöglich gewesen, dort hinzugelangen, weil eine Frühjahrsüberschwemmung mehrere Brücken zerstört hatte. Oder aber die Dorfbewohner hatten es selbst getan, um Fremde fernzuhalten. Workuta und Aljoscha waren kilometerweit über gewundene, rissige Straßen gefahren, dreimal hatte ihre Fahrt an eingestürzten Brücken geendet. Vor ihnen hatte nur ein tiefes, unüberwindliches Flussbett mit rauschendem Wasser und Felsbrocken gelegen.

Bei Anbruch der Dunkelheit hatten sie endlich zwischen den Flussläufen einen Weg zu der Bergstraße gefunden, die ins Dorf hinaufführte. In einer Nadelöhrkurve hatte Workuta sich gründlich erschreckt, weil er beinahe gegen feurig starrende Augen geprallt wäre. Die Hirten hatten einen Felsblock in der Nähe des Dorfes mit einer wachsamen menschlichen Gestalt bemalt. Im Dorf war ihnen als Erstes ein Pferd mit einem jungen Mann im Sattel begegnet, der sie unter dichten Augenbrauen eindringlich gemustert hatte. An einer Straßenecke hatte eine Gruppe bärbeißiger alter Männer mit Baskenmützen gesessen und sie schweigend beäugt. Zwei Jeeps mit Vierradantrieb waren vorbeigerumpelt, darin hatten Männer aus dem Dorf in Tarnanzügen und mit Flinten gesessen. Die Gassen waren schmal – und steil. Ab und zu ging eine Tür auf, und eine schwarz gekleidete Frau überquerte die Gasse, warf Workuta und Aljoscha einen flüchtigen Blick zu und eilte dann weiter.

»Wie ein Mafiadorf«, erzählte Workuta. »Aber die Wände!«

Die Wände waren mit großen Murals bemalt. Auf einem stürzten die New Yorker Zwillingstürme ein. Auf einem anderen tobte der Jugoslawienkrieg. Auf einem dritten trieb ein Floß mit ausgehungerten Schiffbrüchigen auf Manhattan zu, und darüber stand: WIR ALLE SIND ILLEGALE EINWANDERER.

An einer weiteren Wand rasten Motorradfahrer über Fenster und Türen hinweg und machten gewaltige Sprünge von einer Mauer zur anderen. Ein Schriftzug warb für ORGOSOLO, EINE OASE DES FRIEDENS.

Auf die nächste Wand war ein alter Mann gemalt, der die Vorbeigehenden scharf anblickte und sagte: GLÜCKLICH SIND DIE MENSCHEN, DIE KEINE HELDEN BRAUCHEN.

Workutas Stimme wurde so leise, dass sie im Knattern der Jetboote beinahe unterging.

»Sie starrten uns an, als wollten sie uns in die nächste Schlucht stürzen. Die Nacht brach herein, der Bergwind fegte durch die Gassen, es wurde kalt. Hinter den Fenstern wurden Kerzen angezündet, weiter oben am Berg gellten Schüsse, als würde dort Krieg geführt. Ich klopfte an eine x-beliebige Haustür, neben der aus einem Fenster orange flackerndes Licht fiel. Die Tür ging eine Handbreit auf, ein Auge starrte mich an, dessen Weiß von dünnen roten Äderchen durchzogen war. Wir bräuchten ein Nachtquartier, erklärte ich, um nicht zu erfrieren. Das Auge verstand meine Sprache nicht. Im Türspalt erschien ein zweites Auge, das mich von weiter unten her anstarrte. Dann ragte plötzlich ein kleiner Finger hervor, der zur Tür nebenan zeigte. Dahinter lag ein Stall, wo dem Geruch nach sämtliche Tiere der Arche Noah einen Zwischenhalt eingelegt hatten: vom Stinktier bis zu einem Rudel Nerze. Wir stellten unser Motorrad in eine Pferdebox, wickelten uns in unsere Decken und schliefen im Widerhall der Schüsse vom Berg ein.«

»Scheißvieh«, sagte ich und schnipste eine Bremse weg, die sich an meinem Augenlid zu schaffen gemacht hatte. Workuta schreckte auf meinen Fluch hin zusammen. Er war in Orgosolo gewesen – und jetzt saß er wieder am Ufer von Lehmäsaari.

»Erzähl weiter«, bat ich ihn.

»Ein andermal.«

Dann behauptete er plötzlich, über uns kreise ein Seeadler. Ich legte mich auf den Rücken und fixierte die Stelle, auf die sein Finger zeigte, konnte aber nur dunkle Punkte sehen, die sich hin und her bewegten. Workuta meinte, da sähe ich wohl die Knoten meiner verworrenen Gedanken.

Bis zum Nachmittag wurde es schließlich so heiß, dass die Umrisse unserer Schatten vibrierten und dampften. Wenn ich den Arm ausstreckte, sah ich den Schweiß an meinem Handgelenk aufsteigen wie aus einer unterirdischen heißen Quelle. Mein linker Knöchel war von der Hitze angeschwollen, aber endlich wieder belastbar, ich konnte wieder ohne Krücke gehen.

Draußen über dem Meer braute sich ein Gewitter zusammen, und zwar dunkler als am Vortag. Wir hatten einen Kanister voller Trinkwasser mitgebracht, in dem nur noch ein kleiner Rest übrig war.

Die Bremsen hatten den ganzen Tag über an meinen Waden geknabbert, an denen inzwischen schmale Blutrinnsale hinabliefen.

»Lassen wir das Zelt hier?«, fragte Workuta.

»Ich weiß ehrlich gestanden nicht, ob wir zurückkommen.«

»Dann wartet es eben auf einen anderen Wanderer.«

»Ich war mit diesem Zelt mal bei einem Rockfestival«, sagte ich. »Wir haben uns die Bands angehört und sind erst lange nach Mitternacht zurückgekommen. Da hatte jemand mitten ins Zelt gekackt.«

Workuta sammelte Kiefernzapfen und legte daraus ein Herz und das Wort WELCOME auf den Zeltboden. »Vielleicht hilft das.«

»Du glaubst echt immer noch an das Gute im Menschen.«

Wir kehrten quer über die Insel zu der mit Meerwasser gefüllten Senke zurück, wo der Wasserbus hielt, um Passagiere ein- und aussteigen zu lassen. Der Krokodilmann von gestern lag neben seinem Plastikreptil am Ufer. Er schnarchte, seine Haut war von der Sonne gerötet, die Hand ruhte auf seinem Brustkorb.

Als der Wasserbus angetuckert kam, wachte der Krokodilmann auf. Jetzt zeichnete sich auf seinem krebsroten Brustkorb ein strahlend weißer Handabdruck ab. Er musste stundenlang in derselben Position dagelegen und geschlafen haben.

»Du musst nicht mitkommen«, sagte ich zu Workuta, aber der schnaubte nur und stieg als Erster ein.

»Wenn ich nicht mitkäme, würde Aljoscha mich umbringen.«

Wir gingen aufs Oberdeck, winkten zu einem vorbeigleitenden Segelboot hinüber, von dort wurde zurückgewinkt. Wenn sie auf dem Meer sind, winken die Menschen aus Kotka einander immer zu. Begegnen sich dagegen zwei Kotkaer auf der Straße oder in einem Park, dann starren beide bloß zum nächsten Mülleimer oder in ein Schaufenster oder auf einen Hundehaufen, um nur ja nicht grüßen zu müssen. Auf dem Meer ist alles anders.

Vielleicht sollte ich den Rest meines Lebens auf dem Meer verbringen.

Als wir wieder am Festland ankamen, liefen wir um die Landzunge herum und stiegen erneut auf die Felsen von Katariinanniemi, wählten diesmal jedoch statt der Parkbank eine Stelle, von der aus wir die vom Hügel hinabführende Straße überblicken konnten. Direkt unter uns stand ein Backsteingebäude, dessen Wände voller Graffitis waren. An der Ecke erkannte ich einen meiner eigenen Tags wieder, gleich daneben einen, den Rust ein Jahr zuvor gemalt hatte. Die beiden Tags schlängelten sich ineinander. Ich wandte den Blick ab.

Der Maklerbüro-Audi fuhr den Hügel hinab. Workuta drehte oben auf dem Felsen eine Runde, um ihn im Blick zu behalten, während ich stehen blieb und nach einem zweiten Wagen Ausschau hielt. Nachdem sich fünf Minuten lang nichts weiter getan hatte, lief ich zu unserer gestrigen Bank, wo Workuta mich schon erwartete.

»Irgendwelche Verfolger?«, fragte er leise, und ich schüttelte den Kopf.

Der Baron kämpfte sich gerade herauf auf den Felsrücken.

»Hätten wir uns diesmal nicht unten treffen können?«

»Ich hör dich so gern schnaufen. Du hast dein Konditionstraining offenbar mächtig schleifen lassen. Hast du die Sachen dabei?«

»Unten.«

Wir folgten ihm zum Auto. Trotz der Hitze trug der Baron eine Hose mit Bügelfalten, ein hellblaues Hemd und eine Krawatte. Das Jackett hatte er auf einen Bügel ins Seitenfenster gehängt. Auf seinem Rücken prangte ein großer feuchter Fleck – ein Stausee, der sich immer weiter ausdehnte.

»Wunderbar warm«, sagte ich zu seinem Rücken.

»Du kannst mich mal kreuzweise, Metro.«

»Früher hast du nicht geflucht.«

»Und du warst früher ein netter Mensch«, antwortete er.

Er stieg ein, zog die Tür zu und schaltete die Lüftung ein. Dann drückte er auf einen Knopf, und der Kofferraum sprang auf. Darin lag eine große Sporttasche. Workuta und ich überprüften den Inhalt: zahlreiche Spraydosen, drei Liter Batteriesäure aus einem Autozubehörladen, eine Saftflasche, ein Trichter, ein Topf, Brennspiritus, Grillkohle und Grillanzünder.

Ich schlug den Kofferraumdeckel wieder zu und machte die Beifahrertür auf. Im Innern des Autos wehte der kühle Wind der Anden.

»Kommst du mit grillen?«

»Nein, danke, werte Prinzessin.«

Ich ließ den schmollenden Baron in seinem vierrädrigen Nordpol zurück und lief mit Workuta zum nächsten Grillplatz. Rund um die großen Rasenflächen gab es gleich mehrere davon, jeweils mit Bänken für die Grillgesellschaft. Workuta zündete die Kohle an, ich wartete, bis sie heiß genug war. In der Zwischenzeit hatte ich die drei Flaschen Batteriesäure in den Topf gekippt – und festgestellt, dass meine Handschuhe im Kofferraum liegen geblieben waren. Obwohl Batteriesäure nur zu einem Drittel aus Schwefelsäure besteht, zersetzt sie Haut und Stoffe, und zwar verdammt fies: Man merkt es nicht sofort – dass man sich Säure übergespritzt hat –, man spürt es erst, wenn die Haut bereits Blasen wirft und die Kleider Löcher haben.

»Sollen wir uns nicht doch Handschuhe holen?«, schlug ich vor.

»Nur Amateure brauchen Handschuhe«, entgegnete Workuta. »Profis haben eine sichere Hand.« Ich musste wirklich lachen, denn ausgerechnet Workuta hatte irgendeinen Nervenschaden, aufgrund dessen seine Hände oft zitterten. Zum Gehirnchirurgen oder Diamantschleifer hätte er insofern nicht getaugt, es sei denn, jemand wollte sein Gehirn oder seine Juwelen pulverisiert wissen.

In einer einzigen weichen Bewegung packte Workuta den Topf und stellte ihn auf den Grillrost. Nicht ein einziger Tropfen schwappte über.

»Wie hast du das denn geschafft?«, fragte ich.

»Ich hab mir vorgestellt, der Topf wäre eine Spraydose. Sprayen ist das Einzige, wobei meine Hände nicht zittern.«

Wir zogen uns ein Stück zurück, während die drei Liter Batteriesäure anfingen zu kochen und das Wasser verdampfte. Ein bisschen von dem Zeug blubberte über den Topfrand. Ein stechender Geruch breitete sich aus. Die drei Griller, die nebenan aufgetaucht waren, sahen stirnrunzelnd zu uns herüber. Zwei von ihnen waren Skinheads.

»Wir kochen faule Eier«, rief ich ihnen zu. »Mein Nationalgericht. Aus dem Kongo. Wollt ihr mal probieren?«

»Scheißnegerweib«, grollte der eine.

»Ja, und der hier ist Russe. Ein waschechter Iwan, sein Großvater hat noch mit der Bazooka auf eure Opas geschossen. Er hat den schwarzen Gürtel in Karate und in Systema. Kennt ihr das? Das ist der Kampfsport der Speznaz, der russischen Elitetruppen – die bringen einen mit einem Kugelschreiber um. Oder mit Grillkohle. Er ist es gewöhnt, Finnen die Fresse zu polieren, liegt bei ihm in der Familie. Wollt ihr 'ne Kostprobe?«

»Leck mich, du Russenbraut.«

»Ich kann gern dolmetschen, was du da gesagt hast, aber für die Folgen übernehm ich keine Verantwortung.«

»Was erzählst du denen denn bitte schön?«, fragte Workuta. Von unserem schnellen Finnisch hatte er kaum ein Wort verstanden.

»Wie schön das Wetter ist. Und wie heiß der Juli.«

Workuta runzelte die Stirn und sah dann zu, wie das Trio sich unter finsteren Blicken zu einem weiter entfernten Grill verzog.

»Die haben Angst vor dir«, sagte ich.

»Vor mir?«

»Ja, ich weiß auch nicht, warum.«

Wir tranken Saft direkt aus der Plastikflasche, während wir darauf warteten, dass unser Gebräu fertig wurde. Die Sonne hatte schon den halben Tag lang die Felsen aufgeheizt, und ich hatte das Gefühl, dass alles, was ich trank, genauso schnell verdunstete wie das Wasser aus unserem Topf. Wir ließen die im Topf zurückgebliebene Schwefelsäure abkühlen und gossen sie dann durch den Trichter in die Saftflasche. Wenn man Batteriesäure aufkocht, gewinnt man 96-prozentige Schwefelsäure; ich war mir nicht ganz sicher, ob unsere wirklich so stark war, aber sicher doch beinahe, ganz bestimmt.

»Hält die Plastikflasche das aus?«, fragte Workuta.

»Hat sie zumindest, als Rust das mal gemacht hat.«

Wir stopften die leeren Batteriesäurebehälter, den Trichter und den Topf in einen Müllcontainer in der Nähe des Grills, die Saftflasche mit der Schwefelsäure nahm ich mit. Ich winkte den Skins zum Abschied zu, und sie zeigten mir den Stinkefinger.

Zurück beim Audi, klopfte ich ans Fenster, hinter dem der Baron zu schlafen schien. Mit geschlossenen Augen schob er die Tür auf, und Gletscherluft schlug mir entgegen. Beinahe konnte ich Eisberge klirren hören. Über dem Meer hinter dem Audi zuckte ein Blitz.

»Okay, wir sind so weit«, sagte ich. »Auf zum Weltuntergang.«

Der stählerne Stiefel

Der Baron fuhr von Katariinanniemi nach Norden. Nachdem wir die Steinbrücke überquert hatten, warf ich einen Blick auf das gelb verputzte Jugendstilgebäude der Schule von Hovinsaari und die dahinter aufragenden Hochhäuser; in einem davon hatte Jack gewohnt, einer aus unserer alten Graffiticlique. Auch er hatte mich verraten, genau wie der Baron, und war daraufhin für den Mord an den beiden Sicherheitsleuten angeklagt worden, die ich getötet hatte. Ich hatte durch falsche Indizien den Verdacht auf ihn gelenkt.

Ich bereute es kein bisschen. Das Gefängnis war der richtige Ort für diesen Scheißverräter. Damals hätte ich ihm beinahe mit einer Schlittschuhkufe den Hals aufgeschlitzt, er konnte froh sein, dass er noch lebte.

Eine grauhaarige Frau lief die Straße entlang. Ob das Jacks Mutter war? Ich hatte sie nie kennengelernt. Womöglich war sie es, und ihre Haare waren über Nacht ergraut, als ihr Sohn ins Gefängnis gekommen war.

Ich drückte mir die Nase am Seitenfenster platt und dachte darüber nach, dass ich absolut nichts über die Eltern meiner alten Freunde wusste. Selbst Rust hatte nie von seinem Vater oder seiner Mutter erzählt. Andererseits hatte ich meine eigenen Eltern Rust gegenüber auch nur ein paarmal erwähnt. Wir hatten einander die Vergangenheit amputiert.

Der Baron fuhr auf die Autobahn gen Osten, auf der eine lange Reihe von Lastwagen vorwärtsschaukelte; ein Pkw, der zwischen zwei Lastern eingeklemmt war, erinnerte mich an ein plattes Hamburger-Patty zwischen zwei Brötchenhälften. Hinter Hamina fuhr der Baron wieder ab und bog auf die alte, gewundene, verdammt schmale Museumsstraße ein. Der dreißig Kilometer lange Abschnitt von Hamina bis Virolahti war der längste erhalten gebliebene Teil der Großen Uferstraße, die im vierzehnten Jahrhundert von Turku nach Wiborg geführt hatte. Entlang der schmalen Straße gab es keinen einzigen geraden Abschnitt, sie wand sich Hügel hoch und runter und um Hunderte und Aberhunderte von Serpentinenkurven herum. Die Ortsansässigen rasten hier mit hundert Stundenkilometern durch, wo gerade einmal sechzig erlaubt waren, und schnitten selbst die unübersichtlichsten Kurven. Eine Karawane aus Motorrädern kam uns entgegen; aus ganz Finnland kamen Biker her, um die Museumsstraße entlangzufahren, mit deren Krümmungen und Windungen es in ganz Skandinavien nur ein paar norwegische Fjellstraßen aufnehmen konnten.

Schon nach wenigen Kilometern bog der Baron erneut ab und fuhr auf einen noch schmaleren, staubenden Sandweg. Ich hatte auf der Landkarte einen Ackerrand ausgewählt, wo Workuta und ich aussteigen würden. Von dort waren es noch etwa zwei Kilometer bis zu unserem Ziel.

»Ich komme wegen dieser Sache noch in Schwierigkeiten«, sagte der Baron.

»Du bist so aalglatt, dass du sogar durch eine Kloake flutschst«, gab ich zurück.

Workuta hatte einen Plastikwecker für fünf Euro dabei. Wir stimmten mit dem Baron die Uhrzeit ab. Das gebrauchte Smartphone, das Workuta in einem Secondhandladen gekauft hatte, war auf die Ortszeit von Bangladesch eingestellt. Das würden wir nur zum Filmen verwenden.

Wir stiegen aus. Der Baron streckte mir die Hand hin. Ich schüttelte sie und fürchtete einen Moment lang, er würde mich umarmen. Da hätte ich ihm in die Eier getreten.

Wir sahen dem Audi nach, der sich über den Waldweg entfernte. Der Staub hing noch eine Weile in der Luft.

»Staub ist alles, was vom Menschen übrig bleibt«, sagte Workuta.

»Ja, und Schweißgeruch«, erwiderte ich und stapfte los.

Neben uns erstreckte sich ein rechteckiges Feld. Wir gingen den Ackergraben entlang auf das Fichtenwäldchen zu. In einer verdunstenden Pfütze im Graben drängten sich mindestens zehn kleine Frösche, die versuchten, im ansonsten knochentrockenen Lehm feucht und am Leben zu bleiben. Auf halber Strecke blieben wir stehen und checkten unsere Tasche. Die Saftflasche hatte nicht geleckt.

»Verdammt hell«, stellte Workuta fest. »Zu hell.«

Der Acker endete an einem Erdwall, der von kleinen Löchern durchsiebt war. Erst hielt ich sie für die Eingänge von Maulwurfstunneln. Dann hörte ich Gezwitscher, und ein Schwalbenschwarm flatterte daraus hervor und über uns hinweg.

Wir tauchten in den dichten Fichtenwald ein und näherten uns dem in der Hitze ausgetrockneten Sumpf in der Mitte. Unsere Füße versanken in dem porösen Torfmoos wie in Schlagsahne, wurden aber kein bisschen nass.

Irgendwo vor uns war Gebell zu hören. Wir hielten inne.

»Das klingt schriller«, stellte ich fest. »Schriller als bei den schwarzen Kötern.«

Wir warteten. Das Gebell bewegte sich durch den Wald.

»Das Vieh ist nicht angeleint. Und jagt irgendwas.«

Über dem Meer jenseits des Waldes grollte Donner, trotzdem war der Himmel über den Baumwipfeln immer noch blau. Wir liefen nebeneinanderher, wichen Baumstümpfen aus.

»Warum heißt du eigentlich Workuta?«, fragte ich nach einer Weile.

»Warum heißt du Metro?«, gab Workuta zurück.

»Ich wollte weg aus Kotka, in irgendeine größere Stadt, wo ich mit der Metro zur Arbeit hätte fahren können.«

»Dann hat sich dein Wunsch ja erfüllt«, sagte Workuta und

zuckte zusammen, als ihm ein Feldhase vor die Füße sprang. »Du bist nicht nur Metro gefahren, du hast sie sogar bemalt.«

»Ich wollte eigentlich mit der Metro zur Kunsthochschule fahren, studieren und dann einen anständigen Beruf haben.«

»Writer ist doch der anständigste Beruf, den es gibt«, entgegnete Workuta. »Wozu studieren und Bücher lesen? Die Wände der Stadt sind deine Bücher. Es gibt nichts Ehrbareres, als seinen Namen auf Wände zu schreiben.«

Der schattige Fichtenwald hatte sich in den vergangenen Tagen spürbar aufgewärmt. Wir wanderten durch eine grüne Sauna, während uns die Mücken um die Ohren schwirrten. Sonnenlicht fiel nur in schmalen Streifen auf uns herab, die so scharfkantig aussahen, als würden sie einem bei jedweder falschen Bewegung das Bein zerschneiden.

»Workuta war ein Straflager für Abweichler«, murmelte Workuta unvermittelt. »Schwule beispielsweise. Oder Street Artists. Und die ganz besonderen Schlauberger. Ich gehöre in alle Kategorien auf einmal.«

Ich lachte auf und sah ihn an. Er lächelte nicht.

»Ich hab in drei Generationen Verwandte, die in Workuta gestorben sind.«

»Tut mir leid.«

»Und wenn man mich schnappt, werde ich entweder umgebracht oder ebenfalls hingeschickt. In Sibirien gibt's überall Straflager.«

»Ja.«

»Ich hab mir schon zurechtgelegt, dass ich lieber sterben würde, als dem Weg meiner Ahnen zu folgen.«

Durch den Fichtenwald schlängelte sich ein Bach, an dem wir haltmachten, um Heidelbeeren zu pflücken. Workuta zog sein Hemd aus. Dutzende Mücken ließen sich auf seinem Rücken mit den drei Rückgraten nieder.

»Stören dich die Mücken nicht?«

»Mein Rücken spürt nichts.«

»Hat der Stromschlag damals dir die Nervenbahnen zerstört?«

»Ich hab gar keinen Stromschlag abgekriegt. Ich bin einmal geschnappt worden. Die Polizei hat mich so zugerichtet.«

»Was soll das heißen?«

»Aljoscha wollte die Geschichte anders erzählen.«

»Die haben dich wegen einem Piece verprügelt?«

»Nein. Weil ich schwul bin. Ohne Aljoscha wäre ich gestorben. Sein Vater hat damals in einem Ministerium gearbeitet und höllischen Krawall geschlagen, als ich in die Mangel genommen wurde. Deshalb hat man ihn auch aus dem Ministerium geschasst. Anschließend hat er Aljoscha aus dem Haus geworfen. Jeder seinen Fußtritt sozusagen – ich bekam meinen als Erster. Mit der Stahlkappe eines Stiefels.«

Workuta drehte sich um und zeigte mir die Einbuchtung zwischen seinen Rippen.

»Dorthin hat mich der Bulle getreten. Mit der Stahlkappe des Stiefels. Und danach musste ich ihm den Stiefel ablecken, weil ich ihn angeblich dreckig gemacht hatte.«

»Und hast du es gemacht?«

»Scheiße, natürlich hab ich ihn abgeleckt – was bleibt dir denn anderes übrig, wenn fünf Polizisten dich mit Ketten und Stöcken traktieren? Dabei hat er mir dann auch noch die Zähne ausgetreten. Er meinte, das Schwanzlutschen würde mir leichterfallen, wenn die Zähne nicht im Weg wären.«

Der Bunker

Nachdem wir eine halbe Stunde gesucht hatten, fanden wir den Eingang zum Bunker unter einem umgestürzten, morschen Baum. Die Stahltür war mit einem Kettenschloss gesichert. Workuta durchtrennte die Kette mit einer Kneifzange. Die Zange gehörte zu seiner Standardausrüstung. Seine Lieblingszange, die ihm über Jahre gute Dienste geleistet hatte, hatte er in Prypjat zurücklassen müssen. Sie hatte ihm in der verlassenen Stadt unzählige verriegelte Türen und Tore geöffnet.

Der Baron hatte uns eine Karte gezeichnet. Er hatte im Lauf der Jahre sämtliche unterirdischen Abwasserkanäle und Tunnelsysteme in Kotka und Umgebung kartiert, die Bunker aus dem Ersten und Zweiten Weltkrieg und die späteren Versorgungsnetze. In seinem Maklergehirn waberte offensichtlich irgendeine Zukunftsdystopie, in der sich die gesamte Menschheit nach einer nuklearen Katastrophe unter die Erde verkriechen müsste. Genau darauf hatte er sich vorbereitet: indem er sämtliche unterirdischen Gänge in einem Umkreis von vierzig Kilometern um seinen Wohnort ausfindig gemacht hatte. Die Bibel des Barons war immer schon Dmitri Gluchowskis *Metro 2033* gewesen, das eine von radioaktiver Strahlung zerstörte Welt beschrieb, in der die Überlebenden sich in die Moskauer U-Bahn-Tunnel retteten. Der Baron war überzeugt davon, dass unsere Welt früher oder später zugrunde gehen würde, aber zumindest er wäre dann darauf vorbereitet, den Rest seines Lebens im Schoß der Erde zu verbringen. Mochten die anderen doch in ihren hübschen

Wohngebieten mit den Einfamilienhäusern verbrennen, in den Raumwundern und individuellen Grundrisslösungen, die er ihnen verkauft hatte.

Vornübergebeugt betraten wir den Bunker aus Kriegszeiten, an dessen Wänden Moos wuchs. Am Ende eines gewundenen Gangs entdeckten wir zwei Türen. Der Baron hatte auf seiner Karte die rechte angekreuzt. Hinter der linken lag seinen Worten zufolge bloß ein weiterer Gang, der abwärts führte und sich zusehends mit Meerwasser füllte. Der Baron war vor Jahren zwanzig Meter weit durch diesen Gang getaucht, bis er in eine Kammer gelangt war, in der man Luft holen konnte, miefige, jahrzehntealte Luft.

Die rechte Tür bestand aus Stahl. Rost hatte ihre Oberfläche mit vielblättrigen Blüten überzogen. Durch Stahlreifen war irgendwann vor langer Zeit ein Vorhängeschloss geschoben worden.

Workuta schnitt die verrosteten Stahlreifen mit der Kneifzange durch. Der Baron hatte bei seinen Erkundungen das Schloss mit einem Dietrich geöffnet, aber wir brauchten nicht so diskret zu sein.

Der Gang wurde immer niedriger und schmaler. Schon nach etwa zehn Metern stießen wir auf einen Haufen verrutschter Erde, an dem wir seitlich vorbeikriechen mussten. Aus dem Haufen stieg Fäulnisgeruch auf.

Dahinter war nicht mal mehr Platz, um sich aufzurichten, wir mussten gebückt weitergehen und immer wieder ein Stück über den Boden kriechen. Durch die Decke schoben sich Baumwurzeln, an denen wir uns die Köpfe stießen. Wir hatten die Ausrüstung in Rucksäcke gepackt, doch die schrammten jetzt an der zusehends niedrigen Decke entlang, und die Spraydosen rumpelten leise klirrend gegeneinander. Unsere Ausweispapiere hatten wir nicht dabei, die hatten wir in Plastikbeutel gewickelt und an einer Boje an einem der alten Ölkais in Katariinanniemi deponiert. Wenn wir sie nicht abholten, würden sie irgendwann in den Tiefen des Meers versinken.

Vor uns klirrte es, und wir erstarrten. Feuchtigkeit sickerte durch unsere Klamotten, und mir war, als würde mein Bauch gefrieren. Unter der Erde herrschte ein komplett anderes Klima als vier Meter über uns. So ähnlich musste es sich im Grab anfühlen, wenn man dort nur genug Platz hätte, sich zu bewegen und die Position zu ändern.

Ich zählte die Sekunden zwischen den klirrenden Lauten. Der Rhythmus war regelmäßig. Zu regelmäßig.

Workuta blieb alarmiert zurück, während ich vorwärtskroch. Ich richtete meine Stirnlampe in die Richtung, aus der das Geräusch kam, und rechnete schon damit, dass gleich jemand aus dem Schatten hervorstürzen und zuschlagen würde.

Von der Decke tropfte Wasser. Die Tropfen fielen auf ein dünnes Stück Blech, das klirrend gegen eine zweite Blechplatte schlug.

»Sind wir jetzt unter dem Meer?«, flüsterte Workuta mir von hinten zu.

»Das Meer müsste in dieser Richtung liegen«, sagte ich und ruckte mit dem Kopf nach links. »Das über uns ist eher ein Bach. Oder ein Wassertank. Der ein Loch hat.«

Workuta fing das Wasser in der Hand auf und leckte darüber.

»Süßwasser.«

Der Gang endete in einer Kammer, die mit rostigen Gleisen und Balken vollgestellt war. Hier sah es aus wie in einem Vorratslager von Bahnarbeitern.

»Der Baron meinte, hier wäre mal eine schmale Bahn geplant gewesen, mit der Frachtgut vom Ufer ins Binnenland transportiert werden sollte. Wir nähern uns dem Ziel.«

»Wie spät ist es?«, fragte Workuta.

»Sicher nach neun.«

»Ist es draußen noch hell?«

»Im Sommer ist es immer verdammt hell.«

Zwischen den aufgestapelten Gleisen und der Wand öffnete sich ein schmaler Durchgang, durch den man allerdings nur seitwärts vorankam. Der Boden war weich. Erde bröselte mir in die Augen und legte sich unter meine Fingernägel. Ich wischte mir Spinnennetze aus dem Gesicht und schrammte mir die Knie an den Gleisen auf. Nicht mal der Rucksack passte mehr auf meinen Rücken, ich musste ihn hinter mir herziehen. Ein Stück vor mir in der Finsternis befand sich eine niedrige Öffnung. Ich leuchtete mit der Stirnlampe hinein. Der enge schwarze Durchgang schien nach fünf Metern an einer rostigen Wand zu enden.

»Der Baron hat gesagt, diese Röhre führt ans Ziel«, flüsterte ich. »Angeblich liegt dort eine rechtwinklige Kehre.«

»In der man stecken bleiben kann.«

»Ich kann als Erste gehen ...«

»Traust du dem Baron?«

»Nein. Aber wir haben keine andere Wahl.«

Ich schob den Rucksack in den engen Schacht und zwängte mich hinterher. Dann schaltete ich die Stirnlampe aus, damit ihr Licht vom entlegenen Ende aus nicht zu sehen war. Der Boden war kalt und feucht, und ich hatte das Gefühl, als würden Würmer in meine Jacke kriechen. Die Röhre war selbst zu eng, um die Knie beugen zu können, ich musste mich mit den Zehen abstoßen und mit beiden Händen vorwärtsziehen. Bei jeder Bewegung schmerzte mein verletzter Knöchel.

Nachdem ich schon ein paar Meter vorangekrochen war, stieß ich auf eine Querwand und tastete mit der Hand nach links. Dorthin verlief die Röhre.

Ich stopfte den Rucksack hinein. Sobald ich ihn um eine Armlänge vorwärtsgeschoben und mich hinterhergeschlängelt hatte, begriff ich, dass das ein Fehler gewesen war. Der

Schacht wurde noch schmaler, und der Rucksack verhinderte nicht nur, dass ich weiter vorankam, sondern blockierte mir auch die Sicht.

Beim Versuch zurückzukriechen blieb ich mit den Schultern hängen. Mit den Füßen konnte ich die Biegung nicht mehr ertasten. Ich versuchte, mich umzudrehen, wusste aber schon bald nicht mehr, wo oben und wo unten war.

»Scheiße!«

Workuta berührte mich am Knöchel.

»Probleme?«

Er war mir in den schmalen Schacht nachgekrochen. Hier waren wir also gestrandet, in vierzig Jahren würde man unsere Skelette finden.

»Ich kann nichts sehen, der Rucksack ist im Weg«, fauchte ich.

»Pack ihn aus, sodass du drübergucken kannst.«

Zum Glück lag der Rucksack mit dem oberen Ende zu mir. Ich zog ein paar Spraydosen heraus.

Ich mag keine Enge.

Kurz machte ich die Stirnlampe an, um zu sehen, was uns hinter dem Rucksack erwartete.

»Vor uns ist ein Gitter«, flüsterte ich nach hinten.

»Ich geb dir die Zange. Rechts an deinem Bein entlang…«

Ich streckte die Hand nach hinten und berührte kaltes Metall.

Mit der Kneifzange knackte ich eine der Eisenstangen am Rand des Gitters. Es ging ganz leicht, die Feuchtigkeit und das Alter hatten das Metall mürbe gemacht. Als ich etwa die Hälfte der Stangen geknackt hatte, stieß ich probeweise mit der Zange gegen das Gitter. Das hätte ich besser nicht tun sollen. Das Gitter gab nach und glitt in die Dunkelheit – unsichtbar, aber keineswegs unhörbar.

Wir hielten den Atem an. Das Poltern schien eine halbe Ewigkeit von den Wänden des Tunnels widerzuhallen.

Doch niemand reagierte. Ich packte die Spraydosen wieder in den Rucksack und schob ihn vor mir durch die Öffnung. Falls irgendjemand von vorn auf mich zielte, würde er meinen Rucksack erschießen.

Aber es kam nichts. Ich zwängte mich durch das Ende der Röhre nach draußen. Auf der anderen Seite hatte ich endlich wieder Platz aufzustehen. Meine Kniegelenke knackten. Ich wischte mir den Dreck vom Gesicht, den ich aus der Röhre mitgebracht hatte. Dann holte ich tief Luft und knipste die Lampe an. Vor mir flackerten Hunderte grüner Katzenaugen auf.

Der Baron hatte behauptet, Janus wisse nicht, dass sich das Tunnelsystem hinter der schmalen Röhre fortsetzte. Ich konnte ein paar Lüftungsschächte erkennen, die auf den ersten Blick genauso aussahen wie der Tunnel, durch den wir gekommen waren, und die ebenfalls mit Gittern versehen waren. Sie führten geradewegs nach oben, waren aber viel zu eng, um hindurchschlüpfen zu können.

Von der Existenz des Bunkersystems hatte der Baron von einem über neunzigjährigen Opa erfahren, der früher mal beim Amt für Bevölkerungsschutz gearbeitet hatte. Die beiden benachbarten Bunker waren schon vor Urzeiten durch eine Röhre verbunden worden, die hauptsächlich der Kommunikation hatte dienen sollen, wobei allerdings nie vorgesehen gewesen war, dass sich ein Mensch durch die schmale Öffnung zwängte; als Boten hätten damals Hunde eingesetzt werden sollen. Falls andere Wege der Kommunikation gestört gewesen wären. Den ungewöhnlichen Verlauf hatte man nur deshalb angelegt, falls einer der beiden Bunkerräume durch eine Explosion zerstört werden sollte. Eine schnurgerade Verbindung hätte ansonsten dazu geführt, dass die Druckwelle sich von Bunker zu Bunker fortgesetzt hätte.

Auch Workuta hatte mittlerweile seine Stirnlampe eingeschaltet.

»Mouton Rothschild, Jahrgang 1986. Das wär genau das Richtige für Aljoscha. In dem Jahr ist der Reaktor in Tschernobyl in die Luft geflogen.«

»Nimm die Flasche auf dem Rückweg mit«, flüsterte ich.

Vom Flur, der aus dem Keller führte, gingen zu beiden Seiten Türen ab. Im Vergleich zum Rest der Anlage, die wir bislang zu Gesicht bekommen hatten, waren sie neu, modern, teils ohne, teils mit Schlössern versehen.

»Der Baron würd hier einen Orgasmus kriegen«, murmelte ich, während ich die Türen zählte. Auf seiner Karte hatte er vermerkt, es sei die vierte Tür vom Feuerlöscher aus betrachtet. Obwohl ich die Spraydosen sicherheitshalber in Strümpfe geschoben hatte, klirrten sie erneut leise aneinander.

»Ob es hier Überwachungskameras gibt?«, fragte Workuta hinter mir.

»Unten nicht, hat der Baron gesagt.«

»Und woher will er das wissen?«

»Er durfte den Weinkeller damals besichtigen, als Janus ihn und seinen Boss zum Angeln eingeladen hat. Der Baron hat doch sein ganzes Leben lang nach Überwachungskameras Ausschau gehalten. Er spürt sie schneller auf als ein Trüffelschwein eine Scheißtrüffel.«

»Aber da war das Haus doch noch nicht fertig«, zischte Workuta. »Und da waren Kameras noch nicht nötig. Wenn die Informationen von deinem Baron neueren Datums sein sollen, woher hat er sie dann?«

Ich wurde rot, als ich kapierte, dass an Workutas Worten was dran war. Der Baron hatte sich selbst widersprochen. Wieso war mir das nicht früher aufgefallen? Ich leuchtete sämtliche Ecken aus, sah aber nur Gestelle voller gelagerter Weinflaschen. Vor der Wand stand ein riesiger Stapel Holzkisten mit weiteren Flaschen.

»Wann soll der Baron gleich wieder seinen Teil erledigen?«, wollte Workuta wissen.

»Um halb elf.«
Workuta warf einen Blick auf den Wecker.
»Jetzt ist es zehn.«

Ein paar verdammte Blumen

Um Viertel vor elf zogen wir die Tür zum Weinkeller auf und stiegen eine schmale, lange Treppe hinauf. Am oberen Ende erwartete uns eine dicke Stahltür, die sich von innen entriegeln ließ. Ich schob sie einen Zentimeter weit auf. Workuta steckte einen Spiegel durch den Spalt, den er von einem Motorrad im Bootshafen von Sapokka abgebrochen hatte.

»Links oben, rechts oben«, sagte er.

»Komm ich allein dran?«

»Nein. Du brauchst mich.«

»Raucht der Wald?«

»Keine Sicht nach draußen.«

»Erst die rechte.«

Mit Shemaghs vor den Gesichtern stürmten wir den Raum. Ich lief schnurstracks auf die Ecke zu. Workuta war vor mir da und ging sofort in die Hocke, ich stellte mich auf seine Schultern und stützte mich auf seinem Kopf ab. Dann richtete er sich auf, und ich sprayte die Linse der hoch oben an der Wand lauernden Kamera schwarz, ehe ich wieder nach unten sprang. Im nächsten Moment hockte Workuta bereits in der gegenüberliegenden Ecke und wartete darauf, dass ich erneut auf seine Schultern stieg und auch die zweite Kamera verdunkelte.

Dann drangen wir weiter vor, hielten unsere Umgebung im Blick, die Stirnlampen waren auf schwach rotes Licht geschaltet. Der Saal war halbrund angelegt und stand voller Statuen, einige davon waren noch in hohe Holzkisten verpackt. Vor den großen Fenstern waren einbruchsichere Stahljalousien angebracht. Oben an der Wand befand sich ein kleiner

Lüftungsschacht. Ohne ein Wort zu sagen, ging Workuta darunter in die Hocke, und ich kletterte erneut auf seine Schultern. Draußen in der Dunkelheit blitzte Licht auf, als hätte jemand mit einer Taschenlampe gemorst. Ich roch Rauch.

»Irgendwo brennt es, aber ich kann nicht sehen, wo«, flüsterte ich.

»Ist was zu hören?«

»Rufe, aber weiter weg. Wir müssten noch ein bisschen Zeit haben. Der Baron hat sein Versprechen offenbar gehalten.«

»Es sind noch zwei Säle.«

Wir hatten uns die Grundrisszeichnung des Barons immer wieder angesehen. Die Fenster waren durch Alarmanlagen gesichert, aber es hatte wohl niemand damit gerechnet, dass irgendwer durch den Keller eindrang.

Zwischen den Sälen gab es keine weiteren Sicherheitsvorkehrungen wie beispielsweise in größeren Museen: Stahlsperren etwa, die von oben herabfielen und einen Eindringling wie in einer Konservenbüchse einschlossen. Janus hatte nicht gewollt, dass seine Räumlichkeiten durch schwere Türen zerteilt würden, der Weg durch seine private Kunstausstellung sollte seinen Plänen nach zugleich eine Flussreise ins Unbekannte sein. Eine große Expedition an den Oberlauf irgendeines verdammten Kongostroms. Man sollte auf einem mäandernden Fluss, dessen Bild sogar auf den Boden projiziert wurde, von einem Saal zum anderen gelangen. Die Idee hatte Janus aus dem Museum Vellamo in Kotka übernommen; allerdings hatte er eine eigene, noch zehnmal bessere Version schaffen wollen, zu der auch eine Geräuschlandschaft gehörte – das Rauschen eines Wasserfalls, plätscherndes Wasser, das Brausen der Wellen, das Geplätscher beim Waten, das Keckern der Wasservögel, das Rascheln des Schilfs am Ufer und und und. »Wasser ist die einzige Materie, die man zerschneiden, sprengen, treten, zersägen und schlagen kann und die sofort heilt, ohne dass auch nur eine Schramme oder Narbe zurückbleibt«, hatte Janus angeblich während der Angeltour gesagt. Das Flusswerk für alle Sinne hatte ein Team für ihn erarbeitet, dem unter anderem Akustiker zweier Universitäten und die Multimediakünstlerin Marita Liulia angehört hatten.

Zumindest hatte der Baron uns das erzählt. Allerdings war der Fluss noch nicht fertig. In den Sälen herrschte Stille.

Auch der mittlere Saal stand voller Holzkisten, von denen erst wenige geöffnet waren.

»Schon drei Minuten«, sagte Workuta, nachdem wir auch dort die Kameras verdunkelt hatten.

Nirgends war etwas zu sehen, was der Größe nach das aus Berlin herbeigeschaffte Werk hätte enthalten können.

Also drangen wir in den letzten Saal vor. Die Seitenwand war geschwungen wie eine Flussböschung, das Ende des Raums war nicht zu sehen. Ich hatte das unangenehme Gefühl, dass irgendjemand uns hier in ein Schlangennest gelockt hatte.

Schnell die Kameras schwärzen. Workutas Oberarmknochen knirschten, als ich auf seine Schultern stieg. Die Fenster waren auch hier durch solide Stahljalousien an der Außenseite geschützt. Im rot gefilterten Licht der Stirnlampen liefen wir weiter.

Noch ehe wir die letzte Kamera verdunkelt hatten, entdeckte ich das Werk. Banksys Eisratte stand auf einem Eisenpodest und war leicht nach hinten geneigt. Eine feste Stahlplatte und dicke Stützbalken dahinter verhinderten, dass das Werk und die Waschküchenwand rückwärtskippten.

Es wäre durchaus möglich gewesen, das Piece von der Wandfläche zu lösen, wie man es mit Renaissancefresken gemacht hatte, aber offenbar hatte Janus auch die Wand an sich behalten wollen, um den Eindruck zu erwecken, das Werk stammte von der Straße. Die Oberfläche war von Schmutz, Fingerabdrücken und Flecken gereinigt worden, inzwischen zerschnitt die Eisratte mit ihren Schlittschuhen die Geldscheine heller und strahlender, als ich sie je gesehen hatte. Die goldene Uhr des Bankiers, die aus dem Eisloch ragte, glänzte wie der Glorienschein eines Heiligen auf einer Ikone. Auf die gesäuberte Oberfläche waren mehrere fast unsichtbar dünne Schichten Firnis aufgetragen worden, um das Bild zu schützen. Damit man potenziellen Schmutz würde entfernen können, ohne das Piece darunter zu zerstören.

»Ist das Polycrylic? Oder Soluvar? Oder was anderes?«

Workuta trat an die Wand und schnüffelte daran.

»Mir egal«, schnaubte ich.

Ich hatte mir schon gedacht, dass Farbe allein nicht reichen würde. Die würde man bestimmt entfernen können. Jetzt holte ich also die Saftflasche aus dem Rucksack und schraubte anstelle des Verschlusses einen Blumenzerstäuber auf. Dann zog ich unter dem Shemagh eine Atemschutzmaske an und setzte eine Schutzbrille auf. Ich hielt die Luft an, so lange ich konnte, und machte mich an die Arbeit. Von links nach rechts, von oben nach unten. Dann zog ich mich kurz zurück, um Luft zu schnappen. 96-prozentigen Schwefelsäuredunst wollte ich nun wirklich nicht einatmen.

»Wachs, mein Blümchen, wachs«, sagte Workuta irgendwo neben mir. Er filmte die ganze Zeit mit dem Handy, das sich immer noch in Bangladesch wähnte.

Die Zerstörung der Eisratte nahm nur Minuten in Anspruch. Trotzdem beschlich mich nach der Halbzeit ein altbekanntes Gefühl: Ich war zu langsam, man würde uns schnappen, bevor ich die Arbeit vollendet hätte.

»Gärtnerin Metro«, murmelte ich, als ich die Schwefelsäurebehandlung zweimal wiederholt hatte und sah, dass die Oberfläche begann, Blasen zu werfen. »Wenn ihr das restaurieren könnt, dann seid ihr intelligenter als Einstein.«

»Guck mal«, sagte Workuta. Er hatte hinter die Eisrattenwand gespäht und wandte sich mit einer Klarsichthülle in der

Hand wieder zu mir um. Darin steckte das Echtheitszertifikat von Pest Control, an dem die halbe Zehnpfundnote befestigt war, die Verboten erwähnt hatte. Sie trug die handschriftliche Seriennummer BY00000001.

»Das Feuerzeug«, murmelte ich. »Und filmen, bitte.«

Ich hielt das Echtheitszertifikat vor die Eisrattenwand, las den Text und die Seriennummer laut ab und zündete das Papier anschließend an der unteren Ecke an.

»Bye, bye«, sagte ich zu den Flammen.

»Hast du so was jemals live gesehen?«, fragte Workuta.

Er hatte ein paar Holzkisten aufgestemmt und zog aus einer gerade ein Gemälde hervor – ein Gemälde mit Sonnenblumen.

»Meine Mutter hatte davon einen Badewannenvorleger«, sagte ich.

»Ist das nicht von diesem verrückten Holländer, der sich das Ohr abgeschnitten hat?«, fragte Workuta. »Hat der nicht Sonnenblumenbilder gemalt, um sein dunkles Zimmer zu verschönern?«

»Sieht aus, als hätte meine Mutter es gemalt«, brummte ich.

»Er hatte kein Geld für Blumen, deshalb hat er Blumenbilder gemalt. Solange er lebte, wollte die keiner kaufen. Heute kostet das Ding hier mehr als hundert Millionen. Wenn es denn je zum Verkauf angeboten würde.«

»Red keinen Scheiß.«

»Es gibt verschiedene Versionen. Die anderen hängen in Museen, aber eine befindet sich im Privatbesitz eines unbekannten Millionärs.«

»Jetzt ist er nicht mehr unbekannt.«

Ich starrte einen Moment lang auf die Sonnenblumen in der Vase. Dann sprühte ich Schwefelsäure auf die fiebrig gelben Blütenblätter und sah zu, wie Gelb und Orange über die Leinwand liefen und die Farbe leise brodelte und schäumte.

»Um Himmels willen, das ist ein van Gogh!«, rief Workuta.

»Wenn niemand das Bild sehen darf, dann soll Janus es auch nicht mehr sehen dürfen. Und es ist ein geringer Preis für Gänsesägers und Aljoschas Leben. Ein paar verdammte Blumen.«

Ich besprühte das Gemälde noch ein zweites Mal mit Schwefelsäure. Dann schraubte ich den Originalverschluss wieder auf die Saftflasche, schob sie in den Rucksack und holte eine Spraydose hervor.

Stromschlag

Als wir uns wieder zurückzogen, fühlte ich mich in der Dunkelheit und zwischen den unterschiedlich hohen Holzkisten, als liefe ich in Berlin kreuz und quer durch das Denkmal für die ermordeten Juden Europas, in dem der Betrachter zwischen den fast dreitausend aus Beton gegossenen Stelen zur Nichtigkeit schrumpft. An manchen Stellen führte dort der Weg in die Tiefe, und zwischen den Stelen sah man nur einen schmalen Streifen Himmel, über den die Wolken fegten wie Windhunde.

Die Stelen des Holocaust-Mahnmals waren mit einer ganz ähnlichen Schutzschicht behandelt worden wie Banksys Werk, damit keiner darauf malte – nur dass man in Berlin eher Hakenkreuzschmierereien irgendwelcher Neonazis gefürchtet hatte.

Ich schüttelte mich wie ein nasser Hund. Jetzt musste ich mich konzentrieren. Workuta war bereits durch die Kellertür geschlüpft und bedeutete mir, ihm zu folgen.

Im selben Moment erzitterte das ganze Gebäude, und durch die schmalen Zwischenräume zwischen den Lamellen der Stahljalousien strömte Licht, als würde jemand von außen das Haus mit Flutlicht anstrahlen, so wie man Bomber am nächtlichen Himmel sucht. Ich zuckte zusammen, sprang ein Stück zurück. Workuta erging es ebenso. Die Tür zwischen uns schnappte zu. Gleichzeitig ging in den Ausstellungsräumen Licht an.

Ich rüttelte an der Kellertür – vergebens.

»Mach auf!«

»Ich versuch es ja«, kam es von der anderen Seite.

Hinter mir surrte irgendwas. Als ich mich umdrehte, gingen vor den großen Fenstern ganz langsam die Jalousien auf.

»Mach auf, verdammt! Hier ist volle Beleuchtung, und die Rollläden gehen auf!«

»Die Tür ist blockiert. Muss am Strom liegen.«

Hinter der Tür dröhnte es.

»Verdammt, Stahlbarren«, fluchte Workuta. »Die sind urplötzlich aus der Tür gesprungen und haben sich in den Rahmen gebohrt.«

Die Jalousien hatten sich bereits bis auf Kniehöhe geöffnet. Es donnerte und blitzte, das Gewitter war genau über das Haus gezogen, während wir durch die unterirdischen Tunnel gekrochen waren. Im vordersten Saal gingen die Lichter an und wieder aus, die Augen hatten sich kaum an die Dunkelheit gewöhnt, da wurden sie auch schon wieder geblendet.

Die Glut, die ich durch das Lüftungsloch gesehen hatte, hatte gar nicht unbedingt von einem Waldbrand hergestammt. Es mochten genauso gut zuckende Blitze gewesen sein.

Ich rüttelte an der Klinke.

»Mach endlich auf!«

»Es geht nicht …« Es wummerte laut, als Workuta dagegentrat.

Ich kauerte mich zusammen. Von der Decke flutete wieder grelles Licht, sodass ich um mich herum nichts mehr erkennen konnte. Ich kam mir vor wie ein Ausstellungsobjekt, nur das Schild um den Hals fehlte. Dann ging das Licht wieder aus. Ein Blitz durchschnitt die Finsternis draußen im Garten, und eine Sekunde lang sah ich den Rasen und den Regen, der darüber hinwegpeitschte. Diesem Wetter hielt kein Waldbrand stand, ob der Baron ihn nun planmäßig um halb elf gelegt hatte oder nicht.

Unser ganzer Plan kam mir inzwischen nur noch albern vor. Wir hatten darauf spekuliert, dass die Sicherheitsleute in den Wald eilen würden, um den Brand zu löschen, sodass die unmittelbare Umgebung des Gebäudes unbewacht wäre.

»Es tut mir leid«, rief Workuta durch die Tür, »aber ich muss verschwinden. Hier im Keller geht auch dauernd das Licht an und wieder aus. Womöglich kommt ja jemand.«

Workuta schlug zum Abschied dreimal gegen die Stahltür, dann wurde es still.

Am Rand des Grundstücks heulte eine Sirene auf. Gebückt kroch ich von einer Kiste zur anderen und hoffte, dahinter vor Blicken geschützt zu sein. Die Stahljalousien waren schon auf Brusthöhe hochgefahren. Beim nächsten Blitz bebte erneut der Boden unter meinen Füßen. Das Gebäude stand auf Felsengrund, der Blitz musste ein Stück entfernt in den Fels eingeschlagen sein. Der Regen hämmerte Löcher in den Rasen vor dem Haus.

Am Ende des vordersten Saals befand sich die Eingangstür, die zum Hauptgebäude wies. Ich drehte den Riegel an der Innenseite, doch die Tür blieb verschlossen – ebenso fest wie die Kellertür. Ich rüttelte am Riegel, nichts tat sich. Das Gewitter hatte das gesamte Sicherheitssystem durcheinandergebracht.

Es fiel mir zusehends schwer, mich zu konzentrieren, weil der Saal immer noch ständig zwischen Finsternis und grellem Flutlicht hin- und herzuspringen schien.

Ich drehte eine der aufrecht stehenden Kisten im ersten Saal um, und innen klapperte die Statue gegen ihr Gehäuse. Unter Einsatz all meiner Kräfte schaffte ich es, die Kiste waagerecht zu kippen und hochzuheben wie einen Rammbock. Ich schleppte sie zum Fenster und stieß damit gegen die Scheibe. Mit ernüchterndem Ergebnis. Der Fußboden bebte zwar, doch das lag am Widerhall des Donners und nicht an meinem Stoß.

Am entlegenen Ende des Grundstücks heulte eine weitere Sirene auf, verstummte, setzte erneut ein.

Ich nahm zum zweiten Mal Anlauf und rammte den Boden

der Kiste wieder gegen die Scheibe. Sie trübte sich zu einem Mosaik. Die Lichter gingen wieder an, und ich stand mit der Statuenkiste im Arm da wie im Rampenlicht bei einer Modeschau.

Beim dritten Schlag vergrößerte sich das Mosaik, und die Scheibe verwandelte sich in ein undurchdringliches Spinnennetz. Es war Panzerglas, zwischen die Glasschichten war Aluminium oder widerstandsfähiges Plastik eingearbeitet worden. Meine Kraft reichte nicht aus, um es zu zerschlagen.

Die Überwachungskameras, die wir geschwärzt hatten, surrten über mir wie wütende Bienen und richteten sich auf der Suche nach einem Objekt immer wieder neu aus.

Ich kauerte mich neben eine Kiste, die direkt neben dem Eingang stand. Das mäandernde Galeriegebäude verfügte lediglich über zwei Türen. Die eine führte in den Keller, die andere nach draußen. Beide waren verriegelt. Die Lüftungsschächte waren so schmal, dass nur mein Arm hindurchgepasst hätte – und das auch nur, wenn es mir gelungen wäre, die Stahlgitter abzureißen.

Blitze zuckten, Donner grollte. Zwischen den Blitzen und dem Donner vergingen inzwischen einige Sekunden, das Gewitter zog also ab. Die Stahljalousien hatten sich vollständig geöffnet, und einmal glaubte ich, eine dunkle, breitschultrige Gestalt durch den Regen laufen zu sehen, doch dann riss das über die Fenster strömende Wasser den Anblick wieder in Fetzen.

Das Furchtbarste ist nicht, dass es wehtut. Das Furchtbarste ist, darauf warten zu müssen, dass es wehtut. Je länger man warten muss, umso schrecklicher wird es.

Ich musste an Rust denken. Es fiel mir jetzt schon schwer, mir spontan sein Gesicht ins Gedächtnis zu rufen. Ich hatte geschworen, ihn nie zu vergessen. Ich erinnerte mich noch daran, wie sich der Druck seiner Hand anfühlte, er hatte mich nachts gern festgehalten, sowohl im Bett als auch draußen, wenn wir uns in der Dunkelheit in einem Gebüsch oder neben einem Waggon vor den Sicherheitsleuten versteckt und gewartet hatten, bis wir die Flucht ergreifen konnten. Rust hatte immer genau die Stelle an meinem Körper gedrückt, die seiner Hand am nächsten lag: mal das Bein, mal den Arm, manchmal die Seite, manchmal den Nacken.

Sobald ich den Druck seiner Hand gespürt hatte, brauchte ich mich nicht mehr zu fürchten.

Ich presste die Hand auf meinen Oberschenkel, doch das beruhigte mich nicht. Mein Herz schlug heftiger als der Donner.

Erneut lief ich los und rüttelte an der Kellertür, dann an der Eingangstür. Beide waren so fest verschlossen wie zuvor.

Ich wartete. Und wartete.

Ich wünschte mir, mein Vater wäre jetzt hier neben mir, würde mich bei der Hand nehmen und sagen: »Keine Angst, Maria.«

Der schwarze Wagen hatte Vater regelrecht zermalmt. Dabei hatten sie nicht ihn töten wollen, sondern mich, Vater hatte bloß meine Lederjacke angehabt. Ich war schuld an seinem Tod.

Rache war das Einzige, was mich noch am Leben hielt.

Ich wartete. Das Warten machte mich nervös. Kommt denn da drinnen im Kontrollraum keiner auf die Idee, mal nachzuprüfen, warum die Monitore die ganze Zeit schwarz sind? Hallo? Aufgewacht!

Es kam mir vor, als hätten sich die Knochen in meinen Beinen aufgelöst.

Wenn ich weiß, dass gleich etwas passiert, geht mir manchmal alle Körperspannung flöten. Das gleiche Gefühl hatte ich auch damals immer wieder, als ich noch im Leichtathletikverein war und Weitsprung trainierte. Vor dem Start zum Hundertmeterlauf wurden meine Beine im Startblock immer weich wie zerkochte Spaghetti, und meine Knie zitterten in der schwächsten Brise.

Sobald dann aber der Startschuss fiel, fühlte es sich an, als durchzuckte mich ein Stromschlag, und ich sprintete los.

Ich hörte leise Stimmen von draußen. In Wahrheit mussten sie verdammt laut reden, sonst hätte ich durch die Stahltür und den Donner nichts gehört. Irgendjemand drückte die Klinke nach unten, und ich sah, wie sie sich bewegte.

Es knackte. Ein Schlüssel wurde ins Schloss geschoben.

Die Tür ging einen Spaltbreit auf. Dann tauchte erst eine Taschenlampe auf, dahinter eine Hand, ein grüner Ärmel.

Ich nahm die Achsel ins Visier, stieß den Sicherheitsmann beiseite und rannte los, wie vor Jahren als kleines Mädchen auf der Aschenbahn des Sportplatzes. Mein linker Knöchel schmerzte bei jedem Schritt, aber ich achtete nicht darauf.

LONG LIVE METRO!!!

Ich stürmte an zwei dunklen Gestalten vorbei. Bis zum Waldrand waren es nicht einmal hundert Meter.

Ich musste mich mächtig zusammenreißen, um mich nicht umzudrehen.

Ich hatte das Gefühl, gleich niedergeschlagen zu werden.

Das war der Regen, der wie eine massive Wand auf mich herabfiel. Der Rasen hatte sich in einen mürben Sumpf verwandelt, der die Füße nach unten zog. Als liefe man durch einen Leimkessel, in dem das Fett und Innereien von Tieren vor sich hin köchelten.

Hinter mir rief jemand.

Ich konzentrierte mich auf das, was mein Coach mir immer für den Moment vor dem Start eingetrichtert hatte, als ich noch klein gewesen war: Guck nicht zur Seite, guck nicht zurück, lauf locker, bleib locker. Ich bin ein Stromschlag. Ich brauche nichts zu tun, nicht mal zu atmen. Hundert Meter sind eine so kurze Strecke, dass man kein einziges Mal zu atmen braucht.

Die anderen Wettkämpfer bleiben mit jedem Schritt zurück, ihr Keuchen entfernt sich. Ihre Schritte werden ungelenk, während sie verzweifelt versuchen, dich einzuholen. Je mehr sie sich anstrengen, umso steifer laufen sie. Sie spannen sich zu sehr an und kommen aus dem Rhythmus. Ihr Keuchen klingt immer ferner.

Aus irgendeinem Grund hörte ich, wie das Keuchen hinter mir lauter wurde und sich näherte, bis es den Platzregen übertönte.

Eine unsichtbare Kraft riss mich zu Boden, ich rollte über den triefnassen Rasen.

Über mir tobte ein schwarzer Sturm. Meine Hand tat höllisch weh, ich schrie.

Dann blitzten vor meinem Gesicht Zähne auf, näherten sich meinem Hals, ich zog das Kinn an die Brust und rollte mich intuitiv auf die Seite. Im nächsten Moment wurde mir beinahe das Bein ausgerissen.

»Genug, Suski! Guter Hund, guter Hund«, sagte jemand über mir.

»Aus, Jossu. Aus!«

Der Druck auf mein Bein und meine Hand ließ nach, ich lag mit wild hämmerndem Herzen in einer Pfütze, der Regen peitschte über mein Gesicht. Aus weniger als einem halben Meter Entfernung knurrten mich zwei schwarze Hundeköpfe an. Sie fletschten die speicheltriefenden Zähne, die im Lichtkegel einer Taschenlampe glitzerten. Ich sah mein Blut an ihren Hauern.

»Wohin so eilig?«, fragte eine Stimme mit blechernem Klang.

Es waren drei Männer. Zwei Riesenschnauzer, drei Männer. Die Kegel der Taschenlampen brachen im Regen zu einem gleißenden Kaleidoskop.

»Ich hatte Angst vor den Blitzen«, murmelte ich.

»Lauter!«

»Ich hatte Angst vor den Blitzen! Ich war im Wald!« Wir mussten beide schreien, der Donner dröhnte über uns. Ich hielt mir das Bein, das Licht der Taschenlampe fiel darauf, auf meinem zerfetzten Hosenbein hatte sich ein roter Fleck gebildet.

»Wieso bist du dann von drinnen gekommen? Wenn du doch angeblich im Wald gewesen bist?«

»Ich hab Schutz gesucht.« Ich schluchzte, zitterte und versuchte, möglichst kläglich auszusehen. So klatschnass und zerbissen fiel mir das nicht schwer.

»Da kommt doch keiner rein, verdammt. Die Tür ist abgeschlossen.«

»Sie war auf, ich schwöre, dass sie auf war, ich hab Angst vor Gewittern, ich wollte weg von den Blitzen, unter einen Baum darf man sich nicht stellen, und da waren überall Bäume.«

»Wieso auf?«, fragte die Stimme.

»Ich war Heidelbeeren pflücken und hab mich verlaufen, und dann fing es an zu regnen, da hab ich mich erst unter eine Fichte gehockt, und dann blitzte es, und ich hatte Angst, dass der Blitz mich treffen könnte. Da bin ich einfach losgerannt. Der Blitz hat den Baum neben mir getroffen, und ich bin gerannt und gerannt und war total panisch, und dann hab ich ein Licht gesehen. Ein erleuchtetes Haus mitten im Wald. Es war dieses Gebäude da – die Jalousien an den Fenstern sind aufgegangen, dahinter hab ich Licht gesehen, und da dachte ich, da drinnen ist jemand, weil doch die Jalousien hochgingen, also bin ich hingerannt, um Schutz zu suchen. Der Blitz hat hier ganz in der Nähe eingeschlagen. Dann ist die Tür aufgesprungen, und ich bin reingerannt. Der Strom ging die ganze Zeit an und wieder aus. Als ich dann versucht hab rauszukommen, war die Tür plötzlich verriegelt.«

»Die ist ja völlig durch den Wind«, sagte eine Stimme.

»Klingt ganz glaubhaft …«

»Das hier ist Privatgelände«, erklärte der Mann mit der blechernen Stimme. Dann übertönte ihn der Donner. Die Kegel der Taschenlampen waren unverwandt auf mich gerichtet.

»Dieser Regen ist ganz schrecklich«, schluchzte ich so laut, dass sie es hören mussten. »Ich hab keine Ahnung, wo ich bin. Es tut mir leid, ich hab mich wahnsinnig erschreckt …«

»He, keine Angst. Ganz ruhig.«

»Die Hunde haben mich gebissen«, schniefte ich.

»So schlimm haben sie nicht zugebissen. Das war ein Unfall, du hättest nicht vor ihnen weglaufen dürfen, das stachelt sie bloß an. Aber wenn sie ernsthaft zugebissen hätten, wärst du deutlich schlimmer dran.«

»Ich will nach Hause«, heulte ich auf. »Mein Handy hab ich auch verloren, irgendwo im Wald.«

»Schon gut, take it easy. Alles in Ordnung.«

»Die Anlage muss überprüft werden«, schimpfte einer der Wachmänner. »Die hat auch früher schon verrückt gespielt. Die Kameras sind ausgefallen, sobald das Gewitter auch nur aufzog. Wir müssen uns darauf verlassen können, dass die Relais nicht dauernd durchknallen. Das sind Gussfehler, die müssen unbedingt repariert werden, bevor die Kunstwerke aufgehängt werden und der Festabend stattfindet.«

»Sind die Kabel nicht unterirdisch verlegt?«

»Doch, aber der Transformator steht ein Stück entfernt und ist vor dem Wetter komplett ungeschützt.«

»Der Transformator hat einen Blitzableiter.«

»Scheiß drauf, scheint bei dem Wetter nicht zu helfen.«

»Ich will nach Hause!«, schrie ich dazwischen.

»Ja, ja, einer von uns kann dich fahren. Denk in Zukunft daran, dass du hier nichts zu suchen hast. Privatbesitz.«

»Das wusste ich nicht«, jaulte ich erneut und hielt mir das Bein. »Ich hatte Angst – mein Vater ist vom Blitz erschlagen worden! Ich wusste nicht, wohin ich gerannt bin.« Eigentlich hätte ich noch anfügen wollen, dass ich am Verbluten wäre, biss mir aber auf die Lippen. Vielleicht war es besser, nicht zu sehr mit dem Finger auf die Sicherheitsleute zu zeigen.

»Wo steht denn das Auto?«, schniefte ich. »Ich will zu meiner Mutter, die macht sich bestimmt Sorgen.«

»Geh zu dem runden Wirtschaftsgebäude. Da steht er an der Ecke.«

»Ein rundes Gebäude hat keine Ecken«, motzte einer der Wachmänner.

»Wie soll ich es denn sonst sagen, Herr Architekt?«, blaffte der andere zurück.

»Dass das Mädchen sich bloß nicht wieder verläuft, wenn sie an einem runden Haus die Ecke sucht! Bring sie hin, Janne.«

Sie lachten. Inzwischen war es höchste Zeit aufzubrechen. Ich kämpfte mich hoch, zu beiden Seiten knurrten die Riesenschnauzer. Einer der Sicherheitsleute, offenbar Janne, begleitete mich. Ich humpelte langsam auf das runde Gebäude zu, das sich im Regen vage abzeichnete. Jetzt bloß keine Zähne mehr um den Knöchel spüren.

»Guck mal, die Lichter gehen immer noch an und wieder aus«, sagte einer der beiden Sicherheitsmänner, die uns langsam folgten. »Muss ein Wackelkontakt sein.«

»Ich hab von Anfang an gesagt, die Jalousien dürfen nicht an dasselbe System angeschlossen werden wie die Verriegelung«, rief der dritte laut, um den erneut grollenden Donner zu übertönen.

»Willst du sie jetzt jeden Morgen von Hand hochziehen und abends wieder runterkurbeln wie ein Drehorgelspieler, verdammt?«

»Nein, aber sie brauchen einen eigenen Schaltkasten. Getrennt vom restlichen Netz.«

Ich beschleunigte mein Gehumpel, als Janne seine Schritte verlangsamte, um sich in die Debatte der anderen mit einzuschalten. Vielleicht steckte der Autoschlüssel, und ich könnte einfach wegfahren? Wenn ich wenigstens zum Waldrand käme, hätte ich eine Chance zu entkommen.

»Moment mal«, hörte ich im nächsten Augenblick eine Stimme hinter mir.

»Was zum ...«, brüllte Blechstimme. »Bleib stehen! Mädchen, bleib stehen!«

Ich lief schneller.

»Suski, halt auf!«

Einer der beiden Riesenschnauzer stellte sich mir in den Weg und knurrte. Vom Himmel schienen mit dem Starkregen Zähne zu hageln – scharf wie die in Suskis Maul.

Ich drehte mich ganz langsam um. Die zweite Bestie stand direkt neben mir, das Maul weit aufgerissen, als überlegte sie, ob sie mein Bein, meinen Arm oder meinen Hals zwischen die Fänge nehmen sollte.

Die Sicherheitsleute drehten die Köpfe hin und her, ihr Blick wanderte von den Kunstsälen zu mir und wieder zurück. Die Lampen, die im hintersten Saal angegangen waren, beleuchteten den Gruß, den ich am Fenster hinterlassen hatte:

METRO WAS HERE!!!
ICE RAT IS DEAD!!!
LONG LIVE METRO!!!

Ebola

Sie schleiften mich an den Haaren vorwärts, ich stolperte und rutschte über den nassen Rasen. Einer der Männer zerrte mich durch die Eingangstür in die Galerie. Die LED-Lampen an der Decke funktionierten immer noch nicht richtig, sie flackerten, als gingen wir durch ein tiefes Tal, und der helle Himmel wäre nur ab und zu sichtbar.

»Du bist diese verfluchte Metro«, fauchte der Wachmann mit der Blechstimme, der sich vor mir aufgebaut hatte. Ich hob den Blick: Es war Hiililuoma. Bei Licht war er leicht zu erkennen. »Du bist diejenige, die Jere zu Tode gequält hat.«

»Ich hab niemanden gequält.«

Hiililuoma rammte mir den Metallgriff seiner Taschenlampe ins Zwerchfell. Ich sackte auf die Knie.

»Bring sie her!«

Der dritte Wachmann, dessen Namen ich nicht kannte, schleifte mich über den Fußboden an den Kisten mit den Statuen vorbei in den mittleren Saal. Hiililuoma war bereits dort. Janne kam uns nach, er hielt die beiden Riesenschnauzer an der Leine.

»Lass sie draußen!«, befahl der Dritte.

»Aber es regnet.«

»Eben deshalb! Wenn die sich hier drinnen das Wasser aus dem Fell schütteln, sind die Kunstwerke im Eimer.«

»Soll ich sie anbinden?«

»Versuch einfach mal, das selbst zu entscheiden. Rannikko, bring die Scheißtussi her. Die hat Jere umgebracht.«

»Du Miststück!«, brüllte Rannikko dicht an meinem Ohr.

»Hab ich nicht«, ächzte ich.

Hiililuoma schlug erneut mit der Taschenlampe zu, diesmal traf er mich an der Schläfe. »Bist du gefragt worden?«

Ich sackte nach unten. Mein Kopf wäre auf den Boden geknallt, hätte Rannikko mich nicht an den Haaren festgehalten.

»Diese Metro hat erst Jeres Auto beschmiert, dann das Haus der Kalliolas, danach hat sie die Stadt mit Plakaten gepflastert, auf denen Jere als Mörder bezichtigt wurde. Jere war erledigt. Ihr habt ihn doch gekannt, der Bursche konnte alles aushalten, einfach alles. Außer der pausenlosen Psychofolter und der Triezerei. Alles, was ihm wichtig war, wurde zunichtegemacht. Diese Metro hier ist schuld daran, dass Mirjami, Jeres Frau, eine Fehlgeburt hatte, und zum Schluss hat sie Jere umgebracht, verdammt. Und Raittila auch – dem hat sie die Kehle aufgeschlitzt wie irgendein verdammter arabischer Terrorist.«

»Die Bitch hier?«, hakte Rannikko nach.

»Ja, und für die beiden Morde sitzt der Falsche im Knast. Das geht auch auf ihr Konto.«

»Hä?«

»Ja, verdammte Scheiße, Ismo Hietanen. Ismo war einer von uns. Nichts als Dünnschiss, der Kerl, hat noch bei Mami gewohnt und als Handlanger in irgendeinem Lager gearbeitet, hat sich immer von anderen rumkommandieren lassen. Der war unser Informant bei den Schmierern.«

»Du hast Rust umgebracht!«, schrie ich. »Mit dir hat alles angefangen.«

»Wer kläfft da?«, ätzte Hiililuoma. »Sind doch noch Hunde anwesend?«

»Du hast Rust vom Vellamo-Dach gestoßen«, fauchte ich, obwohl Hiililuoma mit der Taschenlampe vor meinem Gesicht herumfuchtelte.

»Ach, den Spiderman? Der ist ganz von allein runtergefallen. Der Junge konnte sich nicht mehr halten. Seine Arme waren wie Spaghetti. Außerdem ist Klettern dort verboten.«

»Ich hab alles gesehen.«

»Wie willst du was gesehen haben?«

»Ich war im Boot und hab's gesehen. Anfangs wusste ich bloß nicht, wer von euch dreien es war. Wer der *Mörder* war. Du oder dieser Jere oder euer Chef. Ich hab gesehen, wie du Rust mit dem Knüppel runtergestoßen hast.«

»So sind sie alle«, wandte Hiiliuoma sich an Rannikko, der mich festhielt. »Lügen am laufenden Band. Die haben alle das Münchhausen-Syndrom, ganz im Ernst. Glauben selbst an ihre Lügenmärchen. Aus solchen Typen werden Massenmörder, wie dieser Kerl in Norwegen. Oder sie gehen als Terroristen in den Nahen Osten. Ihr größter Wunsch ist es, sich einen Sprengstoffgürtel umzuschnallen und eine Schule voller Kinder in die Luft zu jagen. Lasst euch vom äußeren Anschein nicht täuschen.«

»Du hast ihn umgebracht!«

»Noch ein Wort, und ich trete dir die Zähne aus«, polterte Hiiliuoma. »Du redest ab sofort nur noch, wenn du gefragt wirst.«

Ich lag schweigend da, mein Kopf hing in der Luft, weil Rannikko immer noch meine Haare in der Faust hielt. Der Fußboden schaukelte, mir war kotzübel.

»Hier seht ihr eine Massenmörderin vor euch, so sind die«, sagte Hiiliuoma. »Ungeziefer. So sieht das Ebolavirus aus, wenn es Menschengestalt annimmt.«

Er packte mich am Ohr und drehte sich mir zu, sodass er direkt vor mir war.

»Metro ist nicht dein richtiger Name. Wie heißt du?«, fragte er.

»Pendolino«, fauchte ich.

Er schlug mich auf beide Ohren.

»Was hast du hier angestellt, Ebola?«, hörte ich ihn fragen, obwohl meine Ohren rauschten.

»Es hat geblitzt. Ich hatte Angst.«

»Weißt du, was wir mit Lügnern machen?«

Ich schloss die Augen und wappnete mich schon gegen den nächsten Schlag oder einen Tritt.

»Rannikko, halt sie fest. Ich geh hinten nachsehen.«

Rannikko ließ meine Haare nicht los.

Einen Moment lang herrschte Stille, und ich hoffte schon, Hiililuoma würde es nicht entdecken.

Ich musste an Rust denken, daran, wie er hinabgestürzt war, der Sturz war mir damals genauso ewig vorgekommen wie das hier, obwohl Rust binnen Sekunden aus dreißig Metern Höhe auf den Asphalt gekracht war.

»Scheiße!«, brüllte Hiililuoma im nächsten Augenblick. »Scheiße, Scheiße, verdammte Scheiße!«

Mein Kopf ruckte zur Seite, als Rannikko einen Schritt zum hinteren Saal hin machte. Dann ließ er mich los. Er wollte wissen, was passiert war.

Ich warf einen Blick zum vordersten Saal und zur Tür. Dazwischen stand der dritte Sicherheitsmann, Janne. Warum nannten die beiden anderen einander beim Nachnamen und den da beim Vornamen? War er vielleicht freundlicher als die anderen? Jedenfalls schaukelte er auf seinen Absätzen vor und zurück. Ich biss mir in die Wangen, um dem Schaukeln Herr zu werden. Die Wände schwankten, die Decke war ein wogendes Meer.

Irgendjemand trat mich in den Rücken, und das Schaukeln hörte auf. Stattdessen erfasste ein unerträgliches Brennen meinen ganzen Körper, als hätte man mich ins Feuer geworfen.

»Was hast du getan, du blöde Schlampe?«

Es hagelte weitere Tritte, ich bekam keine Luft mehr, obwohl ich den Mund weit aufriss.

»Antworte! Jetzt darfst du antworten!«

Ich hatte den Rucksack noch auf dem Rücken, und Hiililuoma versuchte, ihn mir runterzureißen, weil er einen Teil der Tritte abfing. Die Schulterriemen saßen so stramm unter den Achseln, dass ich dabei über den Boden geschleift wurde.

»Sei vorsichtig«, rief Rannikko.

»Wegen Ebola?«, fuhr Hiililuoma ihn an. »Die steckt mich nicht an, glaub's mir.«

»Nein, wegen der Kunstwerke. Dass nichts kaputtgeht.«

»Ach ja.« Hiililuoma räusperte sich und trat ein paar Schritte zurück. Endlich schaffte ich es trotz meines geschundenen Zwerchfells, wieder zu atmen. Ich keuchte, als hätte ich unendliche Minuten unter Wasser verbracht.

»Blut kriegst du nur schwer von einer Leinwand wieder runter«, fügte Rannikko hinzu.

»Bist du jetzt Maler, oder was?«, fuhr Hiililuoma ihn an. »Wo du dich mit den technischen Details so gut auskennst.«

»Ich hab schon mal Blut auf die Klamotten gekriegt. Das geht ums Verplatzen nicht raus.«

»Die Schlampe hat das neue Kunstwerk zerstört, das gerade erst gekommen ist.«

»Welches?«, erkundigte sich Janne von der Tür her.

»Die Wand. Ich hab ja immer gesagt, es sollte kein Graffiti aufgenommen werden. Das lockt nur die Ebolas an.«

»Wir entscheiden nicht über die Neuanschaffungen.«

»Im Ernst? Wirklich nicht? Als wenn ich das nicht wüsste, du Klugscheißer.«

Hiililuoma ballte die Fäuste, während Rannikko endlich sehen wollte, was es im letzten Saal zu sehen gab. Er drehte mir beide Arme schmerzhaft auf den Rücken und schob mich vor sich her. Aus meiner Nase tropfte Blut auf den Fußboden, ich hatte es geschafft, mir irgendwo den Zinken zu verletzen, entweder beim Angriff der Hunde oder hier im Haus.

»Da, sieh dir das an.« Hiililuoma hielt immer noch meinen Rucksack in der Hand. Er ließ ihn fast bis zum Boden baumeln wie einen Sack Steine.

»Ist das dieses Rattenbild?«

»Ja, verflucht.«

Aus dem Augenwinkel sah ich, dass die Zerstörung perfekt war. Auf dem Wandstück war von der ursprünglichen Ratte nur noch ein Fleck oder vielmehr Unfleck übrig, die eisblaue Farbe war zum Teil auf den Fußboden gelaufen. Die Oberfläche der Wand selbst war voller Höcker und Krater wie die Haut eines Pubertierenden. Die Geldscheine, mit denen die Eisfläche bedeckt gewesen war, hatten sich in grüne Tupfer verwandelt, die an Froschlaich erinnerten. Der Zylinder des Bankiers war nur mehr ein Tintenklecks.

»Was wird Janus wohl sagen, wenn er erfährt, dass ihr das Werk zerstört habt?«, fragte ich.

»*Wir?* Das warst du – und dass du damit nicht so leicht davonkommst, ist dir ja hoffentlich klar.«

»Fahrlässigkeit. Schwere Fahrlässigkeit«, brachte ich noch heraus, bevor Hiililuoma zutrat. Ich konnte gerade noch so weit ausweichen, dass sein Schuh nicht mein Gesicht, sondern nur Schulter und Brust traf.

»Das wird ihm nicht gefallen«, sagte Janne hinter mir.

»Sollen wir das etwa vertuschen, du Klugscheißer?«

»So was von fahrlässig«, wiederholte ich. »Er feuert euch. Ihr kommt auf die schwarze Liste.«

Hiililuoma trat erneut zu. Diesmal sackten mir die Beine weg. Man sollte meinen, dass man Tritte nicht mehr spürt, wenn es mehr werden. Falsch. Sie tun so weh, als würden einem alle Glieder ausgerissen. Ich hoffte regelrecht darauf, ohnmächtig zu werden.

»Hier ist noch ein zerstörtes Werk«, hörte ich durch den roten Vorhang hindurch, der mich umgab.

»Herrgott im Himmel!«

Ich wurde über den Boden geschleift, mein Auge schwoll langsam zu. Vor mir lag eine orange-gelbe Leinwand. Hiililuoma brüllte mir etwas ins Ohr, doch ich hatte Schwierigkeiten zu begreifen, was er sagte.

»Bring das wieder in Ordnung«, verstand ich schließlich.

»Reparier das. Alle beide.«

»Kann ich nicht.«

Hiililuoma trat mich in den Rücken.

»He, reiß dich mal am Riemen«, sagte Rannikko neben ihm.

»Halt die Schnauze!«

»Sie kann das nicht mehr reparieren, wenn du sie tottrittst.«

»Du hast fünf Minuten Zeit.«

Trotz meiner Schmerzen hätte ich am liebsten gelacht. Bildete Hiililuoma sich allen Ernstes ein, ich könnte in fünf Minuten auch nur irgendetwas an den Werken, die ich zerstört hatte, wieder instandsetzen? Dann begriff ich, dass er genau daran gewohnt war – an Writer, die mitten in der Nacht auf den Rangierbahnhof schlichen, im Handumdrehen einen ganzen Waggon bemalten und wieder in der Dunkelheit verschwanden. Oder in wenigen Minuten eine Wand vollsprayten. Er wusste genauso gut wie wir, dass sich das Risiko, erwischt zu werden, mit jeder Minute verdoppelte.

Allerdings ist es etwas anderes, mit Feuer unterm Hintern Farbe auf eine Wand zu bringen, als ein ausgefeiltes Piece zu malen. Für ein ordentliches Werk braucht man gut und gerne einen Tag, ein ganzes Wochenende, sofern man die Möglichkeit hat, an einem geschützten Ort zu malen, wo man nicht zu befürchten hat, einen Tritt in die Nieren, Pfefferspray in die Fresse und einen Knüppelschlag in den Solarplexus zu kriegen.

Fünf Minuten, um einen Banksy und einen van Gogh zu reparieren? Wenn ich mich sträubte, würde ich auf der Stelle totgeprügelt, das wusste ich.

»Den Rucksack«, bat ich mit heiserer Stimme.

»Wenn du irgendwelche Tricks versuchst, bring ich dich um«, sagte Hiililuoma. »Ich lass dir von den Hunden die Eingeweide rausreißen.«

»He, he, halblang«, brummte Janne.

»He, he, he«, antwortete Hiililuoma. »Geh du mal deine blonde Frau umarmen. Deine Schicht ist jetzt zu Ende. Rannikko, hol Suski rein. Um die Motivation zu fördern. Jossu kann draußen bleiben.«

Hiililuoma kippte den Rucksack zu meinen Füßen aus.

»Ein einziger Fehler, und Suski sagt dir die Meinung. Mit den Zähnen. Stimmt's, Suski?«

Der Riesenschnauzer knurrte dicht an meinem Ohr. Er hatte irgendetwas Halbverfaultes gefressen und blies mir höllische Gerüche ins Gesicht.

»Suski mag es, sein Futter selbst zu jagen. Nicht wahr, Suski?«

Der Hund heulte so laut, dass sonst nichts mehr an meine Ohren drang. Sein Schatten auf meinem Arm war noch schwärzer als das Tier selbst.

»Du hast fünf Minuten Zeit. Eine halbe Minute ist schon um.«

Ich griff zur blauen Farbe und sprayte einen See, auf dem die Eisratte Schlittschuh laufen sollte. Mir wurde sofort klar, wie sinnlos der Versuch war: Die Restsäure auf der Oberfläche griff sofort die neue Farbschicht an. Mit der weißen Farbe erging es mir nicht anders. Banksys Ratte war und blieb ein unförmiger Klecks, und ich versuchte vergeblich, ihr neue Umrisse zu verleihen.

»Auf dem Fußboden sind überall Blutflecken«, merkte Rannikko an.

»Die wischt Ebola mit ihren Kleidern auf. Und anschließend kann sie auch gleich die Fenster putzen.«

Ich schniefte, Blut aus meiner Nase sickerte mir in den Mund.

»Drei Minuten vorbei«, sagte Hiililuoma. »Es geht kolossal schlecht voran.«

Hiililuoma war es gleichgültig, ob ich mit meiner Arbeit fertig würde. Er wusste wohl, dass ich es nicht würde schaffen können. Aber es war ihm scheißegal. Er wollte einfach nur noch seine Macht auskosten. Der Riesenschnauzer knurrte jedes Mal, wenn ich den Fuß auch nur ein bisschen bewegte.

»Kann ich was trinken?«, ächzte ich.

»Nur zu. Gleich kotzt du sowieso alles wieder aus. Wenn die Arbeit nicht in einer Minute fertig ist, kriegst du so was von Prügel.«

Ich holte die Saftflasche zwischen den Spraydosen hervor, drehte den Verschluss auf und tat kurz so, als setzte ich die Flasche an den Mund. Dann spritzte ich die restliche Schwefelsäure dem knurrenden Riesenschnauzer in die Augen.

Der Hackklotz

Mir blieb ein kleiner Vorsprung vor den Sicherheitsleuten, die immerhin keine Ahnung hatten, was die Flasche enthalten hatte. Ich warf mich hinter die nächste Holzkiste, während der Riesenschnauzer sich blind und von Schmerzen überwältigt auf den nächstbesten Menschen stürzte. Wer von den drei Sicherheitsmännern es war, wusste ich nicht, jedenfalls schrie er wie am Spieß.

»Suski! Aus! Suski!«, brüllte einer von ihnen über das Geschrei hinweg.

Ich kroch so weit wie möglich von den Schreien und dem Grollen weg. Die Wut des Hundes entlud sich jetzt in rasendem Gebell, dann schnappte das Maul erneut zu, und wieder schrie ein Mann. Es klang, als hätte ein Sägeblatt in Fleisch geschnitten.

»Du musst ihn erschlagen …«

»Aus! Suski!«

Die Wände schwankten immer noch. Auf allen vieren folgte ich dem geschwungenen Fußboden – und landete in einer Sackgasse. Ich hatte die falsche Richtung eingeschlagen, war am rückwärtigen Ende des hinteren Saals angelangt. Hier führte keine Tür nach draußen. Ich sank hinter eine Kiste.

Die gellenden Schreie und das Gebell mischten sich mit Gepolter, und draußen schlug der zweite Riesenschnauzer an. Ganz in der Nähe hörte ich ein Jaulen und wieder Schreie, dann einen lauten Krach und schließlich ein Geräusch, als würde irgendwas zerrissen.

Das Entsetzlichste war die Stille, die unvermittelt auf den Lärm folgte – so niederdrückend, dass das Trommelfell schmerzte.

Vorsichtig spähte ich hinter der Kiste hervor.

Ich sah niemanden mehr, der aufrecht stand. Im Schutz der Transportkisten schlich ich vornübergebeugt näher.

Hinter einer Kiste erspähte ich eine Blutlache, sie sah aus wie ein lockender Finger.

Ich kroch weiter.

Auf dem Fußboden lag ein Mann in grüner Uniform. Das Blut, in dem er lag, sah aus wie vergossene Farbe, und in der Pfütze prangten kreuz und quer sowohl Hand- als auch Pfotenabdrucke.

Der Hund lag zwei Meter weiter. Er hatte die Zähne gefletscht, doch sein Kopf hing schlaff zur Seite. Die Säure hatte seine Augen zu grauer Masse zerfressen. Einer seiner Hinterläufe zuckte.

Neben dem Hund hockte Janne. Er atmete schwer, als hätte er einen Knebel aus grobem Filz im Mund. Dumpf starrte er vor sich hin. Er hielt einen blutigen Teleskopknüppel in der Hand. Die Deckenlampen knisterten.

Vorsichtig schlich ich näher.

Auf die Gemäldekisten war Blut gespritzt.

Suskis Hinterlauf tickte immer noch wie ein Metronom.

Erst als ich direkt hinter Janne stand, hörte ich sein Schluchzen. Der auf dem Boden – das war Rannikko. Sein Hals war komplett zerfleischt.

Suski hatte Rannikko getötet. Und Janne hatte Suski getötet.

Wen ich allerdings nirgends entdecken konnte, war Hiiliuoma. Ich hoffte, dass auch er Suski zum Opfer gefallen war und irgendwo hinter den umgekippten Holzkisten lag. Aber vielleicht war er auch davongelaufen.

Auf meine Kapuzenjacke war Schwefelsäure gespritzt. Der

Ärmel war so zerlöchert, als hätte sich ein Dutzend Riesenmotten darüber hergemacht.

»Alles in Ordnung, alles in Ordnung«, murmelte Janne. Ich hatte keine Ahnung, ob er mit dem Hund oder mit seinem toten Kollegen sprach.

Draußen rauschte immer noch der Regen. Die Lichter im Saal flackerten.

Als ich erneut zum Fenster blickte, stand draußen ein Mann mit einem blutigen Arm.

Ich schluckte und rückte vom Fenster ab, damit er mich nicht entdeckte.

Doch mein Rückzug führte geradewegs in Hiililuomas Arme. Ich hatte sein Spiegelbild im Fenster gesehen, nicht ihn selbst.

Hiililuoma versetzte mir einen Schlag auf den Hinterkopf, und mir wurde schwarz vor den Augen. Er schleifte mich am Arm in den mittleren Saal und von dort weiter in den vorderen, befahl Janne mitzukommen und scherte sich bei alledem nicht im Geringsten darum, dass wir Kisten und vereinzelte Statuen beschädigten. Wir kamen an dem Fenster vorbei, das ich versucht hatte einzuschlagen. Die Scheibe sah aus, als herrschte dahinter dichtes Schneetreiben.

»Was macht man mit Dieben?«, fragte Hiililuoma. »Was zum Teufel hast du getan?«

Er wiederholte beide Fragen immer wieder, schien aber nicht zu erwarten, dass ich antwortete. Auch Janne machte keinen Mucks, er lief bloß bleich neben mir her, die Blutspritzer auf seinen Wangen sahen irgendwie aus wie Nesselausschlag.

Draußen war der Rasen glatt wie ein vereister Abhang, Donner rumpelte, und Blitze zuckten, eine neuerliche Gewitterwelle war direkt vor uns aufgezogen. Irgendein Reservegenerator sorgte für Licht im Garten, doch seine Kraft reichte nicht aus, um das Grundstück gleichmäßig zu beleuchten, die

Lampen flackerten im trommelnden Regen wie Glühwürmchen.

»Was zum Teufel hast du getan?«, fragte Hiililuoma erneut. Er hielt mir seinen linken Arm vor die Nase. Suski hatte ihm den Unterarm zerfleischt, jetzt mischte sich Regen in das Blut, sodass der ganze Arm sich rot färbte – genauso leuchtend rot wie die Bluse von Hiililuomas Frau, die ich vor gefühlten hundert Jahren mal bewundert hatte, als ich nach Rusts Tod auf dem Dach von Hiililuomas Reihenhaus gelegen und die Lage ausgekundschaftet hatte.

»Was macht man mit Dieben?«, seierte Hiililuoma schon wieder. Ich antwortete immer noch nicht, Janne ebenso wenig. Durch die Dunkelheit grollte der Donner und klaffte Jossu. Das Vieh schien drauf und dran zu sein, sich auf mich zu stürzen – und auch der Donner klang wie ein riesiger Hund.

Hiililuoma warf mich zu Boden. Unter meinem Rücken spürte ich einen kantigen Gegenstand, dann einen zweiten, dann riss mich Hiililuoma wieder hoch, und ich sah, dass es Holzscheite waren. Er donnerte mir die Faust ins Gesicht, und ich fiel auf die Knie.

»Halt sie fest«, wies Hiililuoma Janne an.

Ich kauerte auf allen vieren, und Janne presste mich mit seinem ganzen Gewicht gegen etwas Hartes, Eckiges. Hiililuoma riss meinen Arm nach vorn.

»Mein Arm – deinetwegen ist mein Arm zerfleischt!«, fauchte er dicht an meinem Ohr, dann entfernte sich seine Stimme wieder. Womöglich stand er auch die ganze Zeit brüllend neben mir, und es war nur mein Gehirn, das mir etwas anderes vorgaukelte. Jedenfalls drehte sich in meinem Kopf alles.

»Was macht man mit Dieben?«, fragte Hiililuoma wieder, und Janne murmelte: »Jetzt ist aber langsam gut.«

Im nächsten Moment wischte der peitschende Regen den trüben Vorhang vor meinen Augen weg. Ich kniete, Hiililuoma stand vor mir. Er hielt immer noch meine rechte Hand fest, und mein Arm lag auf einem Hackklotz, der von Kerben übersät war. In der Rechten hielt Hiiliuoma eine Axt.

Er fixierte mein Handgelenk mit seinem ganzen Körpergewicht.

»Dieben schlägt man die Hand ab, dann stehlen sie nicht mehr«, beantwortete Hiiliuoma seine eigene Frage. »Und beschmieren auch keine Wände mehr. Und zerstören nicht das Eigentum anständiger Leute.«

Ich versuchte, meine Hand wegzuziehen, doch Hiiliuoma hielt sie fest wie ein Schraubstock. Ich konnte sie keinen Zentimeter bewegen, auch weil Janne auf meinem Rücken saß und schwer war wie eine eingestürzte Mauer.

»Was zum Teufel hast du getan?«, knurrte Hiiliuoma erneut – und holte aus. Die Klinge raste wie ein Lichtbogen auf meinen Arm zu.

Im selben Augenblick schlug ein paar Meter entfernt der Blitz in eine Gartenlaterne ein, die Lampe explodierte regelrecht und versprühte Funken und Scherben.

Janne zuckte zusammen, der Druck auf meinem Rücken ließ nach, ich riss den ganzen Körper verzweifelt nach hinten. Mein Hinterkopf prallte gegen Jannes Kinn. Hiiliuoma hielt mein Handgelenk immer noch fest in seinem Zangengriff.

Das war sein Pech.

Denn als die Klinge nach unten sauste, hatte ich gerade meinen Arm vom Klotz gezogen. Hiiliuomas Axt traf sein eigenes Handgelenk.

Als die Axt beide Unterarmknochen mitsamt Muskeln und Sehnen durchtrennte, schrie Hiiliuoma auf. Die Knochen leuchteten weiß.

Umso schwärzer war die Gestalt, die aus der Dunkelheit auf uns zuschoss. Jossu hatte sich losgerissen.

Er schnellte an mir vorbei und kam hinter mir am Boden

auf. Gleichzeitig verringerte sich der Druck auf meinen Rücken. Kaum hatte ich mich aufgerappelt, als mir Hiililuoma vor die Füße sprang. In der rechten Hand hielt er immer noch die Axt. Er schwang sie hoch über den Kopf, ich wich zurück und rutschte aus. Die Axt fegte über mich hinweg.

Ich taumelte nach hinten.

Auf der Erde wälzte sich Janne unter dem schwarzen Wesen, das ich erst für den zweiten Riesenschnauzer gehalten hatte. Doch in diesem Moment sah ich, dass es Workuta war – er war zurückgekommen! Ich riss Janne an der Jacke und an den Haaren, zerrte so heftig, dass ich plötzlich seine Jacke in den Händen hielt und rücklings zu Boden schleuderte.

Noch ehe ich wieder auf die Beine kam, stürzte Hiililuoma sich erneut auf mich. Er kniete auf meiner Brust und schlug mit der Axt nach mir. Die Klinge versank knapp über meinem Kopf im Rasen. Der Stiel krachte gegen meine lädierte Nase. Dann wechselte er die Taktik und presste mir den Axtgriff quer über die Luftröhre.

Vor meinen Augen tanzten rote Pünktchen. Ich trat um mich, doch meine Beine trafen ins Leere.

Stattdessen ertasteten meine verkrampften Finger einen kleinen, harten Gegenstand. Ich schaffte es, den Autoschlüssel aus Jannes Jackentasche zu greifen, presste mir den Schlüsselanhänger gegen die Handfläche und drillte die Spitze in Hiililuomas Wange. Mein zweiter Schlag traf ins Auge.

Hiililuoma heulte auf, der Druck auf meine Kehle ließ nach. Ich rollte mich zur Seite.

Janne saß mit gespreizten Beinen auf Workuta und hämmerte ihm die Fäuste ins Gesicht.

Ich schnappte mir ein Scheit vom Holzhaufen neben dem Hackklotz und donnerte es Janne über den Schädel. Er sackte zur Seite, und ich half dem blutenden Workuta auf die Beine.

Im selben Moment, als wir in die Finsternis flohen, fuhr auf der entlegenen Seite des Grundstücks ein Auto vor. Im Licht der Scheinwerfer war eine Gestalt zu sehen, die mit der Axt die Luft in Stücke schlug.

Das schwarze Wasser

Workuta führte mich durch den Fichtenwald zurück zum Eingang des Bunkers. Ich hätte lieber weiterlaufen wollen, doch Workuta sagte nur: »Du hast doch gesehen, dass gerade ein Auto vorgefahren ist. Das heißt Verstärkung für den Suchtrupp. Wenn wir den Weg entlanggehen, werden wir geschnappt, und im Wald würden wir uns bei diesem Unwetter bestenfalls verirren und schlimmstenfalls von einem umstürzenden Baum erschlagen. Du siehst aus wie ein Zombie, Metro, in diesem Zustand schaffst du es nicht weit. Und ich auch nicht.«

Zu erschöpft, um zu protestieren, kroch ich unter einem morschen Baum hindurch und zwängte mich in den Bunker, den wir erst vor wenigen Stunden aufgebrochen hatten. Ich war völlig durchnässt und zitterte vor Kälte. An der Tür blieb ich stehen; nachdem ich gerade erst in der Falle gesteckt hatte, graute mir davor, mich schon wieder an einen Ort zu begeben, aus dem kein Fluchtweg hinausführte.

Also warteten wir an der Tür. Workuta drückte mich an sich, weil meine Zähne so sehr klapperten.

Im verregneten Fichtenwald blitzte ein Licht auf. Dann ein zweites.

»Wir müssen tiefer rein«, murmelte Workuta.

Wir zogen uns in den Tunnel zurück.

»Wir können aber nicht noch mal in den Keller gehen.«

»Vielleicht kommen sie nicht hierher.«

Eine Weile lehnten wir an der kalten Wand. Dann kehrten wir zur Türöffnung zurück.

Es donnerte, und gleich darauf ertönte ein fast ebenso lautes Knurren.

»Scheiße!«

»Hä?«

»Der zweite Riesenschnauzer. Jossu.«

Die in der Dunkelheit tanzenden Lichtkegel näherten sich, es waren mindestens vier.

Wir zogen uns ans Ende des gewundenen Gangs zurück und starrten beide auf die linke Tür, die wir noch nicht benutzt hatten.

Workuta schüttelte den Kopf. »Die führt ins Meer.«

»Der Baron hat gesagt, am Ende wäre Luft …«

»Du hast ihm bisher nicht vertraut, aber jetzt willst du ihm auf einmal glauben?«, fragte Workuta.

»Ich hab nicht vor, denen noch mal in die Hände zu fallen.«

Workuta hielt mich zurück, doch als das Licht der ersten Taschenlampe in den Bunker fiel, riss ich mich los, zog die Zange aus seinem Rucksack und knackte das verrostete Vorhängeschloss. Dann schob ich die in den Angeln quietschende Tür so weit auf, dass ich mich hindurchzwängen konnte. Workuta folgte mir und zog die Tür hinter sich zu.

Der Tunnel führte fast sofort nach unten. Schon bald watete ich bis zu den Oberschenkeln im Wasser. Ich kostete davon, es schmeckte ganz leicht salzig. Hinter uns waren Stimmen zu hören, die im Bunker widerhallten. Ich versuchte, mich so vorwärtszubewegen, dass kein Platschen zu hören war.

Vielleicht zehn Meter weiter senkte sich der Tunnel so steil ab, dass das Wasser bis zur Decke reichte. An meinem derzeitigen Standpunkt ging mir das Wasser bis zum Hals, und es vibrierte um mich herum, als ich keuchend Luft holte.

»Bist du dir wirklich sicher?«, fragte Workuta.

Dumpfes Hundegebell echote durch den Bunker. Ich nickte und glitt in das schwarze Wasser hinein. Das Licht meiner Stirnlampe wurde von den im Wasser herumwirbelnden Flocken zurückgeworfen. Die Sicht war miserabel, mein Arm schien unterhalb des Ellbogens zu verschwimmen, meine Finger existierten nicht mehr.

Anfangs machte ich schnelle Beinstöße, dann fürchtete ich, zu viel Sauerstoff zu verbrauchen, zwang mich, den Rhythmus zu verlangsamen, und zog mich gleichzeitig mit den Händen an der Wand vorwärts.

Ein Fisch mit schimmernd schwarzen Schuppen kam mir entgegen.

Ich stieß mir den Kopf, der schon viel zu viele Schläge abbekommen hatte, an einem Eisenbalken, der aus der Decke ragte. Er verstreute einen Rostregen, der das Wasser vor mir trübte.

Ich hätte die Beinstöße von Anfang an mitzählen sollen. Es kam mir vor, als wäre ich schon fünfzig Meter weit geschwommen, während der Baron doch nur von zwanzig gesprochen hatte.

Allmählich ging mir die Luft aus.

Während ich immer hektischer vorwärtsstrampelte, tastete ich über die Wände. Mein Kopf schrammte über die raue Decke.

Jetzt war es zu spät, um noch umzukehren.

Das Licht störte mehr, als es half. Es blendete mich in der pechschwarzen Nässe. Der Druck auf die Ohren nahm zu, ich tauchte immer tiefer.

Ich würde atmen müssen …

Noch zehn Sekunden, das halt ich durch, verdammt.

Meine Ohren schmerzten.

Verbissen kämpfte ich mich vorwärts. Meine Lunge brannte, meine Beine verloren an Kraft. So hatte sich Gänsesäger gefühlt, als sein Vater ihn in den See warf, damit er schwimmen lernte. Er hatte für den Rest seines kurzen Lebens Angst vor dem Wasser gehabt.

Ich zählte bis zehn. Gleich würde ich Wasser einatmen müssen.

Elf. Zwölf.

Auf Dreizehn stieß mein Kopf nicht mehr gegen die Decke.

Ich schnappte nach Luft. Zwischen der Wasseroberfläche und der Decke lag ein Zwischenraum von etwa zwanzig Zentimetern. Ich hob die Hand an die Stirnlampe und ließ das Licht umherwandern. Ich befand mich in einer kleinen Höhle. Zur Mitte hin schien sie etwas höher zu sein, vielleicht einen knappen halben Meter.

Obwohl die Luft im Lauf der Jahrzehnte miefig geworden war, schmeckte sie gerade frischer als jede Winterbrise.

Meine Beine reichten nicht bis hinunter zum Grund. Ich musste Wasser treten, um nicht unterzugehen. Im nächsten Moment fiel mein Blick auf zwei Balken an der Wand. Ich schwamm hinüber und hielt mich daran fest.

Dann tauchte ich und betastete die Wände. Diesmal ging mir die Luft wesentlich schneller aus als zuvor. Als ich wieder auftauchte, rasselte mein Atem.

Ich knipste die Lampe aus, ich musste sparsam mit der Batterie sein.

Eigentlich hätte ich bis hundert zählen wollen, doch bei zweiundsechzig hörte ich ein Plätschern.

Ich knipste die Lampe wieder an. Am hinteren Ende der Höhle war Workuta aufgetaucht und prustete.

»Hier ist ein Balken an der Wand. Komm her, daran kannst du dich festhalten.«

»Scheiße, die sind alle drinnen«, schnaufte Workuta, als sich sein Atem wieder halbwegs normalisiert hatte.

»Alle? Wie viel sind denn alle?«

»Na, mindestens drei Taschenlampen. Und der Hund.«

»Haben sie dich entdeckt?«

»Ich glaube nicht.«

»Hier geht's nicht weiter. Sackgasse. Es gibt nur eine Öffnung, die groß genug für uns ist. Die, aus der du gerade gekommen bist.«

»Okay …«

»Funktioniert deine Uhr?«

Workuta zog den Wecker aus der Tasche. Wasser war in das Gehäuse gedrungen. Der Sekundenzeiger kämpfte, kam aber nicht dagegen an. Von nun an war es für uns drei Minuten vor Mitternacht.

Kälte schlich sich in unsere Glieder. Ab und zu schwamm ich in die Mitte der Höhle, um Wasser zu treten, doch meine Beine waren immer schon ermüdet, noch ehe sie auch nur ansatzweise warm wurden. Von den Knien abwärts spürte ich sie kaum mehr.

»Erzähl mir von Orgosolo«, bat ich Workuta mit klappernden Zähnen. »Wie ging es weiter, nachdem du mit Aljoscha in den Viehstall gezogen warst? Wo die Stinktiere gehaust hatten?«

Zitternd schilderte Workuta, wie sie im Morgengrauen von einem Klopfen an der Tür geweckt worden waren. Als er die Stalltür aufschob, hatte er davor zwei große Becher Kaffee vorgefunden, ein Stück Käse und einen halben Laib Brot. Er hätte sich gerne bedankt, doch die Haustür war verschlossen geblieben.

Später waren Aljoscha und er durch die Dorfgassen geschlendert und am Rand der Schlucht auf ein Haus gestoßen, dessen Wand gerade von einer Handvoll Männer bemalt wurde. Wie sich herausstellte, waren es drei Generationen: die Großväter, ihre Söhne und Enkel.

»Und Mädchen?«, unterbrach ich ihn.

»Die Mädchen malen dort auch, aber bei diesem Haus waren es nur Männer«, antwortete Workuta in der Dunkelheit … in einer Dunkelheit, die so dicht war, dass man sie körperlich spürte. Die Dunkelheit war eisiger als das Wasser selbst.

»Es war ein Mural mit einem Indianerlager«, fuhr Workuta fort. »Unterhalb des Lagers lag genau so ein Tal wie jenseits der Schlucht von Orgosolo. Sie malten ihre eigenen Häuser als Tipis, ihr Dorf als Indianerlager. An der Ecke porträtierte gerade ein älterer Mann mit Baskenmütze sich selbst als Indianerhäuptling, der auf das Tal hinabblickte, und der Enkel des Alten schrieb in eine Sprechblase über dem Kopf des Indianerhäuptlings: SELBST WENN DU HUNDERT JAHRE LEBST, KANNST DU DIE SCHÄTZE DEINES LANDES NICHT MITNEHMEN, WENN DU STIRBST. Aljoscha und ich saßen stundenlang da und sahen zu, während die Jungen und Männer des Dorfes gemeinsam ihr Piece malten. Irgendwann waren sie fertig und gingen, über und über mit Farbe bekleckst, die Gasse hinunter. An der Ecke drehte der Älteste sich noch mal um und bedeutete uns mitzukommen. Wir liefen dem Essensgeruch nach, die Nasenflügel der Männer bebten, sie erschnüffelten sich förmlich den Weg durch die Dämmerung. Schließlich erreichten wir einen kleinen, fünfeckigen Platz, auf dem sich fast das ganze Dorf versammelt hatte. In der Mitte befand sich eine Feuerstelle, darüber hing ein Spieß, an dem ein ganzes Wildschwein garte. Wie in der letzten Szene bei Asterix – wo der Barde jedes Mal an einen Baum gebunden wird und die anderen sich mit gebratenem Wildschwein den Bauch vollschlagen.«

»Ihr seid mitten in einem Comic gelandet«, bibberte ich. Meine Zunge war starr vor Kälte.

»Aber es war kein Comic. Es war die Wirklichkeit«, sagte Workuta. »Der Himmel der Writer. Ein Paradies der Street Artists. Dort landen wir, wenn wir in dieser verdammten Grabkammer erfroren und ertrunken sind. Aljoscha wartet schon auf uns.«

Nach dem Abendessen und diversen Gläsern Selbstgebranntem waren Workuta und Aljoscha zu demselben Haus geführt worden, wo sie am Vorabend angeklopft hatten. Diesmal wurden sie nicht in den Stall geschickt, sondern bekamen im Obergeschoss ein Zimmer mit richtigen Betten zugewiesen. Zwei Monate lang blieben sie in dem sardinischen Dorf, malten mit den Dorfbewohnern, aßen Abend für Abend in einem anderen Haus, reihum luden die Familien sie wie Ehrengäste ein. Sie durften Graffitis und Murals malen, so viele sie wollten. Die Dorfbewohner hatten einen Deal mit den Anarchisten und Reportern: Die flintenbewehrten Jäger brachten in ihren Geländewagen außer erlegtem Wild auch Latexeimer und Spraydosen ins Dorf. Die Farbe ging nie aus.

»Und warum seid ihr zurückgekommen?«, fragte ich.

»Sie wollten uns mit Frauen aus dem Dorf verheiraten«, antwortete Workuta. »Die Lage wurde langsam heikel. Außerdem hatten wir allmählich ein schlechtes Gewissen«, fügte er nach einer Weile hinzu. »Weil das Leben so genüsslich doch nicht sein kann! Als hätte man uns einen Liebestrank eingeflößt. Als lägen wir in diesem Dorf unter einem Zauberbann. Wären wir auch nur eine Woche länger geblieben, wären wir nie mehr aus Orgosolo rausgekommen, sondern dort hängen geblieben, bis irgendwann das Leben zu Ende gewesen wäre, verdammt. Es war wie ein zu guter Trip. Eines Nachts sind wir in den Stall geschlichen, ich hab unser Motorrad durch das Dorf geschoben und es dann im Leerlauf den Hügel hinabrollen lassen, bevor ich mich traute, den Motor anzulassen. Als wir von unten zum Dorf zurückblickten, ging in einem Fenster nach dem anderen das Licht an. Das Dorf sah aus wie ein Teil des Sternenhimmels. Irgendjemand rief sehnsüchtig unsere Namen.«

»Bald sind wir ja dort«, hauchte ich. Meine Lippen waren steif, die Zunge wollte sich kaum mehr bewegen. Meine Worte klangen nicht weniger betrunken als Workutas leises Gebrabbel.

»Ja, bald«, antwortete Workuta.

Irgendetwas plätscherte in der Dunkelheit, gleich darauf noch einmal.

»Workuta?«, fragte ich. »Trittst du Wasser?«

»Nein. Ich hänge immer noch an meinem Balken ...«

Ich knipste die Stirnlampe an. Mitten in der Höhle drehte sich der große schwarze Kopf des Riesenschnauzers hin und her. Das Tier trat Wasser, fletschte die Zähne und sah uns abwechselnd an.

Dann traf Jossu eine Entscheidung. Er schwamm auf mich zu. Ich glitt an ihm vorbei zur anderen Seite der Höhle, zu Workuta, und zog hastig die Zange aus seinem Rucksack. Der Riesenschnauzer versuchte, an den Wandbalken Halt zu finden, wandte sich dann um und näherte sich erneut.

»Wenn er einen Arm oder ein Bein zwischen die Zähne kriegt, heißt es Doswidanja, verdammt«, raunte Workuta.

Er schaffte es, an dem Tier und seinem schnappenden Maul vorbei zur anderen Seite der Höhle zu gleiten. Ich blieb, wo ich war, und schlug dem angreifenden Hund die Zange auf die Schnauze, so fest ich nur konnte. Er jaulte auf, das Wasser um ihn herum schwappte jetzt heftiger als zuvor. Ich tauchte unter seinen zuckenden Beinen hindurch zu Workuta. Der Riesenschnauzer machte kehrt und kam wieder auf uns zu.

»Hör schon auf«, bat ich.

Doch er hörte nicht auf, sondern streckte sich sogar nach meinem Hals.

Ich schlug ihm wieder auf die Schnauze, tauchte durch das schwarze Wasser zur gegenüberliegenden Wand und hielt mich dort am Balken fest. Das Spiel wiederholte sich ein knappes Dutzend Mal. Der Riesenschnauzer griff an, ich schlug zu und tauchte und prustete zur anderen Seite. Einmal erwischte er den Kragen meiner Jacke und riss die Jacke mit einer einzigen Kopfbewegung entzwei. Das Wasser um Jossu schäumte. Doch langsam, aber sicher verwandelte sich sein Knurren in Keuchen und flehendes Gewinsel.

»Er kann uns nichts mehr tun«, sagte Workuta schwer atmend.

»Doch«, keuchte ich. »Wenn er uns packt, dann zieht er uns mit in die Tiefe, verdammte Scheiße.«

Ich schlug erneut zu. Der Hund heulte auf und versuchte allen Ernstes, im Wasser mit dem Schwanz zu wedeln – wir sind doch Freunde.

»Ich glaub dir nicht«, flüsterte ich.

Die Bewegungen des Riesenschnauzers wurden langsamer, er hielt nicht mehr auf uns zu. Wir hörten sein Röcheln, als er verzweifelt nach Luft schnappte. Ich hatte ihm wohl einige Zähne ausgeschlagen. Er erstickte an seinem eigenen Blut.

Als Jossu endlich unterging, weinte ich. Ich knipste die Stirnlampe aus, damit Workuta meine Tränen nicht sah.

Ruotsinsalmi

Workuta hielt mich hoch, während ich METRO und WORKUTA an die Decke der Höhle sprayte, daneben die Namen Rust, Aljoscha und Gänsesäger.

Dann malte ich eine Ratte auf Schlittschuhen. Meine Hand zitterte derart, dass ihr Fell zottiger wurde als beabsichtigt.

»Die neue Eishöhle ist hiermit eröffnet«, erklärte ich bibbernd.

Vielleicht würde ja ein Höhlenforscher die Namen und die Ratte entdecken – irgendwann in zehntausend Jahren, wenn man unsere Epoche im Rückblick als barbarische Steinzeit betrachten würde, in der die Menschen einander gehasst und getötet hatten, auch wenn sie selbst der Ansicht gewesen waren, aus Liebe und Verantwortungsgefühl zu handeln. Für das Gemeinwohl.

Wir verließen die Höhle, nachdem wir gemeinsam bis tausend gezählt hatten, dann noch mal bis tausend und noch mal.

Ich tauchte, nahm Kurs auf das schwarze Loch, durch das ich gekommen war. Vor Monaten, so schien es mir.

Auf den letzten Metern schimmerte ein schwaches Licht vor mir. Ich hielt es für den Kegel einer Taschenlampe. Trotzdem musste ich auftauchen und Luft schnappen.

Es war die Morgenröte. Die Nacht war fast vorbei, der Tag brach an. Es war vollkommen still, um diese Zeit sangen die Vögel nicht mehr.

Ich kroch aus dem Wasser. Meine Beine waren so steif, dass ich die Knie nicht mehr richtig beugen konnte. Meine Zähne schlugen heftig aufeinander.

Ich wartete, bis Workuta auftauchte. In der Höhle hatte ich die Zange zurück in seinen Rucksack gestopft. Als er jetzt versuchte, sie abzuspülen, schaute ich weg.

Wir wankten in den gewundenen Tunnel und weiter in den Bunker. Niemand zu sehen. Das Licht wurde zusehends heller, ein nacktes Licht, keine Spur vom Laub der Bäume gedämpft. Ein Licht wie über einem Zahnarztstuhl.

Ich spähte durch die Bunkertür. Die Sonne stand immer noch niedrig, stach mir zwischen den Baumstämmen hindurch direkt in die Augen. Zwischen den Baumwipfeln sah ich ein Stück Himmel, blau wie ein Bluterguss.

In der Ferne rief ein Wasservogel. Von den Fichtenzweigen tropfte es.

Wir liefen durch den Nadelwald auf die aufgehende Sonne zu. Mücken schwirrten um uns herum, ihr Summen klang beruhigend, als wollte irgendwer uns freundliche Worte ins Ohr flüstern.

Der Sturm hatte Schneisen in den Wald geschlagen. Dutzende von umgestürzten, zersplitterten Baumstämmen zeichneten helle Streifen in den dunklen Fichtenwald. Die Äste einiger entwurzelter Bäume waren an immer noch stehenden Fichten hängen geblieben. Die Stämme knirschten über uns, als wir daran vorbeigingen.

Endlich stießen wir auf einen schmalen Sandweg. Die Sonne schien direkt von vorn. Unzählige Kiefern- und Fichtennadeln bedeckten den Weg. Im Sonnenlicht schimmerten sie golden und grün.

Quer über den vergoldeten Weg waren Bäume gekracht. Eine mächtige Birke war in fünf Metern Höhe abgeknickt und hielt sich nur mehr mit der Rinde und ein paar Spänen am Stamm fest. Es sah aus wie ein knarrendes Tor, unter dem wir hindurchschritten.

»Mir ist kalt«, sagte ich.

»Eine Eisratte friert natürlich«, murmelte Workuta.

Der Himmel war nach dem Unwetter inzwischen wolkenlos. Die aufsteigende Sonne färbte ihn intensiv stahlblau.

»Müssten wir nicht nach Westen gehen? Sonst landen wir noch in Russland«, meinte Workuta.

»Im Westen liegt das Höllenparadies. Zwischen hier und Kotka.«

Wir verließen den Weg und schlugen uns ins Dickicht, weil wir keinem Aufräumkommando begegnen wollten. Zweige zerkratzten unsere Gesichter, und an die verschwitzte Haut hefteten sich Fichtennadeln. Mitten in dem von Mücken beherrschten Fichtenwald machten wir Rast, an einer Stelle, wohin die Eiszeit einen Findling von der Größe eines Einfamilienhauses gerollt und daneben fünf kleinere Felsen aufgereiht hatte.

»Steinkinder«, stellte Workuta fest. »Sie sind ihrer Mutter wie junge Enten gefolgt.«

Ich setzte mich auf einen Stein und zog vorsichtig die nasse Hose aus. Mein Bein war voller blauer Flecke, und zwei blutige Striemen zogen sich über den Oberschenkel. Rund um die eine hing die Haut in Fetzen.

»Mit dem Bein musst du zum Arzt«, sagte Workuta. »Die Bisswunde kann sich entzünden.«

Er zog sein nasses Hemd aus, riss die Ärmel ab und wickelte sie um die Wunde.

»Säubern kann ich sie gerade nicht.«

Wir gingen so lange durch den Wald, bis die Sonne wieder ein Stück weiter gewandert war: übers Meer, das gelegentlich zwischen den Bäumen hindurchschimmerte. Wegen all der Bäume, die der Sturm entwurzelt hatte, kamen wir nur langsam voran, man hätte meinen können, wir wären auf einem Hindernisparcours für Riesen gelandet. Von den Tritten, Schlägen, Bissen und dem kalten Wasser waren meine Beine immer noch ganz steif. Wenn ich mit dem linken Fuß auftrat, strahlte ein stechender Schmerz vom Knöchel hoch ins ganze Bein.

Wir wählten die dichtesten Fichtenwälder und Haine aus. Das Farnkraut reichte mir mitunter bis zum Hals. Sowie wir in den Farndschungel eindrangen, schreckten wir Dutzende Libellen und Tagpfauenaugen auf. Das Dickicht endete urplötzlich an einer schilfbewachsenen Bucht. Am Ufer saß ein bärtiger Mann und entwirrte seine Netze. Für einen Rückzug war es jetzt zu spät. Ich grüßte zu ihm rüber, und er brummte bloß: »Wohin des Wegs?«

»Kotka.«

»Falsche Richtung.«

»Der Weg ist gesperrt.«

»Der Wasserweg ist der einzig wahre Weg«, grummelte er.

Die Sonne wärmte bereits ein wenig, ich lehnte mich zurück, schloss die Augen, ließ durch meine Lider heißes Rot in meinen Kopf einsickern. Währenddessen fragte ich mich, ob wir auf Janus' Hof wohl Spuren hinterlassen hatten. Doch in meinem Rucksack hatte nichts gesteckt, was auf meine Identität schließen ließ, und Workuta hatte seinen Rucksack immer noch bei sich. Draußen hatte der Regen die Sicht erschwert. Die Überwachungskameras waren verdunkelt gewesen. Aber Janne und Hiililuoma hatten mein Gesicht gesehen, sie würden sich zumindest an meine Hautfarbe erinnern. Wegen der Polizei machte ich mir keine allzu großen Sorgen. Ich bezweifelte, dass der Fall als solcher der Polizei zu Ohren kommen würde. Wahrscheinlich würden die Fenster geputzt, der von seinem eigenen Hund zerfleischte Rannikko und Hiililuoma, der sich selbst die Hand abgehackt hatte, würden als Opfer entsetzlicher und bedauerlicher Unglücksfälle dargestellt: Das Gewitter hatte wohl den Hund verrückt gemacht, und Hiililuoma war im Regen mit der Axt abgerutscht.

Die größte Sorge bereitete mir Janus – Pawel Putikow –, den ich nie persönlich zu Gesicht bekommen hatte. Seine Killer hatten in Berlin Gänsesäger und Aljoscha und meinen Vater umgebracht, nur weil die drei zur falschen Zeit am falschen Ort gewesen waren. Janus hatte die finanziellen Mittel und die feste Überzeugung, dass es nur recht und billig war, die Welt nach seinen Wünschen zu gestalten, mit Zuckerbrot und Peitsche, er konnte Gangster engagieren, die mich bis ans Ende aller Tage verfolgen würden. Meine Rachsucht kam gegen eine solche Planmäßigkeit nicht an.

Zwar war die Rache in manchen Momenten der allerstärkste Motor, allerdings tendierte sie auch dazu, sich zu verflüchtigen, sobald man trotz sommerlichen Sonnenscheins unter einer erbarmungslosen Kälte und Nässe litt. Machtgier dagegen verflüchtigte sich wohl nie.

»Wir müssen uns trennen«, sagte Workuta in das Brummen der Fliegen hinein, als hätte er gerade über dasselbe Thema nachgedacht. »Gemeinsam sind wir viel zu leicht zu schnappen.«

»Spricht dein Freund kein Finnisch?«, fragte der Fischer.

»Nein.«

»Na Scheiße, was denn dann? Nubisch?«

»Englisch.«

»Alles eins. Unnütze Sprachen. Außer Finnisch.«

»Na, immerhin spreche ich ja Finnisch. Bringst du uns nach Kotka?«, fragte ich. »Mit dem Boot?«

»Für wie viel?«

Wir durchsuchten unsere Taschen und Workutas Rucksack und fanden zwei verknitterte Fünfeuroscheine.

»Mit dem Geld kann ich nichts anfangen. Ich will die Zange da als Lohn«, sagte der Fischer und zeigte auf die Kneifzange aus Workutas Rucksack.

Wir wurden uns handelseinig. Der Mann hantierte noch eine Weile an seinen Netzen herum, dann winkte er uns in sein Holzboot.

»Nach Kotka?«

»Ja, zur Insel Lehmäsaari.«

Ich setzte mich auf den Boden des Boots, in dem Wasser

hin- und herschwappte. Die Morgensonne hatte die Pfütze bereits angewärmt. Eine Seeschwalbe jagte in der Nähe, verfehlte ihre Beute mehrmals und stieg immer wieder auf, um sie erneut ins Visier zu nehmen, in der leichten Brise kreiste sie über uns wie ein Hubschrauber.

Überall am Ufer waren sturmgeschädigte Bäume zu sehen. Workuta und ich zogen die Köpfe ein und suchten Schutz hinter der Bootswand. Irgendwo dort inmitten des ramponierten Walds lag Janus' Paradies. Obwohl der Himmel wolkenlos war, schlug das Meer immer noch erstaunlich lange Wellen, die mich geradezu in den Schlaf wiegen wollten. Ich kämpfte gegen die Müdigkeit an. Mein Bein pochte, und ich malte mir aus, wie es sich rund um den Hundebiss allmählich schwarz färben und wie das schwarze Stück Fleisch mich verschlingen würde.

Ich schreckte auf, als das Boot urplötzlich anders schaukelte als zuvor.

»Ich hab nicht geschlafen!«, rief ich.

»Du hast so laut geschnarcht, dass ich den Motor kaum noch hören konnte«, brummte der Bärtige.

Wir hatten die Wasserstraße erreicht, in der vor Urzeiten die größte Seeschlacht Nordeuropas ausgefochten worden war. Zwischen Lehmäsaari und dem Festland waren die schwedische und die russische Flotte aufeinandergetroffen, insgesamt mehr als fünfhundert Schiffe, die einander aus nächster Nähe beschossen hatten. Der Meeresboden lag voll von Schiffswracks, verrosteten Kanonen, abgerissenen Gliedmaßen, zerschossenen Köpfen und Kokarden, die einst Uniformmützen geziert hatten, heute indes nur noch von Barschen und Aalen bestaunt wurden. Vierhundert Skelette lagen angeblich auf dem Grund.

Der Bärtige hielt sein Boot über dem Schlachtfeld an. »Meinen Lohn«, grollte er.

Workuta reichte ihm die Zange. Der Bärtige betrachtete sie eine Weile und warf sie dann über Bord.

»Dort unten ist Platz genug.«

Dann brachte er uns an den langen Sandstrand der Insel und half mir beim Aussteigen.

»Irgendjemand hat heute früh nach euch gefragt«, sagte er. »Nach einem schwarzen Mädchen und einem blassen Mann.«

»Polizisten?«

Er schüttelte den Kopf.

»Die konnten nich' richtig Finnisch. Ich hab nich' alles verstanden. Bin doch bloß ein Fischer. Aber sie sahen wütend aus. Kommen bestimmt auch bald hierher.«

Ich umarmte den Bärtigen, er räusperte sich und bat mich, das Boot wieder ein Stück hinauszuschieben, damit der Außenbordmotor nicht hängen blieb.

Ich blieb im Wasser stehen, bis das Boot hinter Kukouri verschwunden war. Dann wateten wir langsam ans Ufer und sahen uns wachsam um. Wie Forschungsreisende auf einer unbekannten Insel, auf der hinter jedem Busch ein mit Speeren bewaffneter Ureinwohner oder ein hungriger Tiger lauern konnte.

Das Zelt stand immer noch an seinem Platz. Niemand hatte an dem Willkommensgruß gerührt, den Workuta aus Tannenzapfen gelegt hatte, und auch die vier Männerbadehosen hingen nach wie vor an der Leine.

Ich hätte mich am liebsten hingelegt und geschlafen, nur geschlafen, abertausend Jahre lang.

Stattdessen bauten wir das Zelt ab.

Banksy

Eine Nachtigall zwitscherte lieblich auf dem Küchentisch. Ich zögerte einen Augenblick, dann nahm ich Mutters Handy, machte dem Vogelgesang ein Ende und meldete mich.

»Mademoiselle Miranda, was kann ich für Sie tun?«, fragte ich mit schnarrendem R, das französisch klingen sollte.

Mit zartem Stimmchen erkundigte sich die Anruferin nach ihrer Zukunft. Ich erzählte ihr, ich könne spüren, dass sie ein künstlerisch begabter und talentierter Mensch sei, der in seiner derzeitigen Lebenssituation seine Kräfte aber nicht voll ausschöpfen könne. Als sich herausstellte, dass die Frau Single war, versprach ich ihr neben einem besseren Job auch gleich noch einen liebenden Mann, zwei wohlgeratene Kinder, ein glückliches Leben und einen treuen Hund. Einen kleinen Hund, der nie jemanden beißen würde. Genau so stehe es in meinen Karten. In der kommenden Woche solle sie genau auf grün gekleidete Menschen achten – allerdings keine in Dunkelgrün, wie es zum Beispiel manche Sicherheitsfirmen trugen, sondern in Hellgrün, wie junges Birkenlaub oder frische, knackige Äpfel. Irgendjemand, der ein Hemd oder Shorts oder Socken in diesem Farbton trage, werde ihr Leben verändern. Es zum Erblühen bringen.

Ich wünschte der Frau eine glückliche Zukunft und weite Himmel. Dann legte ich auf.

Ich sah im Spiegel nach, ob meine Nase länger geworden war.

Dem Timer zufolge hatte das Gespräch dreieinhalb Minuten gedauert. Meine Mutter hätte es fünf Minuten länger ausgedehnt, zum Preis von 5,99 Euro pro Minute.

Binnen eines knappen Jahrs hatte Mutter den Preis für ihre telefonische Wahrsagerei um zwei Euro pro Minute senken müssen. Ich hatte ihr vorgeschlagen, die Branche zu wechseln und zum Beispiel Tipps für Sportwetten zu geben, bei denen die Chance richtigzuliegen immerhin größer sei als bei ihren Prophezeiungen. Doch Mutter behauptete, am Rückgang der Nachfrage sei nicht die Qualität ihrer Wahrsagerei schuld. Schuld seien die Rezession und die stümperhafte finnische Regierung, die ehrliches Unternehmertum nicht fördere. Sie betonte, das Wahrsagen sei zudem geistig wesentlich befriedigender als der Telefonsexservice, den sie früher angeboten habe.

Mutter hielt sich für die fleißigste Unternehmerin in ganz Karhuvuori. Meiner Ansicht nach hatte sie ihre unternehmerischen Qualitäten vor allem dadurch unter Beweis gestellt, dass sie dem Sozialamt alle möglichen Unterstützungen abgequasselt hatte und das Finanzamt von ihrem Business nichts ahnte.

Sobald das Telefon klingelte, verwandelte sich meine Mutter in Mademoiselle Miranda, eine Wahrsagerin, die den Menschen eine romantische und schuldenfreie Zukunft, eine überraschende Erbschaft, plötzlich aufkeimende Liebe, eine unerwartete Wende im tristen Alltag versprach. Am Telefon behauptete sie, diese wundersamen Geschehnisse aus ihren Tarotkarten zu lesen. Ich hatte bei uns zu Hause nie solche Karten gesehen. Nicht mal Ansichtskarten. Mutter erzählte all diesen unterschiedlichen Menschen die immer selben frei erfundenen Geschichten. Bloß die Reihenfolge wechselte.

Ich seufzte und sah durch das offene Lüftungsfenster nach draußen. Karhuvuori lag im August im schönsten Grün, das hohe Gras überdeckte barmherzig Scherben zerschlagener Flaschen und die Süchtigen, die dort draußen herumlagen. Der Parkplatz war leer, es war Samstag, und wer immer es hatte einrichten können, war mit dem Boot zu einer der Inseln gefahren. Wer in Kotka wohnt, der fährt im Urlaub nicht ins Binnenland, sondern steuert übers Meer den Horizont an. Das Meer ersetzt uns hier die Reise ins Ausland.

Am Waldrand saßen ein paar junge Männer, die ich entfernt kannte. Vor einem der Rastaköpfe stand ein umgedrehter Zinkeimer, auf den er mit zwei Stöcken eintrommelte. Da entstand wohl gerade eine Band. Die wievielte im Leben der Clique?

Seit meinem letzten Besuch bei Mutter im vorigen Herbst hatte sich die Inneneinrichtung ihrer Wohnung stark verändert. Damals hatte ich Geburtstag gehabt, und alles hatte in kräftigem Orange geleuchtet, von den Vorhängen bis zu Mutters Klamotten und Haaren. Die Geburtstagstorte war mit Mandarinen verziert gewesen, und an Mutters Ohren hatten kleine Orangenohrringe gebaumelt. Sie hatte mir ein selbst gemachtes Batiktuch geschenkt, ein schauderhaftes Ding, dessen Muster an Amöben erinnerte. In Orange, natürlich. Die Sonne, Liebes. Die pure Lebensfreude, hatte Mutter immer wieder gesagt. Orange ist der Sonnenstrahl, der deinen Geist für alle Chancen öffnet.

Der orangefarbenen war eine türkisfarbene Phase vorangegangen.

Inzwischen war alles Orange aus der Wohnung verschwunden. Die Vorhänge waren apfelgrün. Ebenso das Tischtuch und die Kissenbezüge und Mutters Handyhülle.

Ich hauste jetzt bereits seit drei Tagen bei ihr, und sie hatte bislang jeden Tag ein apfelgrünes Oberteil getragen. Auch ihre Ohrringe waren hellgrün. An der Wand hing ein Poster mit einem Korb voller Granny Smiths.

»Ist die orangefarbene Zeit wieder vorbei?«, hatte ich am vorigen Tag gefragt, als Mutter sich die Zehennägel salatgrün lackiert hatte. »Sind wir keine Kinder der Sonne mehr?«

Mutter hatte den Kopf geschüttelt und gesagt, im Augenblick sei Wachstumszeit: sowohl in geistiger als auch in körperlicher Hinsicht. Ohne frische Triebe gäbe es keine Pflanzen, mein Kind, ohne Pflanzen keinen Sauerstoff, ohne Sauerstoff können wir nicht atmen und aufblühen, ich nicht und auch du nicht, Maria. Alle Umwälzung beginnt mit Blattgrün. Mit Birkenknospen, mit Erbsenschösslingen. Mit Chlorophyll.

Als Mutter immer weiter laberte, war ich von meinem Platz neben ihr auf dem Sofa zum Sitzsack hinübergewechselt, hatte mich dann auf den Teppich gelegt und eine Decke über mich gezogen. Nirgends hatte ich eine bequeme Position gefunden. Als Kind hatte ich zu Hause viele Lieblingsplätze gehabt, auf denen ich mich hatte zusammenkuscheln können.

Im Frühsommer war Mutter erstmals seit vielen Jahren beim Arzt gewesen, der sie ermahnt hatte, öfter an die frische Luft zu gehen. Und genau das tat sie jetzt gerade. Offenbar bestand ihr Konditionstraining darin, dass sie irgendwo zwischen der BarBar-Kneipe und dem Kiosk Zigaretten rauchte. Nach dem Arztbesuch hatte sie zudem beschlossen, sich vegan zu ernähren. Auf den Salatköpfen und dem Bund Möhren im Kühlschrank lagen allerdings ein paar Packungen Knackwürstchen und Mettwurst. Das sei ihre Notration, hatte Mutter erklärt. Falls ihr flau würde.

Von Vaters Schicksal hatte ich ihr nichts erzählt. Auch von dem kleinen Samuel nicht. Außerdem hatte ich ihr verschwiegen, dass ich in den letzten Monaten in Berlin gelebt hatte. Als sie nicht aufhörte, mich auszufragen, hatte ich ihr vorgeschwindelt, ich hätte den Sommer in Kouvola verbracht. Dort am Bahnhof geht es turbulent zu, es gibt Billardtische im Bahnhofskeller, und man kann einfach in den Zug steigen, wenn man von der Aufreiß-Rallye der mit Plüschwürfeln am Rückspiegel dekorierten Autos im Zentrum die Nase voll hat.

Mutter glaubte immer noch, ich würde in einem Schuhgeschäft in Kouvola arbeiten. Und hätte gerade Urlaub.

»Hast du denn einen Freund in Kouvola?«, hatte sie gefragt.

»Nein.«

»Du solltest dir mal einen zulegen.«

Die Nachtigall zwitscherte erneut, das Handy meldete sich zurück. Ich stellte mich wieder als Mademoiselle Miranda vor. Wieder eine Frau. Diese hatte eine tiefe Raucherstimme. Sie sprach extrem schnell und erzählte, sie rufe gerade in einer Seminarpause an und habe auf Kosten ihres Arbeitgebers schon an Dutzenden von Entwicklungsseminaren teilgenommen, durch die sich weder ihre Fachkenntnis noch ihr Selbstbewusstsein weiterentwickelt hätten. Das Einzige, was dabei in die Höhe schnelle, sei ihr Blutdruck.

Ich sagte der Frau, die Tarotkarten rieten ihr, entweder zu kündigen oder selbst Seminarrednerin zu werden. Beides verspreche eine glänzende Zukunft.

Dann schaltete ich Mutters Computer an und loggte mich unter einem Namen ins E-Mail-Programm ein, den auf der ganzen Welt nur ein Mensch kannte.

Ich biss mir auf die Lippe. Endlich war die Mail gekommen, auf die ich schon seit Tagen wartete.

Als ich den Anhang anklickte, ging ein Video auf dem Bildschirm auf. Darauf war eine Zugbrücke zu sehen, die gerade hochfuhr – mitsamt einem aufgemalten, mehr als zehn Meter langen Schwanz. Quer über die Newa zeigte er demonstrativ auf das Hauptquartier der Geheimpolizei.

Ich legte mich zurück auf den Teppich. Mir traten Tränen in die geschlossenen Augen.

Seit drei Tagen hatte ich nichts mehr von Workuta gehört. Zuletzt hatte ich ihn gesehen, als er noch auf dem Boot zum Festland auf seinem Handy aus dem Material, das er in Janus' Herrenhaus aufgenommen hatte, einen vier Minuten langen Film geschnitten hatte. Der Streifen hatte mit dem Werbetext des Auktionshauses begonnen: DAS ERSTE BANKSY-MURAL MIT ECHTHEITSZERTIFIKAT. Und danach: VERKAUFSPREIS 2,2 MILLIONEN EURO – plus große, pulsierende Ausrufezeichen. Als Nächstes kamen das Echtheitszertifikat von Pest

Control und Banksys Eisratte, beide aus der Gewitternacht in Janus' Galeriegebäude. Und dann war zu sehen, wie ich – das Shemagh über dem Gesicht – die Eisratte mit Säure zerstörte und das Echtheitszertifikat verbrannte. Im Abspann stand: WAS MAN UNRECHTMÄSSIG ERWIRBT, SOLL MAN VERLIEREN. GRÜSSE AN JANUS!!! FUCK YOU!!! DIE EISRATTEN DANKEN.

Als Allerletztes folgten die Worte: DIE ZERSTÖRUNG VON BANKSYS EISRATTE IST DEM ANDENKEN AN ALJOSCHA, GÄNSESÄGER UND SAMUEL GEWIDMET.

In den vergangenen drei Tagen hatte sich das Video auf den einschlägigen Graffiti-Seiten und auf YouTube verbreitet wie ein Lauffeuer. Es verzeichnete inzwischen fast vier Millionen Klicks.

Ich fuhr den Computer runter und trat wieder ans Fenster. Auf dem Parkplatz des Hochhauses nebenan war ein schwarzer Mercedes aufgetaucht. Ich hatte mir in den letzten Tagen die Autos der Bewohner eingeprägt. Dieses gehörte nicht dazu. In Karhuvuori besaß man eher selten einen Mercedes. Vielleicht gehörte er ja irgendeiner reichen Tante, die ihren arbeitslosen Neffen besuchte. Oder auch nicht.

Es war wohl an der Zeit zu verschwinden.

Mutters Handy klingelte, doch diesmal ignorierte ich es.

Ich ging ins Schlafzimmer und zog die Schränke auf. Der Kleiderschrank war voll mit Shampoo-Sets, eine der Geschäftsideen meiner Mutter aus einer Zeit, als sie dem Network-Marketing verfallen war. Sie hatte sich damals dazu verpflichtet, Tausende Shampoo-Pakete zu verkaufen, und war am Ende genau zwei losgeworden – eins davon hatte sie mir aufgeschwatzt. Wenn sie sich tagtäglich die Haare wusch, reichte das Shampoo bis ins Jahr 2134.

Ich wühlte durch Mutters Unterhosenschublade. Ganz unten bewahrte sie ihr Geld auf. Von dem Versteck wusste ich seit Jahren, hatte es bisher aber nie angetastet. In den zusammengeknüllten Strumpfhosen fand ich mehr als fünfzehnhundert Euro. Ich ließ Mutter ein paar Hundert da und nahm den Rest an mich.

Ein kurzer Blick aus dem Fenster. Der schwarze Mercedes stand immer noch auf dem Parkplatz. Die Sonne spiegelte sich in der Windschutzscheibe, und am Steuer sah ich die Umrisse einer Gestalt.

Nachdem ich meine Tasche gepackt hatte, legte ich einen Zettel auf den Küchentisch und schrieb ein einziges Wort darauf: ENTSCHULDIGUNG. Und einen Buchstaben: M.

Das Handy zwitscherte schon wieder. Mutter war heute gefragt. Allmählich dämmerte mir, wie man an diesem Wahrsagerjob Geschmack finden konnte. Man konnte auf dem Sofa liegen und sich die Zehennägel lackieren, während man mit Gelaber Geld verdiente. Vielleicht sollte Mutter Seminarrednerin werden. Immerhin redete sie auch nicht viel mehr Stuss als andere.

Ich kehrte noch einmal aus dem Flur zurück und schnappte mir das Handy.

»Mademoiselle Miranda, was kann ich für Sie tun?«

»Metro.«

Mein Gehirn setzte vorübergehend aus.

»Mademoiselle Miranda am Apparat, was kann ich für Sie tun?«, stammelte ich erneut.

»Cheers, Metro«, lautete die Antwort. »What's up?«

»Sie haben sich verwählt«, erwiderte ich auf Englisch. Mir lief es eiskalt über den Rücken.

»Danke, dass du meinem Werk eine anständige Beerdigung verschafft hast«, sagte die Stimme.

Ich zuckte zusammen wie nach einem Stromschlag. Das Handy fiel zu Boden, die Schutzhülle sprang ab. Ich hob es auf.

»Banksy?«

»Metro«, antwortete die Stimme ruhig.

Banksy war immer unsichtbar geblieben. Er trat nicht

öffentlich auf, nicht mal bei seinen eigenen Ausstellungen. Die Handvoll Leute, die seine wahre Identität kannten, war sklavisch loyal. Man konnte ihn nicht erreichen, keinen Kontakt zu ihm aufnehmen. Er war ein Phantom.

»Hast du das Video gesehen?«, stotterte ich.

»Wie hätte ich das übersehen können? Du hast es ziemlich wirksam rausgestellt.«

»Sorry«, sagte ich. »Es war ein fantastisches Werk.«

»Ist in die falschen Hände geraten«, antwortete die Stimme. »Das Mural, das du in Prypjat gemalt hast, ist übrigens toll – great piece.«

»Hast du es gesehen?«

»Vor Ort. Und die Birke, die durch den Fußboden wächst, hat mir auch gefallen.«

Seit einigen Sekunden nagte ein beunruhigender Gedanke an mir.

»Wie hast du mich gefunden?«, fragte ich. »Das ist das Diensthandy meiner Mutter.«

»Denk ein Stückchen weiter«, antwortete die Stimme nach einer kurzen Pause. »Wenn ich dich finden konnte, können das andere auch. Es war wirklich kinderleicht.«